いずのおどりこ

伊豆的舞女

[日] 川端康成 著
王盈盈 紫鸢 译

贵州出版集团
贵州人民出版社

图书在版编目（CIP）数据

伊豆的舞女 /（日）川端康成著；王盈盈，紫鸢译. -- 贵阳：贵州人民出版社，2023.1
 ISBN 978-7-221-17341-6

Ⅰ.①伊… Ⅱ.①川… ②王… ③紫… Ⅲ.①短篇小说－小说集－日本－现代 Ⅳ.① I313.45

中国版本图书馆CIP数据核字（2022）第181943号

伊豆的舞女
YIDOU DE WUNÜ

[日] 川端康成 / 著　王盈盈　紫　鸢 / 译

责任编辑	陈　章
装帧设计	吴黛君
出版发行	贵州出版集团　贵州人民出版社
地　　址	贵阳市观山湖区会展东路SOHO办公区A座
邮　　编	550081
印　　刷	大厂回族自治县德诚印务有限公司
开　　本	620mm×889mm　1/16
印　　张	14
字　　数	224千字
版次印次	2023年1月第1版　2023年1月第1次印刷
书　　号	ISBN 978-7-221-17341-6

定　价　59.00元

目录

伊豆的舞女 ...001

花的圆舞曲 ...023

春天的景色 ...080

夏季的友谊 ...093

夕晖少女 ...100

波斯菊的朋友 ...113

竹声·桃花 ...127

一只胳膊 ...132

水　月 ...151

篝　火 ...161

山　雀 ...174

温泉旅馆 ...181

招魂节一景 ...212

伊豆的舞女

王盈盈　译

一

前方的道路变成了弯曲的羊肠小道，终于快到天城岭了。大雨瓢泼，染白了浓密的杉树林。雨云迅疾地从山脚追了过来。

这一年我二十岁，头戴高等中学[1]制帽，上穿一件藏青底碎白花的和服，下着一条裙裤，肩上挎着一个学生书包。我独自来伊豆旅行，这已经是第四天了。第一晚，我住在修善寺，之后在汤岛温泉歇了两夜。此刻，我正踩着高齿木屐，爬上天城岭。连绵的群山、原始的森林、幽深的溪谷，这片秋景真是美得令人沉醉。我的心跳得很快，心中的期待催着我快点赶路。就在这当口，豆大的雨点砸了下来。我加紧步伐，跑上曲折而陡峭的山坡，终于到了天城岭北口的那家茶馆。我吐出一口气，却怔在了门口。哎呀，我竟然美梦成真了。巡演艺人一行正在茶馆里歇脚哩。

舞女看到傻站着的我，马上抽出自己坐的蒲团，翻了个面儿，推到身边。

"啊……"我不知道该说什么好，喏嚅着坐了上去。刚在坡道上猛跑了

---

[1] 高等中学：日本的旧制大学预科。

一阵,再加上过度震惊,一句简单的"谢谢"愣是堵在了嗓子眼,无论如何说不出口。

如此一来,我和舞女就变成了面对面坐,离得很近。我慌忙从裙裤兜里掏出香烟。舞女见状,又把同行女人面前的烟灰缸拽过来,放在我近处。我还是沉默着没有说话。

舞女看上去约莫十七岁,梳着某种我叫不上名字的、古典而奇特的大发髻。这发型衬得少女端庄的鹅蛋脸玲珑小巧,非常美丽,整体极其和谐,活脱脱就是民间传说里那些有着惊人发量的少女的形象。与舞女同行的,有一个四十多岁的女人,两个年轻女人,另外还有一个二十五六岁的男人,他的和服外褂上印着长冈温泉旅店的字号。

在此之前,我已经见过舞女一行两次。第一次是我来汤岛、他们去修善寺时,正好在汤川桥附近遇上。彼时,他们中有三个年轻女人,舞女手上提着一只太鼓。擦身而过后,我忍不住屡屡回头张望,恍然意识到羁旅情怀已经找上了自己。之后是我住在汤岛的第二个晚上,他们串街来旅店表演。舞女在门厅跳舞,我就坐在楼梯中央,心无旁骛地从头看到了尾——那天是修善寺,今晚是汤岛,如此推算,他们明天该越过天城岭往南,去汤野温泉吧。那么,我肯定可以在天城七里[1]山道上追上他们。

我就是抱着这般妄想,一路紧赶慢赶赶过来的,然而真正在避雨的茶馆里看到他们时,仍是不免一阵惊慌。

很快,茶馆的阿婆把我带到另外一间屋子。这间屋子看起来平时并不用,没有装隔窗。往下看去,就是美丽的峡谷,深得一眼望不到底。我的肌肤上不由炸起一粒粒鸡皮疙瘩,牙关止不住咯咯作响,整个身体发起颤来。阿婆送来热茶时,我说:"好冷啊。"

"哎呀,不得了,小少爷全身都湿透了!您快过来这边烤烤火,把衣服烘烘干!"

阿婆抓着我的手,把我带到了他们自己住的里屋。里屋砌了一个地炉,掀开帘子,一股猛烈的热气扑面袭来。我站在门槛边,犹豫着要不要进去。

---

[1] 天城七里:翻越位于静冈县伊豆市和贺茂郡河津町边界处的天城岭的山路,前后长约28千米。

只见一位大爷正盘腿坐在地炉边，脸色青肿，浑似溺死鬼。他掀起眼皮，阴郁地往我这边瞅，似乎连眼仁都已变得黄浊腐烂。他四周是旧书信和包装袋筑成的大山，可以说，他已经被完全埋葬在了废纸中。这个山中怪人怎么看都不像是正常生物，我不禁呆立在门边。

"这副丢人的光景让您看见了……不过，请您别担心，这是我家老头子。瞧着不好看，但实在没招，他动不了啊，还请您忍耐一下吧。"

阿婆这般说过，又接着讲了关于大爷的事。据说大爷长年中风，半身不遂。那座纸山，一部分是从日本各县寄来的信，上面记载了中风后的养生方法，还有一部分则是从各县寄过来的治疗中风的药物的药袋。但凡有半点可能治愈中风，不管是向翻越天城岭的旅人打听来的消息，还是从报纸上看到的医药广告，大爷都一个不漏地去实践。可以说，他是在全国范围内寻找治疗中风的方法和药物，甚至连用完剩下的药袋都不舍得扔，就放在自己身边，每天看着它们过活。一年又一年，这些纸张逐渐泛黄变旧，最终成了庞大的古老的废纸山。

听了阿婆说的，我不知道该怎么回话，只是冲着地炉蹲下了身子。每每有汽车从天城岭上驶过，就带动房子一阵晃动。还是秋天，山上就已经这么冷，再过不久该飘雪了，大爷为什么不搬到山下去住呢？我一边烤火，一边思考着。丝丝热气从我的和服中蒸腾出来，这火可真强，烤得人头疼。阿婆去了前面的茶馆，和巡演艺人里的中年妇女说话。

"原来是她啊。之前你带她来过的，没想到已经长这么大了。她长大了，你也就熬出头啦。哎哟，长得可真水灵。女孩子，长得就是快啊。"

不到一个小时，我听见巡演艺人们起身出门的动静。我不由心里着慌，却只是心跳得很快，无论如何鼓不起马上站起来追出去的勇气。虽说他们经常在路上跑，但大部分都是女人，我就算晚上个一两公里的，跑一跑肯定也能追上的。我这般想着，在地炉边站也不是，坐也不是。不过，一旦意识到舞女一行不在身边了，我的诸多妄想似被解开了印，栩栩如生地在头脑中舞蹈。阿婆送完他们，回到了里屋，我不禁向她打听。

"那些艺人，晚上会歇在哪里呢？"

"哎哟，小少爷，那种人谁知道会歇在哪里啊！只要有客人，不管哪儿，都是能落脚的，哪会专门考虑晚上睡哪儿呢！"

阿婆话音里的轻蔑不禁令我浮想联翩。我甚至想，那么，就让舞女今晚来我房间睡好了。

雨势逐渐变小，雨丝变得细密，山峦重归清明。阿婆一个劲儿地劝我再坐一会儿，说再过十分钟，天就能完全放晴。我却实在待不住。

"大爷，天凉了，您务必要保重身体啊。"我发自内心地说着，站了起来。大爷吃力地动了动黄浊的眼睛，微微颔首。

"小少爷，小少爷——"阿婆迭声喊着，追了上来，"您给了这么多，我真是没脸拿啊。"

接着，她紧紧抱住我的书包，没有半点要交还给我的意思。不管我怎么拒绝，她都不肯回去，硬是说要送我一段。她迈着小碎步，跟了近一百米的路，嘴上颠来倒去说着同样的话。

"哎哟，都没有招待好您，您却给了这么多。我记住您的长相了，您下次再经过天城岭，我一定会好好感谢您。请您下次也赏脸光临啊。我绝对不会忘记您的。"

我不过是留了一个五十钱的银币，阿婆竟然这么大惊小怪，似乎下一刻就会流下眼泪来。只是，我想快点追上舞女一行，她蹒跚的步伐反而成了累赘。终于，我们走到了天城岭的隧道前。

"婆婆，谢谢您了。大爷一个人在家，您快回去吧。"

听我这么说，阿婆终于不舍地将书包递还给我。

步入昏暗的隧道，冰凉的露水扑簌扑簌落了下来。前方，通往南伊豆的出口散发着微弱的光晕。

二

从隧道出来，映入眼帘的是山道一侧涂成白色的栅栏，闪电般向远处延展。在这宛如模型的景致尽头，正是巡演艺人们的身影。走了六百多米，我就已经追上他们。只是突然放慢脚步未免太尴尬，我只能装作漠然的样子超过了这群女人。唯一的男人在二十米开外独自走着，看到我，他停了下来。

"您走得可真快啊——您看这天，彻底放晴了。"

我松了一口气,缓下步伐,开始和男人并排走路。男人一个接一个地问了我许多问题。看到我们两人在说话,走在后面的女人们也吧嗒吧嗒地跑了上来。

男人背着一个大的柳条箱。四旬女人怀抱着一只小狗。年纪大的年轻女人拎着一个皮包袱,年轻些的那位提着一个柳条箱,行李的个头都不小。舞女则背着太鼓和架子。四旬女人也开始断断续续地和我搭话。

"是高等学校的学生哥儿呢。"年纪大的年轻女人冲舞女小声说道。见我转过头去,她笑着说,"我说得没错吧?这还是看得出来的,平时也有学生哥儿来岛上呢。"

这群巡演艺人是大岛波浮港的人。他们说自己春天从岛上出来,之后一路走街串巷。最近天气逐渐转冷,又没做过冬准备,于是一行人准备在下田待上十天光景,然后从伊东温泉回岛上。听到大岛一词,我更感到一缕诗意,忍不住又看向舞女丰茂美丽的头发。我向他们打听了很多关于大岛的事情。

"有许多学生哥儿来岛上游泳呢。"舞女冲身边的女人说道。

"是夏天吧?"我回头问。

舞女有些慌张,小声嗫嚅道:"冬天也来的……"

"冬天也有人去游泳?"

舞女依旧只看着同行的女孩笑。

"冬天也能游泳吗?"我再次问道。

舞女的脸变得通红,非常认真地轻轻点了点头。

"这就是个傻丫头。"四旬女人笑道。

到汤野,要沿着河津川的溪谷走十二多公里的下坡道。越过天城岭后,连山和天空都透露出南国的气息。一路上,我和男人不停聊天,已然十分亲近。走过荻乘、梨本等小村庄,就能看见矗立在山脚下的汤野的茅草房屋顶。我趁着劲儿,提出要和他们一起走到下田。男人听了,非常高兴。

在汤野的小客栈前,四旬女人摆出要和我道别的神情,男人马上说道:"这位说,要和咱们一起走呢。"

"哎呀,这敢情好!俗话说,出门靠朋友,处世靠人情。我们这般粗鄙的家伙,能够给您解解乏,打发打发时间也是好的。快别站着了,您也进来休息下。"女人极自然热络地接道。

几个女孩看了我一会儿,又装作若无其事的样子默默不说话,之后离远些,有些害羞地瞧着我。

大家一起上了二楼,把行李安置下来。客栈的榻榻米和隔门都又旧又脏。舞女从楼下端上来热茶。她在我面前跪坐下,脸色通红,手抖得让人担心茶碗会不会从托盘上掉下来。终于,茶还是洒了出来。舞女看上去是那么羞怯,我反而不知道该做什么反应了。

"呀,真讨厌!这丫头也到怀春的年纪了。哎哟哟……"四旬女人在一旁看着,似乎也是惊呆了,皱着眉头扔过来一块抹布。舞女捡起抹布,窘迫地擦拭榻榻米上的水渍。

听到四旬女人这句意料之外的话,我蓦然反省自己。被茶馆阿婆煽动起来的绮丽幻想,在此刻,咔嚓一声折断了。

这时,四旬女人突然转向我:"学生,您的绀飞白[1]真好哩。"

她边说边不断打量我。

"这位的飞白,和民次的是同个花色。你看,是吧?难道不是同个花色吗?"

她向旁边的女人再三确认后,对我说:

"我们在老家还有一个孩子,上着学呢,看到您就想到他了。他的飞白和您的一样呢。这时节,飞白也很贵,真是愁死人了。"

"他在哪个学校?"

"寻常小学[2]五年级。"

"诶,您说寻常小学五年级,这……"

"他是在甲府的学校上学哩。虽然我们在大岛上生活了很久,但老家其实是甲斐的甲府。"

休息了差不多一个小时,男人领着我去了别的温泉旅馆。之前,我一直以为自己是要和巡演艺人们住在同一个小客栈里的。我们从街道沿着石

---

[1] 绀飞白:一种和服纹样,藏青底上有白色小花。

[2] 寻常小学:日本明治时期设立的普通初等教育机构,1908年开始实施六年制义务教育,相当于早期的小学。

子路和石阶向下走了约一百米,再穿过位于小河边的公共温泉上的横桥。桥对面就是我要住的温泉旅馆的庭院。

我在旅馆的室内澡堂泡澡,男人也进来了。他告诉我,他今年二十四岁,妻子怀过两次孕,一次流产,一次早产,最终两个孩子都没能活下来。他穿着印有长冈温泉字号的外褂,或许是长冈的人。并且他长相端正,谈吐有礼,瞧着颇有学识,怎会走上这条路呢?我不由胡乱猜测,他要么是喜好此道,要么是被巡演艺人中的女人勾了魂,才一路帮她们扛着行李跟过来的吧。

泡完澡,我马上去吃午饭。我是早上八点从汤岛出发的,此刻还没到下午三点。

男人回去时,站在庭院里,抬头向我道别。

"你拿着这钱买点柿子什么的。从二楼扔下去有些失礼,还请原谅,我就不下去了。"我把包着钱的纸袋扔给男人。男人婉拒了,他本想直接走,但由着钱袋躺在庭院里也不像样,又折了回来捡起来。

"这钱我不能收。"说完,他把钱袋扔了回来。钱袋落在了茅草屋顶上。我捡起来,再次扔下去。这次,男人拿着钱回去了。

傍晚时分,下起了滂沱大雨。层层山峦模糊成白花花的一片,让人辨不清远近。旅馆前的小河眼看着变得黄浊,发出怒吼的高音。这般大雨,舞女他们不可能再出来走街卖艺吧。我虽是这样想着,却无论如何坐不住,一次又一次往澡堂跑,看有没有他们的身影。屋里有些暗。与隔壁房间相邻的隔门顶部开了一个方形的口子,一盏电灯从门楣上垂下来。如此一来,就能实现一盏灯照亮两个房间的目的。

咚,咚咚,咚咚咚。磅礴的雨声中,隐隐约约从远处传来太鼓声。我慌忙打开遮雨板,将身体探了出去,动作激烈得几乎抓破了遮雨板。太鼓声似乎近了。风雨敲打着我的头,我闭上眼睛,竖起耳朵,极力想要探查清楚太鼓是从哪个地方,以哪条路线往这边来。没过多久,又传来了三味线[1]的琴声。接着,是女人悠长的叫声。之后,是一阵热闹的嬉笑声。至

---

[1] 三味线:日本传统弦乐器,常用丝或尼龙做弦,用玳瑁、象牙等材料制成的拨子演奏,多用于歌舞伎伴奏。与源自中国的三弦相近。

此我明白了，巡演艺人们是被叫到了小客栈对面的饭店里给宴席陪酒。我辨出两三个女人的声音和三四个男人的声音。或许，等那边结束了，他们就会来这边。我暗暗期待，耐心等着。然而，酒宴上愈发骚乱，已不是热闹一词可以形容的。女人尖锐的嗓音像闪电一般，不时穿透黑黢黢的夜。我紧绷着神经，敞着遮雨板，一直坐在地板上用心倾听。每每听到太鼓声响，我就长吁一口气，安下心来。

"啊，舞女还坐在宴席上呢，她还坐着打太鼓呢！"

一旦太鼓声停下来，那可不得了。我完全沉入了磅礴雨声筑起的真空中。

少顷，宴席上的人不知是在玩你追我躲，还是跳起了群舞，乱糟糟的脚步声持续了一段时间。之后唰地一下，那边彻底安静下来。我擦亮眼睛，试图穿越黑暗，看个究竟。为什么会如此安静？舞女会在今晚被玷污吗？我心中烦闷不已。

关上遮雨板，我回到了被窝里，然而心中依旧痛苦。于是，又钻出来去了澡堂，暴躁地击打着浴池的水。雨停了，月亮出来了。经雨水冲洗过的秋夜，是这般清冽明亮。我想，就算我光脚跑出澡堂，去到宴席上，也什么都做不了啊。此时，已是半夜两点多。

三

翌日上午九点多，男人就来温泉旅店拜访我。彼时我刚刚起床，便邀请他一起去澡堂泡澡。晴空万里，明媚艳丽，南伊豆的这个秋日温暖得宛如小阳春。小河里的水量涨了不少，在澡堂下方沐浴着融融暖意。昨晚的一切变得不真切了，所有烦恼似乎不过是我的幻想。但我还是试着和男人搭话。

"昨天晚上，一直闹到很晚呢。"

"天哪，您都听见了？"

"那肯定听见了。"

"都是当地人。当地人只会瞎闹腾，实在没有意思。"

他看上去若无其事，我也不好再说什么。

"她们几个也来了,就在对面的澡堂——您瞧,好像看到我们了,正在笑呢。"

顺着他手指的方向,我往河对面的公共澡堂方向看去。只见一片蒸腾的雾气中,七八具裸体影影绰绰。

突然,有个光着身体的女人从昏暗的澡堂深处跑出来,我还在疑心是自己看错了,下一刻,她已经站在脱衣角边上,摆出要跳到河对岸的姿势,双手向上高高举起,嘴上兴奋地叫嚷着什么。真的是全身赤裸,连一块手巾都没带。正是舞女。我看着她如幼桐般挺拔、手脚修长的洁白裸体,只觉得心底涌出一股清泉,不由深深吐出一口浊气,然后咻咻地笑了。她就是个孩子。因为看见我们,心生喜悦,所以光着身子在朗朗日光中跳出来,竭力伸展身体,连手指尖都绷着力。她就是个孩子哪!一股明快的喜悦胀满我的心房,我继续咻咻地笑着。此刻,我的头脑异常清明,浑似长久的积尘终于被擦拭干净了。我一直笑着,一直笑着,停都停不下来。

舞女的头发过于丰茂,看上去足有十七八岁,再加上四旬女人总将她往妙龄少女的方向装扮,以至于我生出这个天大的误会。

我和男人泡完澡后,一起回了我的房间。不一会儿,那个年纪大的年轻女人来了,在旅店庭院里赏菊。舞女也要过来,正走在桥中央。这时,四旬女人泡完澡出来,看着两个人。舞女蓦地缩紧肩膀,歉意地笑笑,仿佛在说"会挨骂的,就先回去啦",慌忙往回撤。四旬女人走到桥边,扬声对我说:"请您过来玩啊。"

"请您过来玩。"年纪大的年轻女人也跟着说了句,然后女人们一起回去了。男人则坐到了傍晚。

晚上,我正与走街串巷批发纸张的行贩下围棋,突然听到从旅馆的庭院方向传来太鼓声。我立刻想站起来。

"巡演艺人们来了!"

"嗯嗯,那玩意没意思得很。快,快,轮到你下了。我刚下在这里。"纸贩点着棋盘,一心想要分出胜负。在我坐立不安的时候,巡演艺人们似乎已经要收摊回去了。男人在庭院里向我打招呼:"晚上好。"

我走到走廊上,向他们招手。巡演艺人们站在庭院里轻声商量了下,又回到玄关。之后,三个女人跟着男人,依次在走廊上跪好,像艺妓一样行礼："晚上好。"

棋盘上，我已失了大片江山，颓色骤现。

"到这一步，就没办法了。我认输。"

"这怎么能行呢？我这边才不妙呢。接下来不管怎么下，都很微妙啊。"

纸贩看都不看巡演艺人们一眼，只专心地一个一个数着棋子，下得愈发谨慎。女人们把太鼓和三味线在房间一角安置好，开始在将棋盘上下五子棋。在这过程中，我原本领先的棋局最终输给了纸贩。

"咱们再来下一局，就一局，怎么样？"纸贩死皮赖脸地央求道。我只是微笑，纸贩最终只能放弃，站起身回房去了。

女人们见状，朝围棋盘聚了过来。

"你们今晚还要去别的地方表演吗？"

"去是要去的……"男人看了看女人们，"怎么办？要不，今晚就歇了，让你们在这里玩？"

"太好啦，太好啦！"

"会不会被骂啊？"

"怎么会？而且，就算我们出去转，也没有客人啊。"

之后，大家一起玩了玩五子棋什么的。直到十二点多，他们才回去。

舞女回去后，我辗转反侧，怎么都睡不着，头脑异常清明。于是，我来到走廊上，试着喊道："纸贩，纸贩！"

"来啦……"年近六旬的大爷从房间里飞奔出来，精神抖擞地站在我面前，"今晚通宵，咱们下一个晚上！"

我的好胜心再次涌了上来。

四

我们约好，第二天早上八点从汤野启程。我戴上在公共澡堂旁买的鸭舌帽，将高等学校的制帽塞进书包底，往沿街的小客栈走去。二楼的隔门大敞着，我寻思大家都已经收拾妥当，也没多想，就走了上去。谁知巡演艺人们还躺在被窝里。我顿时不知所措，呆愣在走廊上。

就在我脚边的床铺里，舞女羞得面红耳赤，啪的一下用双掌掩住脸颊。

和她一起睡的,是那个年纪小的年轻女人。舞女并未卸去昨夜的浓妆,唇角和眼角都漾着红晕。这一饶富风情的睡姿狠狠冲击着我的胸膛。她似乎被光晃了眼,辘轳一个转身,仍是用双掌掩着脸,从被窝里滑出来,跪坐在走廊上,行了一个漂亮的礼,说:

"万分感谢您昨晚的盛情招待。"

我似呆头鹅般站着,愈发慌乱。

男人与年纪大的年轻女人睡在一起。在此之前,我丝毫没有意识到,两人原来是一对夫妻。

"真是十分抱歉。原计划今天出发的,结果临时接到邀约,让今晚去宴席上表演。所以,我们只能推迟一天再走了。您如果有要事,必须今天出发的话,咱们就在下田再见面吧。我们预定的是下田的甲州屋旅馆,您一打听就能找到。"四旬女人从被窝里半支起身子说道。

这一刻,我生出一种被抛弃的感觉。

"您能明天再出发吗?我也不知道妈妈要延期一天。说起来,路上还是有人结伴一起走的好,您就和我们一起,明天再出发吧!"男人说道。

四旬女人也补充道:"正是这个理。您好不容易赏脸和我们一起走,我们却提出这样无理的要求,真是对不住。但是我保证,明天就算天上下刀子,我们也肯定会出发。后天就是我们夭折在路上的婴儿的七七了,我们很早之前就决定,七七时一定要在下田做法事,尽点心意,这才一路紧赶慢赶,想在后天前赶到下田。我知道说出这样的话很失礼,可相逢一场都是缘分,后天您能和我们一起拜一拜吗?"

于是,我也推迟一天再动身。做完决定后我下楼去,站在肮脏的柜台边和客栈的人说话,一边等着巡演艺人们起床。男人先下来,邀请我去散步。沿着街道往南走一小段路,有座精致的小桥。我们靠在桥栏上闲聊。男人又开始说起自己的身世。据他所说,他曾短暂加入过东京的新派剧[1]演员团体,这个剧团至今仍时不时地在大岛港口登台表演。此前我就看到有刀鞘从他们的包袱皮中支棱出来,这回听他一解释,才知道有时他们也

---

[1] 新派剧:始于明治中期的一种戏剧流派,最初为政治宣传目的,后逐渐发展为表现大众现代风俗。与之相对的,是被称为"旧派"的歌舞剧。

会在宴席上比画几下戏剧给人看。柳条箱里装的正是戏装、锅碗瓢盆等家什。

"我不务正业，落得现在这副田地，但兄长很争气，在甲府出色地继承了家业。所以我嘛，就是个多余的人。"

"我一直以为你是长冈温泉的人来着。"

"是吗？那个年纪大的姑娘是我的妻子，比您小一岁，今年十九。路上颠簸，她早产了，生下了我们的第二个孩子。孩子在世上只活了一周就夭折了。而妻子直到现在，身体都没有完全恢复。那位老妈妈是我妻子的母亲。舞女则是我的亲妹妹。"

"欸？你说你有个十四岁的妹妹——"

"就是那丫头。我曾下定决心，至少不能让妹妹走上这条路。可天不遂人愿，发生了很多没办法的事情。"

之后男人告诉我，他叫荣吉，妻子叫千代子，妹妹叫薰，剩下那个十七岁的姑娘叫百合子。只有百合子一个人是雇来的，她是大岛人。荣吉越说越伤感，仿佛下一秒就要哭出来，只紧紧盯着岸边浅滩。

聊了一会儿，我们折回客栈，看到已经洗净脂粉的舞女蹲在路边，抚摸着小狗的头。我打算回自己住的旅馆，于是招呼道："过来玩啊。"

"嗯嗯，可是一个人不太好……"

"所以和你哥哥一起来啊。"

"那我马上去！"

不久后，荣吉来到我的住处。

"其他人呢？"

"妈妈管得严，女人们没过来。"

然而，我和荣吉没玩多久五子棋，女人们就穿过桥，一个个走上二楼来。她们如以往一般郑重地行礼，之后跪坐在走廊上踌躇了一会儿，最后是千代子先站了起来。

"这是我的房间。你们不要拘束，快，都进来吧。"

玩了将近一小时，巡演艺人们去了旅馆的澡堂。他们再三邀请我一起去，我敷衍说晚点过去。里面有三个年轻女人呢，怎么说都不合适。结果很快，舞女独自一人上来了。

"嫂子请您进去,她给您搓背。"原来她是来给千代子传话的。

我没有去澡堂,而是和舞女下起五子棋来。出乎意料,她很厉害。经过几轮比赛,她毫不费劲地打败了荣吉和其他两个女人。就连寻常难有敌手的我,和她下也得集中十分精神。没有必要放水,可以奋力一搏,这令我心情愉快。棋盘上只剩下我们两个人,刚开始她还坐得远远的,伸长手落棋子,后来逐渐忘我,全身心地扑到棋盘上方。她那头美到不自然的丰茂秀发几乎触到我的胸口。

突然,她脸一红,道:"对不起。我要挨骂了。"紧接着扔下棋子飞了出去。我抬头一看,发现那老妈妈正站在公共澡堂门前。千代子和百合子也慌忙从澡堂里出来,都没上二楼来道别就逃回去了。

这天,荣吉也是在我这里,从早上一直玩到傍晚。淳朴热情的旅馆老板娘忠告我说,请那种人吃饭实属浪费。

晚上,我去他们歇脚的小客栈,赶上舞女跟着老妈妈学习三味线。一看见我,她马上扔下三味线,结果挨了老妈妈的训斥,又把三味线抱了起来。一旦她唱得稍微大声点儿,老妈妈就制止道:

"跟你说多少遍了,不能大声。"

荣吉被叫到对面饭店的宴席上表演,我站在这边,能瞧见他正煞有介事地哼唱着什么。

"那是什么?"

"那个——是能乐。"

"能乐看着可真奇怪啊。"

"他就是'样样通,样样松',演成什么样都有可能。"

这时,一个四十岁左右的男人拉开推门,请女孩们过去吃饭。男人在小客栈租了房间,做贩鸟卖鸡的营生。舞女和百合子一起拿着筷子去了隔壁房间,吃鸟贩吃剩下的鸡肉锅。吃完后,鸟贩和两个女孩一起往这边回,途中鸟贩轻轻地拍着舞女的肩膀。老妈妈见状,脸色变得十分难看。

"喂,别动手动脚的!她还是个黄花闺女呢。"

舞女不迭声地喊着"叔叔、叔叔",央求鸟贩给她念《水户黄门漫游记》。然而,鸟贩念了片刻就起身离开了。舞女不好直接叫我接着往下念,只得迂回找老妈妈叨念,想让她开口请我帮忙。我心怀一个隐秘的期待,拿起读本。果然，舞女迅捷地滑了过来。我开始念书，她便无意识地凑近脑袋，快要碰到我的肩膀。她的脸上表情严肃，双眼闪闪发亮，心无旁骛地盯着我的额头，连眨也不眨一下。想来这是她听人念书时的癖好。刚才鸟贩念时，我亲眼见着她和鸟贩的脸几乎叠在一起。舞女一双眼睛亮晶晶的，瞳仁又大又黑，正是她身上最美的部分。双眼皮的线条，更是美得无法用语言来形容。而且，她总是像花儿一般微笑。"笑靥如花"这个词，放在她身上真是合适得不行。

没一会儿工夫，饭店的女佣过来接舞女过去表演。舞女穿上衣裳，对我说："我很快就会回来，请您在这儿别走，继续给我念接下来的部分呗。"

然后，她跪坐在走廊上行礼拜别道："我出门了。"

老妈妈叮嘱道："记住，绝对不能张嘴唱歌。"

舞女提起太鼓，轻轻地点了点头。

老妈妈转头同我解释道："这丫头正变声呢。"

舞女走到对面饭店的二楼，端正地坐下打鼓。她的背影清晰可见，仿佛就在我的隔壁一般。在咚咚咚的鼓点伴奏声中，我的心也欢快地舞蹈起来。

"您看，有了太鼓，宴会立刻活跃起来了。"老妈妈说着，也看向对面。

千代子和百合子也去了对面的宴席。

过了差不多一小时，四个人一起回来了。

"只给了这么多……"舞女攥在手里的那枚五十钱银币闪着光落到了千代子母亲的手掌上。我继续念了会儿《水户黄门漫游记》。巡演艺人们又说起在旅途中夭折的婴儿的事。听话音，那是个如清水般透明澄澈的孩子，连哭的力气都没有，却仍在人世间挣扎了一个星期。

我对他们没有好奇之心，没有轻蔑之意，甚至忘了他们只是一群走江湖的巡演艺人，而这份寻常的好意似乎感染到了他们。不知何时，我答应去拜访他们在大岛上的家。

"爷爷住的房子好，地方大，只要把爷爷赶出去就会很安静，想待多久就待多久，学生哥儿还能在那学习。"

他们彼此讨论过后，对我说："我们有两个小房子，山里那个现在空着呢。"

另外我们还约好，正月里我帮忙，大家一起在波浮港表演戏剧。

也是通过这番交谈，我才逐渐意识到，巡演艺人们的走江湖生涯并不似我最初想的那般艰辛。他们悠游无虑，不曾失去自然纯真。彼此之间是母女，是兄妹，骨肉之情将他们紧紧地联系在一起。唯有雇来的百合子，怕羞得厉害，在我面前总是沉默寡言。

十二点多，我才从小客栈出来。女孩们都出来送我。舞女帮我把木屐摆好。她从门口探出头来，仰望着明亮的夜空。

"啊，是月亮——明天就能到下田了，真高兴啊。办完宝宝的七七，我要让妈妈给我买梳子。那里有好多好玩的。请您带我去看电影吧，好不好？"

对于长期在伊豆相模温泉地区跑江湖的巡演艺人们来说，下田港是他们背井离乡之际可以歇脚的港湾，是令人眷恋的如故乡般的存在。

五

巡演艺人们和翻越天城岭时一样，各自背上行囊。小狗把前腿挂在千代子母亲的臂弯中，一副已然习惯长途奔波的模样。出了汤野，又进到了山里。海上旭日初升，洒下的阳光温暖着山腹。我们朝着朝阳的方向极目远眺。河津川前方，就是阔大平坦的河津海岸。

"那就是大岛吧。"

"看上去真大。您要过来玩啊。"舞女说道。

秋日晴朗，许是日头太好，海天连接处烟霞弥漫，仿若春时。从这里再走二十公里，就到下田了。有段路程，还能看见时隐时现的大海。千代子悠悠地唱起了歌。

途中，他们问我，是愿意走一条稍险峻但能近两公里的山间小道，还是选择平坦的街道。我自然选择抄近路。

近路是一段上坡路，要从树林间穿过去。这里常年鲜有人至，树下积满层层叠叠的落叶，一个不小心就会滑倒。我走得上气不接下气，反倒豁出去了，用手掌撑住膝盖，埋头加快了脚步。渐渐地，巡演艺人一行离我越来越远，偶尔才能听见说话声从林间传过来。只有舞女一人，将裙摆高高掀起,唰唰唰地跟着。她就在我身后不到两米的地方,不曾落后,也不愿靠近。每次我回头和她说话,她就似吃了一惊,微笑着站在原地回话。我在舞女和我说话时试着停下脚步,好让她追上来,她却仍是停住,在我重新迈步前一动不动。山路变得愈发陡峭,弯弯曲曲。我走得更快了。不承想,舞女一如既往,依旧落后两米,跟在我身后。山里安静极了。其他人已经落后很远,连说话声都听不见了。

"您家的房子在东京哪里?"

"不,我住在学校宿舍里。"

"东京我也知道的,以前赏樱时节过去跳过舞。不过都是小时候的事了,什么都没记住。"

接着,舞女又断断续续地问了很多问题,比如:"您父亲还健在吗?""您去过甲府吗?"后来她又提出到下田后要一起去看电影,还谈到了死去的婴儿的事。

终于爬到山顶。舞女将太鼓放在枯草丛中的板凳上,拿出手巾擦汗。然后,她弯下腰去掸自己腿上的灰尘,猝不及防又在我脚边蹲下,要帮我掸裙裤脚。我下意识地往后一退,舞女咚地双膝跪地。她就蹲着在我身边绕了一遍,将灰尘杂屑拍净,之后将掀起的裙摆放下,对站着大口喘气的我说:"您请坐着歇息歇息。"

一群小鸟飞到板凳边。山里静得出奇,能听到它们落在枝头时唰啦唰啦的响声。

"您为什么走那么快啊?"

舞女看上去很热。我用手指在太鼓上咚咚地敲,小鸟们哗啦一声全飞走了。

"啊,好想喝水。"

"那我去找水源。"

然而,舞女很快穿过枯黄的杂木林,空手而归。

"你在大岛上,都做些什么?"

听我这一问,舞女猝然举出两三个女孩子的名字,开始说一堆我完全摸不着头脑的话。她说的似乎并不是大岛上,而是在甲府上的事,至于主人公,则是她上小学时的朋友——她只上到寻常小学二年级就没再读了。

她根本就是想到什么就说什么。

等了十分钟左右，三个年轻人也终于爬到山顶。老妈妈则是又过了十分钟才上来。

下坡时，我和荣吉特意放缓脚步，落在后面，一边说话一边慢慢走。走了两百米左右，舞女从下面跑了上来。

"这底下有泉水。请您赶紧过去。我们都没有喝，等您先喝呢。"

听说有水，我立刻跑了起来。只见一股清水从树荫岩壁间喷涌而出，几个女人正立在泉水边。

老妈妈说："您先喝。这水啊，手一碰就脏了，而且让您在女人后面喝也不好。"

我用手掬了几捧水喝，清凉极了。然后才是女人们。她们一时半会儿很难离开，解渴后还拿水洗了帕子擦汗。

下山后就到了下田街道，只见几缕烧炭烟袅袅升起。我们在路旁木料堆上坐下歇脚。舞女蹲在道边，用桃红色的梳子给小狗梳理长毛。

老妈妈责备道："这样梳子会断的。"

"断了也没关系啊，我要在下田买新梳子。"

在汤野时，我就开始惦记，想着要讨她把插在额发上的梳子作纪念。此刻看她拿梳子给小狗梳毛，心里有些不情愿。

路对面有许多矮竹捆儿，我和荣吉见了，笑说拿来做拐杖最合适，之后先行一步出发。不一会儿，舞女哒哒哒地跑着追了上来，手上拿着一根比她身体还高的粗壮竹子。

荣吉问："你拿这个干什么？"

舞女略慌张地将竹子往我跟前送。

"您用这个做拐杖吧。我特地抽了其中最粗的出来。"

"这哪行！粗的显眼，人家一看就知道是被偷了，万一路上再遇见主人，多不好。你快还回去。"

舞女听了荣吉的话，立刻折回竹捆儿边，然后哒哒哒地又跑了过来。这一次，她递给我的是中指粗细的竹子。接着，她哐当一声朝后砸在田垄上，一边吭哧吭哧地大口喘气，一边等其他女人跟上来。

我和荣吉脚步没停，走在十米开外。

"那个呀,只要拔掉,再镶金牙,就什么问题都没有了。"

舞女的声音骤然钻进耳膜,我不由转过头去看。只见舞女和千代子并排走着,老妈妈和百合子稍稍落后于她们。她们似乎没有察觉到我回头,千代子接着说道:

"确实是这样。要不我们告诉他,让他去镶金牙啊?"

两个人似乎是在讨论我。千代子说我牙齿不整齐,于是舞女说换成金牙。听到别人议论我的外表,我却丝毫不难受,也不会特意竖起耳朵再去听个仔细。原来我已经和她们这般亲近了。两人又小声嘀咕了一小会儿,只听舞女说道:

"是个好人呢。"

"嗯嗯,看上去是个好人。"

"真的是个好人呢。好人真好啊。"

她们言辞淳朴,透出一股明快坦然的气息。从她们的声音中,可以听出如幼儿般纯粹的情感倾泻。因着她们的话,我也开始觉得自己是个好人。我快活地抬头远眺明媚的山峦,眼眶微涩。我今年二十岁,自幼失怙,性格扭曲乖僻。对此,我屡屡反省,却总是无法从郁郁寡欢的苦闷中摆脱出来,这才独自踏上伊豆之旅。因而,听到别人评价我是好人——寻常意义上的好人,我真是感激得不知道该说什么才好。接近下田海,山峦愈发明媚。我抡着刚才舞女递给我的竹杖,划断了路边的秋草尖。

途中,各个村口都立着一块牌子,上面写着:

乞丐与巡演艺人禁止入村。

六

从下田北口进去,片刻就到了名为甲州屋的小客栈。我跟在巡演艺人后面,登上类似阁楼的二楼。这里没有天花板,坐在面向街道的窗边时,房顶就杵在脑袋上。

"肩膀疼不疼?"千代子母亲再三询问舞女,"手呢,疼不疼?"

舞女比画了几下敲鼓的优美手势。

"不疼。还能敲,还能敲哩。"

"啊,这就好。"

我试着提了提太鼓:"咦,原来这么重。"

"那是,比您想的要重一些,比您的书包要重一些哟。"舞女笑了。

巡演艺人们和客栈里的其他人热络地打招呼。对方大多是江湖艺人、杂耍艺人之流。看来,下田港是这群候鸟的归巢。不时有客栈里的小孩走进来,舞女就拿铜板分给他们。我正打算出去透透气,舞女先行一步来到玄关,一边为我摆正木屐,一边自言自语般小声嘟囔道:

"记得带我去看电影哦。"

一个流氓模样的男人给我们带了段路,我和荣吉来到另一家旅馆。据说这家旅馆的主人是下田前任镇长。泡完澡后,我和荣吉一起享用了配有鲜鱼料理的午饭。

"你拿这个去买点花什么的,明天法事时供上。"

我说着,递过去一个纸包,里面装了少许钱。之后,荣吉就回了自己的小客栈。明天我就必须坐船回东京,因为已经没有余钱了。我跟巡演艺人们说的是学校里有事必须回去,如此一来他们也不好强留我。

吃完午饭后三个小时没到,我又把晚饭解决了,然后独自过桥往下田北部走去。我登上下田富士山,向港口方向眺望。回去时,顺便拐去甲州屋,看见巡演艺人们正在就着鸡肉锅吃饭。

"您坐下吃一口吧。虽说女人们伸筷子吃了不干净,但聊作笑料也可以嘛。"老妈妈一边招呼,一边从行李箱中取出饭碗和筷子,让百合子去洗了拿过来。

众人纷纷挽留我,说明天就是逝去婴儿的七七,至少晚一天再出发也好啊。我还是拿出学校做挡箭牌,没有答应。

老妈妈不断重复着车轱辘话:"那么,请您寒假再来玩,我们一定都到码头去接。您提前通知我们哪天到啊,我们翘首等着。千万别去旅馆什么的,我们得去码头接您。"

等到屋里只剩千代子和百合子的时候,我邀请她们一起去看电影。千代子捂着肚子说:"我身子不好,走了那么多路,实在吃不消啦。"她脸色苍白,一副筋疲力尽的模样。百合子则是拘谨地低着头。

舞女在楼下和客栈里的小孩玩耍。她见着我，转头跑去搂着千代子母亲，央求她同意自己去看电影，但最后耷拉着脑袋回来，只垂头丧气地为我摆正木屐。

"说什么了？让他带她一个人去，不也可以吗？"荣吉插进话来帮舞女求情，老妈妈却依然不同意。为什么我不能带舞女一个人去？我委实想不明白。走到玄关门口，我看到舞女正摸着小狗的脑袋。她浑身散发着淡漠的气息，我不敢上前搭话。她似乎连抬头看我一眼的力气都没有了。

最后，我独自去看了电影。女解说员在煤油灯下念着解说词[1]。我很快就出来了。回到旅馆，我把胳膊挂在窗台上，久久地、久久地眺望着黑夜里的街市。真黑啊。隐约间，我仿佛听见从远方不断传来微弱的太鼓声。也不知怎么的，眼泪扑簌簌滚了下来。

七

翌日，我准备启程离开。早晨七点，我正在吃早饭，听到荣吉站在道边喊我。他穿着带家纹的黑外褂，应是为了送我特地换的正装。我没有看见女人们的身影，一股寂寥之情油然而生。荣吉进到屋里，说："大家都想过来送您，无奈昨晚睡得太迟，怎么都起不来，还请您不要见怪。她们说，请您冬天务必再过来，我们都等着您。"

秋风穿过清晨的街道，愈发冷寂。去往港口的途中，荣吉为我买了四包敷岛牌香烟、柿子，以及名为 KAOL 的口腔清凉剂。

"我妹妹的名字是薰[2]。"荣吉微笑着说，"船上不适合吃橘子，但可以吃柿子，能预防晕船。"

"那我把这个给你吧。"

我脱下戴的鸭舌帽，罩在荣吉头上，然后从书包里抽出学校的制帽，掸开褶皱。两个人一起笑开了。

走近乘船码头时，舞女蹲在海边的身影骤然蹿进我的视野，激起千涛

---

[1] 解说词：作者生活的时代还是无声电影，需要解说员提前对电影内容做说明。

[2] 薰：日语中，"薰"的发音为"kaoru"，与口腔清凉剂品牌的发音极接近。

万浪。直到我们走到她身边,她都一动不动,只是垂着头,沉默不语。我看到昨夜的妆还挂在她的脸上,愈发心潮澎湃。她面有愠色,眼角却是嫣红,使得这张脸显出一种稚嫩的矜持。

荣吉问:"其他人也来了吗?"

舞女摇摇头。

"大家都还在睡吗?"

舞女点点头。

荣吉去买轮船票和驳船券,我趁机和舞女搭话,然而她只是紧紧盯着沟渠入海处,一个字也没说。好几次我话还没说完,她就一个劲儿地点头。

就在这时,随着一句"阿婆,这个人看着不错",一个建筑工人模样的男人靠了过来。

"学生哥儿,你是去东京,对吧?看你很靠谱,想拜托你一件事情,就是把这个阿婆带到东京去,行不?阿婆可怜哪。她儿子在莲台寺的银矿山干活,结果得了流感,儿子和儿媳都没撑过去,只剩下三个孙辈。这真是没法过了。我们商量了下,只能让她回老家去。阿婆老家在水户,但她也不认识路,所以想拜托你。等到了灵岸岛,你能不能带她去坐开往上野车站的电车啊?我知道给你添麻烦,可我们也没招儿啊,只能恳求你。你看她的样子,你也会觉得她可怜的。"

呆立一边的阿婆背上拴着一个还在吃奶的婴儿,左右手分别牵着一个女孩,小的约莫三岁,大的约莫五岁。她脏兮兮的包袱皮里,可以看见饭团和梅干。五六个矿工正围着阿婆安慰。我愉快地接受了这个照顾阿婆的任务。

"那就拜托你啦。"

"真是太感激了。照理说我们应该把阿婆送到水户,可实在办不到啊。"

矿工们纷纷向我致谢。

驳船激烈摇晃。舞女依旧紧闭着嘴,盯着某个方向。我抓住缆绳梯子回头时,舞女张口想要道别,却最终没有说出口,只是再次向我点点头。驳船往回驶去。荣吉手上拿着我刚给他的鸭舌帽,不断地挥舞。等船离得好远了,我才看到舞女开始挥动一个白色的东西。

轮船驶出下田海域,伊豆半岛的南端逐渐消失在了身后。我一直倚在栏杆上,心无旁骛地眺望着海上的大岛。和舞女分别,似乎已是很久之前的事了。啊,也不知道阿婆怎么样了?我往船舱里看去,发现有很多人团团围坐在她身边,不停地安慰着。我放下心来,进了隔壁的船舱。相模滩的浪很大,人坐在座位上,时不时就要东摇西倒。船员来回走动,给乘客配发小金属盆。我把书包当作枕头,躺了下来。我的脑袋里完全是空的,已然感觉不到时间这个东西。滚烫的泪水一颗颗落下来,摔进书包里。书包冻得我脸颊冰凉,我不得不把书包翻了个面儿。在我旁边,躺着一个少年。他是河津一个工厂长的儿子,准备去东京上学,因此看见我戴着一高[1]的制帽,便心生好感。

我们聊了一会儿,他问:"你是遭遇了什么不幸的事情吗?"

"没有,就是刚才和人道了个别。"我没有半点遮掩地回答。

就算被人看到自己在哭也无所谓了。我什么都没有想,心清如水,沉浸在满足中平静入睡。

不知什么时候,海上的天色已经黑了下来,网代、热海等地闪耀着点点灯火。我只觉得皮肤冰凉,肚子空空。少年打开竹叶包,我拿起里面的海苔饭团开始狼吞虎咽,甚至忘了那是别人的东西。然后,我又钻进他的学生斗篷里躺下睡去。此刻,我沉浸在美妙的怅惘中,无论别人如何热情地对待我,我都能非常自然地接受。至于明天一大早带着阿婆去上野车站,帮她买好去往水户的车票,也成了十分理所当然的事情。所有的所有,在我的意识中融为一体。

船舱里的灯熄了。船上的生鱼味和海潮味越来越浓烈。在彻底的黑暗中,我汲取着身边少年的体温,任由眼泪肆意而出。头脑变成了澄澈的水,扑簌扑簌地滚落下来,之后归于虚无,什么都没剩下。这是何等甘甜,何等欢愉。

(大正十一年——大正十五年)

---

[1] 一高:即旧制第一高等学校,是当时的名校。

花的圆舞曲

王盈盈　译

《花的圆舞曲》表演结束。

帷幕徐徐落下，只是还没等它遮住女孩们的胸口，友田星枝就松懈了舞姿。此时，早川铃子单脚脚尖踮地，另一条腿最大限度地高高抬起，身体重心全落在了与星枝交握的手上。即，铃子与星枝合二为一，共同表现出一个舞姿。因此，星枝突然泄力，铃子就仿佛被人劈开半边身体，不由摇摇欲坠。她下意识地抱住了星枝的腰腹。因惯性作用，星枝也跟着趔趄了一下。

铃子的脸埋在星枝腹间，全靠对方吊着，姿势怎么看怎么奇怪。她试图摆正身体，一只手抓着星枝的肩膀，另一只手却甩出一个耳光，骂道："混蛋！"

不过对于自己出手打人一事，铃子似乎也很惊愕。

她盯着星枝的脸，说："从今以后，我再也不和你一起跳舞了！"

说着，铃子又没了力气，再次靠到星枝肩膀上。

星枝蓦地转过肩。看上去，她并非有意甩开铃子，也不像是被铃子的耳光激怒。可是这个动作直接导致铃子没了支撑，两条胳膊不由往前倾。

星枝似乎并不认为铃子的窘境是自己一手造成的，连头也不回，只是茫然地立在原地。她强硬地说道："我也一样，再也不和你一起跳舞了。"

此时，帷幕彻底落了下来。

随着幕布触到舞台地板，经久不息的热烈掌声宛如清风骤然飘远，周围陷入一片寂静。

灯光也暗了少许。

这自然不是正式谢幕。为了答谢观众,演员们之后将会返场,而这些准备都是为了重启幕布时,给舞台增加更靓丽的色彩。舞蹈演员们对此心知肚明,轻快地在舞台上跑动,仿若刚才舞蹈的延续。舞台边缘则站着怀抱花束翘首以待的少女们。

掌声再次如潮水般响起。

"真没见过像你这么任性的!"

铃子粗暴地揽住星枝的肩膀,跟在大家后面压轴出场。

星枝恍若忘了怎么动,如布娃娃一样老老实实地听任铃子摆布。

铃子笑嘻嘻地伸手去摸星枝的脸颊。

"对不起啊,我刚才拍的是不是这儿?"

星枝转过脸,自言自语般小声嘀咕:

"我这辈子再也不跳舞了。"

"你说你啊,万一被观众看见怎么办?会被人笑话,还会上报纸的。那么,我们今天所有的努力都将化为泡影。哎呀,应该没被看见吧。当时我们在帷幕后,观众们大概只看见了腿?他们会不会以为我没站稳?不管怎样,肯定猜不到真实情况。哇,你听,掌声好热烈,大家一个劲儿地喊'安可'呢。嗯,绝对会返场!"铃子晃了晃星枝的肩,"咱们要一起向老师好好道歉。啊,幸好老师没看见。"

两人走近舞台一侧。舞蹈演员和少女们在那里叽叽喳喳地挤作一团,见她们过来都安静了下来。铃子有些害羞地微笑,星枝却是板着脸沉默不语,也难怪人群会安静下来。

这时,帷幕重新掀起。

舞蹈演员们互相以眼神示意,手牵着手走上舞台,把铃子和星枝簇拥在最前面。她们以铃子和星枝为中心,在舞台上排成一列站好,答谢观众的热烈掌声。

下一刻,少女们各自捧着花束走出来,献给铃子和星枝。

这些献花使者全是十二岁以下的女孩,其中一个才六七岁大。少女们都穿着长袖和服。在上台前,她们的母亲、姐姐,以及未在《花的圆舞曲》

中登台的身着其他表演服的舞蹈演员早早站在舞台一侧照料，或是梳理她们的头发，或是整理她们的腰带，并再三告诫她们上台后不要慌张，要记清楚把手里的花束送给谁。

花束都到了铃子和星枝手里。

这是因为《花的圆舞曲》是老师竹内为二人量身打造的作品。舞蹈编排上，其他舞蹈演员不过是作为铃子和星枝跳舞时的背景，抑或为其舞蹈做点缀。为确保铃子和星枝一直是场上最吸引人的焦点，二人舞蹈服也迥异于他人。

小献花使者们的登台使得现场气氛愈发热烈，观众们的掌声更响了。

铃子和星枝都收到许多花束，几乎被鲜花淹没了。

这时，舞台上只剩那个年龄最小、走路有些蹒跚的女孩还未送出手中的花束。那束花由清一色的小蓝花组成，看着比一支大径向日葵还要小。女孩站在星枝前面，可星枝似乎并没注意到这个人小花也小的孩子。

于是，铃子在旁小声提醒道："星枝，给你的花呢，多可爱。"

正疑惑打量星枝的小女孩听到铃子的声音，干脆把花束往铃子的方向递过去。

铃子轻声说："不不，错了，这是给星枝的花。"

只是不管她如何用眼神示意，年幼的孩子就是看不懂。到了这个地步，星枝也不好再从旁接过，铃子只能和蔼地收下这束天蓝色的花。

她轻轻抚摸孩子的头，小声说："谢谢你啊。好了，你可以回去了，妈妈在那边叫你呢。"

身穿长袖和服的少女们完成献花使命后都退了回去，留在舞台上的演员们则再次向观众鞠躬致意，然后帷幕落了下来。

"星枝，这是你的花哦。"

铃子说着，把刚才那束小花插到星枝的胸口与大堆花束之间。

"你为什么不接呢？那么小的孩子，你让她在舞台上干站着下不来台，真是太过分了。她都快哭了。"

"是吗？"

"有件事你最好记住，并非只有你才是人哦。"

铃子这般说着，脸上却挂着微笑。

小小的蓝色花束夹在一大堆玫瑰和康乃馨之间,显得愈发纯粹娇艳,仿佛只有它才是真正的花一样。

其他舞蹈演员们纷纷瞅着星枝的胸口,不住称赞。有说可爱的,有说洋气的,有说漂亮的,有说它像童话故事里的王冠的,有说它像梦之国里的点心的,言语之间满是喜爱。

"是什么香味?"

有个舞蹈演员干脆伸手拿过花去欣赏。

"真想拿着这束花跳舞。这是什么花啊?星枝小姐,你知道吗?"

"我不知道。"

"这种花,都没见过呢。也不知道是什么人送的,令人印象深刻。"

星枝漫不经心地接过送回的花束,说:"这花,蔫了。"

对方吃了一惊,看着星枝的脸。

星枝又说了一遍:"花蔫了。"

"它没有蔫吧。你快别在这里说这种话,回家插在花瓶里,它很快又能水灵起来。你这话万一被送花的人听见,多不好啊。"

"可是,它确实蔫了。"

铃子站在稍远处看着,闻言道:"你要是觉得蔫了不喜欢,就给我。是不是因为我错拿了你的花,你不痛快?"

星枝没说话,只随意地将花束扔了过去。花束落到铃子手里,却有什么东西掉在了舞台地板上——一条镶着宝石的项链。它原本藏在花束里,被一两支花勾着带了出来。

然而,星枝扔完花束后旋即穿过舞蹈演员人群,跑到之前送花的那个小女孩面前蹲下。"小朋友,对不起啊,是我不好。对不起。"说完隔着胸前的一大堆花束抱起小女孩,登上楼梯往后台方向跑去。她的动作是如此迅速,压根没有发现项链掉了。

"星枝!"

铃子锐利地瞥了她一眼,捡起项链,又去看附在蓝色花束上的名牌。一两个舞蹈演员也凑过来。

"胜见——铃子小姐,你知道胜见这个人吗?"

"知道。"

"是男人？"

铃子没有回答。

星枝往上奔跑，胸前的花束散了一路也毫不在意。一只舞鞋鞋带松了，她干脆把鞋甩飞出去。舞鞋远远地落到楼下走廊上。她一次都没有回头。

这期间，观众催促返场的掌声一直不曾停下。

乐手们走到乐池里各就各位。

掌声更激烈了。

铃子激动地打开房门："返场，星枝，返场啦！"她走进化妆室，把项链轻轻放在星枝的化妆台一角，抬眼看了眼星枝的模样，故意欢快地问道："你在难过什么吗？要返场喽。乐手们都已经出去，就等咱们了。不管你现在有什么天大的难过事，该上场还是要上场哦。"

星枝抱过来的小女孩早就不知跑哪儿去了。她独自站在窗边，眺望着夜晚的街市。

"别惹大家不高兴啦！"

铃子拽着星枝的胳膊催她快走。星枝听话地往前走了五六步，却在穿衣镜前站住。

"哎呀，只有一只？另一只鞋呢？"

铃子看着穿衣镜里星枝的脚，而星枝只是盯着自己的脸。

"这张脸，没法跳啊。"

"看不见脸啦。"

"铃子，你不是说过一辈子都不要再和我一起跳舞吗？"

"要跳一辈子，要和你一起跳一辈子。鞋子在哪儿？"

"我真不想跳。我没有心情跳啊！"

"那你置别人于何地？不跳绝对不可以。你想想，今晚是老师特地为咱俩筹办的舞会，有多少人为咱俩辛苦操劳，你难道没数吗？就算你心里在哭，脸上也得堆出笑来。还有观众，观众们都那么高兴呢！"

"我跳得那般不痛快，他们竟然还高兴？"

"你没听见掌声？"

"听见了。"

"别磨叽了，快把鞋穿好。鞋子在哪儿啊？"

化妆室是一个小小的西式房间，在墙边的一块高地上铺了榻榻米，并排摆了几张梳妆台，另外还有一面大穿衣镜。各种舞蹈服挂满墙壁，挂不下的就胡乱堆在正中间那张矮桌上。除了衣服，桌上还乱七八糟地摆着别人赠送的花篮、点心盒、花束什么的。

榻榻米下摆着诸多舞蹈鞋。铃子蹲下身，手忙脚乱地从中找出星枝脱下的一只舞鞋。就在这时，化妆室门开了。

进来的是她们的老师竹内。竹内手上拎着星枝的另一只舞鞋。他走近星枝，若无其事地将鞋子摆在她脚边，平静说道："鞋掉了。"

"呀，老师！"

铃子反倒赤红了脸，紧跑几步，在星枝身前跪下，帮她穿好鞋子。

星枝任由铃子摆弄自己的脚，双眼直直地盯着竹内。

"老师，我不想跳舞。"

说完，她扭过头。

"不管你想跳，还是不想跳，跳舞就是跳舞。它就像人的生老病死一般自然。"

竹内笑着在自己的化妆镜前坐下，开始化妆。他的舞蹈服只穿了一半，脸上画着浓重的舞台妆，站在近处，却还是能瞧出掩盖不住的落寞。明明是五十上下的人，脸上的苍老感却更甚年龄。

铃子和星枝走出化妆室，迈上楼梯时，木管乐手已经在吹前奏了。

观众们的掌声瞬间安静下来。

返场表演的是柴可夫斯基《胡桃夹子（The Nutcracker）》中的《花的圆舞曲》部分。

《胡桃夹子》是组曲，包括《糖果仙子（Dance of the Sugar Plum Fairy）》《俄罗斯经典舞曲（Russian Dance）》《阿拉伯舞曲（Arabic Dance）》等，铃子和星枝曾在三四年前竹内舞蹈研究所举办的表演会上表演过。当年，星枝跳的是《中国舞曲（Chinese Dance）》，铃子跳的是《芦笛舞（Dance of the Reed Flutes）》。

《胡桃夹子》讲述了少女在圣诞夜做的一个离奇美梦，属于童话舞曲。

彼时铃子和星枝都还年轻，正是会梦到胡桃夹子的年岁。尤其是跳最后的《花的圆舞曲》时，少女们的青春娇艳都在变幻的舞姿中竞相绽放，如鲜花般美好。因此，这组舞蹈成了她们美好的回忆。

为了让两名女弟子顺利出道，竹内不但在今晚举办了"早川铃子·友田星枝第一次舞蹈表演会"，还将《花的圆舞曲》加入节目单，并以二人为中心，重新改编了原来的舞蹈设计。

星枝和铃子走出化妆室后，竹内突然站起来，走到星枝的化妆镜前，拾起那条项链看了看，又轻轻地放了回去。然后，他不经意地抚摸那些挂在墙上的女孩的舞蹈服。

不管是衣裳、花束，还是化妆用品，都是越散乱看着越有生机。

铃子和星枝走下楼梯，还未在舞台一侧站定，乐手们就已经奏响圆舞曲的主题曲。舞蹈演员们一边在台上舞蹈，一边等着主演们的出现。

"友田小姐，友田小姐。"

有人在身后不迭声地喊着，不过星枝没有听见。

她摆好舞姿，从自己站的一侧旋上舞台。同时，铃子从舞台另一侧出来。两人在舞台正中央相会。

铃子悄声鼓励她："怎么样，还好吗？"

星枝只用眼神示意自己没事。

此后，铃子也屡屡分出心神，用余光瞥着星枝，就怕她出状况。当两人第二次相会时，铃子说："真开心，你的情绪恢复了。"到了第三次，铃子说："星枝，你跳得真好。"

然而，这些话压根没有钻进星枝的耳朵。她已然被舞蹈蛊惑，忘了自我。她的动作中涌动着越来越浓烈的欢愉与热情。

铃子看着星枝的舞蹈，脚下步伐逐渐混乱。身也好，心也好，都无法彻底融入舞蹈中，她能感觉到自己舞蹈的僵硬。

不久，两人又跳到一起，手牵着手。

"骗子！我恨你。"铃子被一股不知是嫉妒还是愤怒抑或悲伤的情感支配着，愈发焦躁。紧接着，她又骂道："太过分了！你好可怕！"

星枝只是忘情地舞蹈着。

难道会输给你吗！很快，一波波青春活力也从铃子的舞蹈中溢了出来。

然而，一心与星枝抗衡的铃子，以及压根没有察觉铃子战意的星枝，二者的舞蹈呈现出的是一种不和谐的美。她们并非蝴蝶翩翩起舞时的双翅。

当然，观众是看不出这些微妙区别的。《花的圆舞曲》结束后，观众们再三致以热情的掌声，她们又登上舞台两次。

星枝一扫此前的颓废，仿若变了一个人似的，表现出旁若无人的愉悦，连声音都兴奋得提高了一个调。

"真好。我从未跳得这么舒心过。音乐和舞蹈配合得天衣无缝。"

铃子也热情地回应观众们的喝彩和掌声。

回到舞台一侧，身穿东洋风舞蹈服的竹内抓住铃子的肩，安慰道："跳得很棒。"他一直关切地看着二人的舞蹈。

隐忍许久的委屈霎时涌上来，泪水盈满眼眶。铃子下意识地想把脸埋进竹内的胸膛，却又猛然转身，越过正在上楼的舞蹈演员们，往后台奔去。

过了一会儿，星枝吹着口哨——那是刚才圆舞曲中的一小节——舞蹈般地旋进了房间。

"骗子！虚伪！自私自利的坏家伙！我被你骗了。你竟然用这种手段耍花招，简直太卑鄙了。"

"哎呀，你在生什么气啊？"

"你为什么不敢堂堂正正地和我比？"

"我不喜欢比啊。"

星枝仿佛一刻也静不住，她薅出花束里的花，撒得到处都是。

"请你别碰我的花。"

"咦，这是铃子的花吗？我不喜欢比哪。"

"是！你就是个彻头彻尾的利己主义者。自私任性，没有谁能比你更可怕。"

"你是在生气？"

"难道不是这样吗？说什么你很悲伤，说什么你不高兴，说什么你不想跳舞，还摆出垂头丧气的模样。我是发自内心地担心你，就算上了台也一直记挂着你，甚至顾不上自己的舞步。再也没有比这更讨厌的事了。你呢，反倒若无其事，高高兴兴地跳舞！我被你骗了，你个骗子！"

"我完全不知道这些事情。"

"你不觉得自己卑鄙吗？耍花招，诈得人猝不及防。你把别人耍得团团转,好让自己大放光彩。"

"讨厌,才不是我的错呢。"

"那是谁的错?"

"是舞蹈的错啊。我一旦开始跳舞,就会忘记一切。我才不会为了跳好舞而去跳舞呢。"

"哈,你是天才嘛。"铃子嘲讽道,悲怆却深深地在她心底回荡,"我不会输的,绝对不会输给你的!"说着说着她焦躁起来,开始收拾边上的服装,"但是我要告诉你,你继续这样下去,很快就会遭到报应。说不定什么时候,就会狠狠摔下来。在旁观的我看来,你就是在悲剧深渊中走钢丝的性格——当然,你自己没意识到。呀,这人看着又危险又可怜,下一刻会怎样?大家看你时就是这种心情,担心、忧切,因此才会不自觉间输给你。你不懂我们的苦心,还一个劲儿逞能。"

"可是,在舞台上舒心地跳舞,怎么就成了坏事呢?"

"舒心,舒心。你是舒心了,那你有没有一次为别人考虑过,别人舒不舒心呢?"

"在舞台上跳舞还要顾虑别人,我才不要这么世故呢,讨厌透了。那样的人,想想就觉得悲哀,一点儿都不快乐。"

"假若为人世故能让人成功地闯出一番天地,也很了不起啊。"铃子的声音小了下去,"可事实上,想要在舞台上成功,成为舞蹈明星,需要的既不是努力,也不是天赋,而是像你这样的逞强,这才是最重要的资格。就这样吧。你就踩着我往上爬,成为最伟大的舞者吧。"

"才不要。"

"话说回来,星枝,你曾因他人的善意、爱意而开心过吗?"

星枝没有回答,只是注视着镜中的自己。铃子走到星枝身后,看着镜中两张并排的脸。

"像你这样的人,也能爱人吗?不知那时你会是什么表情。我太想瞧瞧了。"

"你看,我的脸很寂寞呢。"

"胡说。"

"舞台妆盖住了,你看不见而已。"

"快把衣服什么的整理好吧。"

"不用,等会儿女佣会过来的。"

这时,竹内从舞台上回来了,《花的圆舞曲》后是他的表演。至此,今晚的演出全部结束。

铃子轻快地迎了上去:"今晚这些安排,真是太感谢老师了。"说着,用毛巾为竹内拭去脖颈和肩膀上的汗水。

星枝仍是坐在自己的化妆镜前:"谢谢老师的指导。"

"恭喜你们!今晚演出能成功,比什么都重要。"

竹内任由铃子摆弄身体,自己去卸脸上的浓妆。

"全都是老师的功劳。"

铃子为竹内脱下舞蹈服,开始擦拭他光裸的后背。

"铃子,铃子!"

星枝锐声叫道,仿若苛责一般,还用化妆刷敲打着梳妆台。

然而,铃子装作没听见,去盥洗池拧了毛巾过来,一边勤快地擦着竹内的胸和后背,一边快活地谈论着今晚的舞蹈演出。最后,她搂过竹内的脚搁在自己的一只手上,另一只手从脚底到脚趾缝一处都不放过,擦得干干净净。完事后,她又为竹内揉捏起了小腿肚子。

铃子做这些时欢欢喜喜的,可以看出完全是发自真心,是她心甘情愿想照料竹内。这可真是一幅师慈徒孝的美好画面,其间不掺任何世俗的功利或不堪。然而,她的动作太熟练了,加之舞蹈服单薄,露出了身上大片的肌肤,以至于在旁人看来,就像不小心窥到躲在隐秘房间的男女一般。

"铃子!"

星枝又唤了一声,嗓音尖锐,充斥着神经质的嫌恶。接着,她猛地站起来,往外奔去。

竹内沉默地注视着星枝的离去。

"好了,可以了。谢谢铃子。"他走到设在房间角落的盥洗池前,边洗脸边说,"听说南条下周就要坐船回来了。"

"呀,真的吗,老师?那可真是太令人高兴了。这次总是真的吧?"

"嗯。"

"也不晓得他还记不记得我。"

"你那时几岁？"

"十六岁呢。当时南条先生还训我，说受不了没谈过恋爱的姑娘，没法和我一起跳。您还记得这事吗？"

"记得。这次你可以开心地等着他张口邀请你跳舞了。搞不好他还会说，没谈过恋爱的姑娘才好呢。那时你不过是个孩子，再见却已经长成如此优秀的舞者，他看到肯定会大吃一惊的。"

"你笑话我，老师。我期待他回来能教我在国外学到的许多知识，同时却更加担心，怕自己到了关键时刻反而怯场。听说，南条先生先是在英国学校里认真钻研，后来又到法国观摩最优秀的舞者跳舞。那么像我这样的人，他看得上眼吗？"

"男人总不可能一直独舞。无论如何，他都需要一个女搭档。"

"还有星枝呢。"

"你别输给她啊。"

"我要是看到南条先生，肯定会缩成一团，慌得直打战。星枝就不同了，她能很平静地跳舞。搭档越强，她越能挖掘出自己的潜能，发挥出远超平时的实力，就似中了某种不可思议的魔法。真是太可怕了。"

"你也是爱操心的命。"竹内有些许不高兴，"等南条回来，我应该很快就会为他举办归国舞蹈表演会，届时你和他一起跳跳看。你们三个以南条为中心，要好好相处，振兴我们的舞蹈研究所。那样，我也就能安心隐退了。我知道你吃了很多苦。现在南条终于回来了，你们可以携手共创属于你们的光辉未来。记得，要把研究所的地板换成新的，墙壁也得重新抹刷。"

南条的回国计划一推再推，先是晚了两年，后来又推迟了一年，着实让竹内担心许久。铃子一边回想过往，一边想象着去横滨港迎接南条时的喜悦。

"南条先生还是绕道从美国回来的？"

"好像是的。"

"'好像'？"铃子有些讶异，反问道，"难道南条先生在信里或电报中没有写明吗？"

"实际上，有个报社记者刚才问我'南条君是不是要回国了'，我才知道他要回来的消息。"

"天哪！他什么都没有告诉老师您？怎么、怎么会这样！"

铃子愣住了，再看竹内阴沉的脸，不由心生同情，同时涌出一股自己也被南条背叛了的失望，猛地带着哭腔喊道："简直无法相信！他全靠老师才能去留洋。他是忘恩负义，还是疯了？这样的人，老师您还要去横滨接他？我不要。不管您说什么，我都不愿意和这样的人一起跳舞。"

星枝来到走廊上时，道具师傅和照明师傅正慌张地收拾东西，看上去颇煞风景。乐手们则已经带着各自的乐器回去了。

观众席上是黑黢黢的一片。

本次舞会的组织者、舞蹈演员的家人和朋友，以及一些学生和大小姐粉丝们，每个人的脸上都洋溢着兴奋之情，或是评论今晚的舞蹈演出，或是坐在长椅上等待，或是在后台进进出出。

说是舞蹈演员，其实都是在研究所里学舞蹈艺术的学生。这些人并非一辈子都要靠跳舞吃饭，其中立志成为专业舞蹈家的极少。她们大半是女学生或小学生，当中又以有钱人家的小姐居多。

这些舞蹈演员的化妆室比铃子和星枝的开阔，大家有换舞蹈服的，有去后台澡堂冲澡的，有化妆的，有找自己的花束的，各自都在做着回家的准备。这里是欢腾的、热闹的，跳完舞后的兴奋余韵还蕴在一道道年轻的声音里。

星枝走在廊上，很多人向她道贺。"祝贺，今晚演出很成功"是每个人都要说的，还有人请她签名，有人换着花样夸她。对所有人，她都予以淡然的回复。

在群舞演员化妆室玩耍时，家里的女佣站在走廊上呼唤星枝，于是她和对方一起回了自己的化妆室。

打开门时，刚好看见铃子从后面给竹内穿上洋装。

与刚才不同，这次星枝完全不在意，看也没看他们一眼，只是边走边告诉女佣哪些是自己的衣服。

"这件，这件，还有这件……"

铃子用眼神示意了一下，星枝老实地点点头，披上春装外套。两人一起送竹内到大门口。

不及竹内的汽车启动，铃子就忍不住激动地告诉星枝，南条下周就要坐船回来的消息。然而，星枝却不为所动。

"是吗？"

"可是，他竟然没有提前通知老师。真是忘恩负义！再也没有比这更混蛋的事了！太过分了！老师真是好可怜。"

"是呢。"

"我们要和其他舞蹈同行联合起来，一起在报纸上加以谴责才行。他回来那天，咱们不能去接他。你还要向我保证，绝对不和南条先生一起跳舞哦。"

"嗯。"

"你这样不行，看着一点儿都不可信，要更认真地愤慨才可以。说起来，星枝你也是个薄情的，不输南条。"

"南条先生这人，我压根不认识啊。"

"老师平时不是老把他挂在嘴上吗，简直当亲儿子了。南条先生的舞蹈，你也没见过？"

"舞蹈是见过的。"

"跳得很棒吧？大家都说，在日本的土地上终于诞生出了一个跳西洋舞的天才，说他是日本的尼金斯基[1]、利法尔[2]。因此，老师砸锅卖铁，还借了很多钱，才能送他去留洋。竹内研究所就是从那之后才变穷了的。"

"是吗？"

来接星枝的司机和女佣拎着她装衣服的箱子，搬着客人送给她的彩球走了过来，正好与两人碰上。

这时，坐在走廊长椅上的一个青年站了起来，从星枝身后跟过来。

"友田小姐。"

"哎呀，您在这里做什么？怎么还没有回去啊？"

---

[1] 尼金斯基（Nijinsky Vaslav，1889—1950），波兰血统的俄国芭蕾演员和编导，有"舞蹈之神"美誉。

[2] 利法尔（Serge Lifar，1905—1986），法国著名芭蕾演员、编导、舞蹈教学者，是20世纪30年代主要的芭蕾舞演员。

星枝寒暄着，若无其事地走过青年身边。

回到化妆室，铃子卸完妆，走到墙角屏风后开始换衣服。

"为了给咱俩举办今晚的舞会，老师又是七拼八凑找人借钱呢。"

"这样啊。"星枝对胸前和胳膊上的白粉十分介意，"要不先洗个澡再回家？"

"我说星枝，你也得心里有数。研究所的房子也好，乐器也罢，稍微能入眼的东西都被抵押了。为了筹集今晚舞会的费用，老师四处奔走，跑了三四天。"

"服装费也欠了不少吧。服装店老板颠来倒去地过来说了好多次，真是讨厌。"

"有句老话叫，富人与乞丐也就一门之隔。"铃子似乎终于忍不住了，"你听过吗？"

"听过啊，就是说没钱了，连绸缎腰带也得卖掉嘛。"

"就算是星枝你，不定也有要卖绸缎腰带的时候呢。毕竟，富人和乞丐吃的同样都是大米饭。我说你可真是太不体恤人了，刚才也是，不觉得自己过分吗？摆出那副厌恶的表情。我照顾老师是我作为弟子的本分，有什么不可以？"

"太脏啦。"

"太脏？什么脏？"

"就是太脏啦。老师的裸体很脏啊，你可真下得了手去碰。"

"呃……"

铃子没想到星枝会说出这样的话，突然捂住胸口，半天说不出第二句话。

"咱们去洗澡吧。"

"什么意思？你是说我手脏，让我去洗干净？"

铃子仿若受到了某种屈辱，紧板着脸。

"我只是不喜欢看铃子做那样的事情。"

"可是……"

星枝用力反驳道："太凄惨了。"

铃子只觉得自己被人从高处推落下来，没有说话。

"我觉得很可怜，看不下去，看着看着就火冒三丈。"

"为我？"

"对啊。"

"我明白了。你能这样为我想，我很高兴。"铃子自言自语般说道，"这就是千金大小姐和穷人家女孩的区别。可能我天生性格如此，没有办法。只是，我是觉得老师可怜，才发自真心地想要照顾他。我不认为料理老师身边的琐事是作为贴身弟子的义务，也无意讨好老师，我只是喜欢做这些。不过你要知道，女人只要结婚都……"

"别人的事我不管，也不想管。我喜欢铃子，所以看到铃子那样卑躬屈膝，心里不舒服。"

"知道了。"铃子搂住星枝的肩膀，把她按在化妆镜前，"我帮你化妆吧。"

星枝顺从地点了点头。

此时，两人都已脱下舞蹈服，换上自己的小洋装。

铃子一边为星枝梳理头发，一边说："我十四岁就成了老师的贴身弟子，是老师出钱让我上女校，他对我就像对自己的亲生孩子一般好。但是，我依旧要和女佣一起去厨房帮忙。而且总归是别人家嘛，我慢慢地学会了看人眼色，比起自己的心情，总是优先考虑别人的。不过因为一心想学跳舞，这些种种就都能忍受了。"

"又不是别人肚子里的蛔虫，怎么可能理解别人的心情呢？我可不信。"

"大道理我也讲不来。师母不是去世了吗，或许就是因为这个吧，我能格外体会老师的心情。有时候我就在想，万一我不在老师身边了，他可怎么办？会不会每天穿着脏衬衫，指甲也不知道剪啊？"

"你不觉得理解别人的心情，是一件很可悲的事吗？"

"是啊。所以我发自内心地认为，艺术委实令人感激。倘若我不曾献身艺术，我肯定已经成了一个秉性扭曲、心地恶劣、老于世故的人，没有半点女孩应该有的样子。是艺术救了我啊。"

"艺术什么的，我很害怕。"

"舞蹈不也是艺术吗？正因为星枝你是天生的舞蹈胚子，任性也好，自私也罢，人们都能容忍。假如没了舞蹈，那你就只是个让人崩溃的疯子。"

"我不知怎的总是畏惧艺术。一旦起舞，我会立刻深陷其中，忘却自我。而当我一心沉浸在舞蹈的世界时，我非常快乐，好像在蓝天里飞翔，可同时禁不住担心，这样的我到底会飞到哪里去，会变成什么样。那感觉，仿佛我在做一个遨游天际的梦。就算我想停下来，也做不到。我的身体变成了别人的，不停地旋转飞舞。我不想失去自我——不管什么事，我都不希望自己陷进去。"

"大小姐，你要求太高啦。你根本是骄傲于自己的舞蹈天赋，才能说出这样的话。真是令人羡慕。"

"这样吗？铃子，你真的打算将舞蹈当作毕生事业去奋斗吗？"

"真讨厌，这时候说这个干吗啊？"

铃子笑着用大毛刷轻拍着星枝的脸，星枝一动不动地闭着眼睛，下巴微微向前扬起。

"你看，我的脸多寂寞啊。"

铃子给星枝擦上腮红，边描眉边问："刚才你在为什么事情难过呢？再也没有比你更乱来的人了，冷不丁就垮了舞姿。"

然而，星枝一动不动，恍若戴了精美的面具。

"你那样做，我万一摔在了舞台上，如何了得？"

"我就是不想跳了。临上舞台前，我看见母亲的脸了。我心里不愿意，脚下舞步突然就乱了，无论如何都跟不上音乐节拍——啊，音乐伴奏也不好。"

"哎呀，你母亲也过来了？"

"悄悄带着她中意的女婿人选一起来的。为什么要让他看我光着身子跳舞呢，真是的！"

铃子愣住了，看了眼星枝的脸说："好了。"她把眉笔放回化妆镜旁的化妆包里旁，突然尖叫起来："天哪，项链呢？项链去哪儿了？"

"我不知道啊。"

"刚才还在这儿呢。你真不知道吗？讨厌，项链不见了。你让开，我再找找。"

铃子拉开抽屉检查，又去看化妆镜后面。星枝则任由铃子行动。

"别找了，估计是女佣收走了吧。"

"要是那样倒还好,但我看女佣并没有收拾过化妆镜这块儿。千万不能丢啊!唉,都怪我,把项链放在这种地方。它和舞台上使用的玻璃赝品可不一样。不行,我得去问问其他人。"

铃子根本冷静不下来,急匆匆地跑出化妆室。

星枝端详着映在镜子里的自己的脸。

屋外晚风轻拂,已是初夏气韵,化妆室里堆叠着各种舞蹈服、花束,充斥着姑娘们身上脂粉的气味,依旧是晚春时节。一片缱绻中,年轻的肌肤温润如玉,熠熠生辉。

美国驶来的筑波丸号轮船于上午八点准时驶入横滨港。

竹内他们因工作关系经常接送外国的音乐家和舞蹈家,对轮船入港手续十分熟悉,特意比既定的靠岸时间晚了些时候过来。

即便如此,现在还是上午时分。海关房顶上的尖塔折射着初夏的晨光,行道树的影子拖得长长的。

车子停在海关门前,铃子先下车去地面事务部门拿入港券。他们一边瞧着右侧一列长长的低矮仓库一边过了新港桥,这种仓库是码头上的典型物件。桥的左侧则是脏兮兮的海面,看起来更像人工沟渠。三菱仓库前停满了日式木船,船上晾着衬裙、夹脚布袜、衬裤、汗衫、尿布、婴儿的红衣裳等,每件都又脏又旧,反倒为附近这片洋溢着近代气息的海湾增添了几缕异国情调。还有些船上,人们刚吃完早饭,正在清洗碗筷。

除了竹内和铃子,还有两名女弟子一同从研究所前来。其中一人在海关哨岗前下车,给对方看照相机。

来到四号码头时,星枝已经在那里了。她家就在横滨,故而没有与大部队一起行动,自己先过来。

"啊,你真来了。"竹内一下车,就把拿在手里的花束递给星枝。

星枝接过花,说:"老师,我根本不认识南条先生,才不要给他献花呢。"

"没关系的。南条是以后和你一起站在舞台上的人,是你的搭档。他是我很得意的弟子,那你俩就是师兄妹嘛。"

"我和铃子已经约好,绝不与南条先生一起跳舞。您都没必要过来接他。"

竹内只是笑笑，便往轮船公司驻派员办公室走去，查看乘客名单。铃子也跟在他身后看。

"呀，找到了！老师，南条先生在185号客舱呢。他果然回国了，果然回国了！"

铃子的脸上闪着光，搂住竹内的肩膀，仿佛下一刻就会跳上去。

竹内也高兴地说："是嘛，他到底回来了。"

"简直像做梦一样。老师，我心跳得好厉害呢。"

他们的脸上都洋溢着笑容，往港口方向眺望。

只要没有精神错乱，南条就不会不向恩师竹内报备一声就回国。所以，到底发生了什么事？不过，愤怒也好怀疑也罢，夹杂着重逢的喜悦，这些感情此刻都被裹进轮船即将入港时码头上特有的情绪中。竹内的脑海中，或许还会浮现出得意门生南条少年时候的面容吧。

研究所一行人上到码头二楼，打算在这里的临港食堂等候。食堂里站满了来接船的人。大家一个个都聚在敞开的窗户旁，竭力往港口方向眺望。女弟子们待不住，啜了几口红茶，就将花束放在桌上，往站台去了。

初夏上午的阳光温暖热烈，照得整个港口闪闪发亮。

港湾里停泊着来自各国的客轮与货船，不时有汽艇穿梭其间。

尽管连哪艘船是筑波丸号都不知道，铃子的兴奋却不受影响。作为横滨本地人的星枝指着海面为她讲解："就是那艘，正往这边来呢。船体很大很漂亮，烟囱是白底红条的，又粗又短。有一种说法，假如轮船没有烟囱，乘客就会惶恐不安。所以啊，给烟囱化个华丽丽的妆成了轮船公司招揽乘客的重要手段，那烟囱就被称为化妆烟囱。烟囱大，看着比较可靠，速度也快。"

铃子认出哪艘是筑波丸号后，不由设想，当南条看见亲爱的祖国的陆地时，该是多么喜悦啊。她禁不住雀跃起来，仿佛此刻在船上的是自己一般。

"南条先生也在看我们这边吧，肯定是的！他会不会正站在甲板上，拿着望远镜瞧我们啊？"

铃子差点就问身边的女人借望远镜看个究竟了。那女人穿着厚拖鞋，烫的满头卷发，穿着宽袖和服。

"还要很久才能驳岸呢。我们散会儿步再回来吧。"

星枝说着，抓住铃子的胳膊。她们逆着往码头赶的汽车和人群，原路往回走，可是铃子一个劲地回头张望筑波丸号，根本静不下来。

星枝展开报纸翻看神奈川版面，出声地念着"进出船只栏"的信息，今日进船、今日出船、明日进船、明日出船、今日在港船只，一边看一边还与停在港湾里的船对照，说什么这艘是邮电部门资助建造的优秀货船，那艘是德拉公司的船。不愧是横滨土生土长的姑娘。然而，铃子压根没有听进耳朵里。

两人来到栈桥。行驶欧洲航线的英国船只已经靠岸，只有一个水手站在甲板上望着这边。她们靠近船身，只感到一片令人窒息的安静。

栈桥食堂没有开门。

一辆马车哒哒哒地跑进来。天哪，这马真是又老又瘦。马夫的气质倒与马十分相称，他好像没睡醒似的，打着瞌睡，像是一不小心就会从马上啪嗒一声翻落下来。车厢很旧了，是用四根棍子固定几块板做的简陋玩意。

从对面走来一对老夫妇，看像是英国人。他们牵着一个十二三岁的少女，安详地往船上走。少女唱着歌，歌声十分甜美。

这里不知是栈桥的屋顶，还是栈桥的二楼，星野和铃子爬了上来，在此默默地眺望港口方向。过了一会儿，星枝突然开口道：

"铃子，你是打算和南条先生结婚吗？"

"呀，才没有这事呢。你怎么这么问？真讨厌。那些都是谣言啦。"

"你不是打算等南条先生回来后就和他结婚，才一直等他的吗？"

"都是假的，大家以讹传讹而已。"铃子语速飞快地反驳，过了一会儿又自言自语般道，"当时我还是个孩子。那人留洋出去时，只把我当孩子呢。"

"他是你的初恋吧？"

"已经过去五年了。"

"铃子要是结婚，老师就该寂寞了。"

"哎呀，没想到你也能这般替人着想啊，真难得。我要把这话告诉老师，他肯定会高兴的。"

"不过，那些都不重要。你尽管去结婚吧。"

"可是，南条先生心里要是有我，稍微为我考虑下，就不会一声不吭地回国，就不会连封信都不写，连封电报都不拍。"

"这样的人，咱们还特地过来接他，真是愚蠢。"

"星枝，南条先生肯定会喜欢你的。"

"真是没见过像你这么懦弱的人，言不由衷。"

两人回到四号码头时，筑波丸号这个庞然大物已经靠近，像是压到接船人的胸口上了。

欢快的奏乐声从船身中飘荡过来。

海鸟们成群结队地飞过来，又从轮船与码头的夹缝间慌张地飞了出去。汽艇分别从船头和船尾拽过缆绳。岸上的人开始互相推挤，竭力将身体探出栏杆。能看见乘客的身影了。心急的乘客纷纷走上甲板，有的挥舞着国旗，有的拿望远镜张望。救生艇悬在一个个圆形窗户上，窗户里也是一张张兴奋的脸庞。

码头上接船的人群中，也有高高举着旗子的，颇有欢迎士兵退伍时的架势。西方人与他们的家人搂抱着，激动地挥舞帽子。几个日本姑娘却独立于喧嚣之外，倚着食堂墙壁，悠闲地翻看手上的外国书。酒店来揽客的伙计则聚在码头前方。并非所有人都是衣着光鲜，来迎接留洋的亲人荣归故里，有些穿着土气的村民应是移民亲眷，还有些是船员家人，甚至还能看见在港口营生的娼妓困倦的脸庞。

能看见乘客的脸了。船上人与岸上人的情感融为一体，盛大的喜悦澎湃而出。这是一个洋溢着纯粹的兴奋的时刻。

一位美丽的小姐许是瞧见了要等的人，口中不住叹息："啊，真是高兴啊！"边说边踮起脚尖，不断跺脚。

铃子在旁看着，不知不觉被感染到，高高地举起花束挥舞。

竹内也雀跃地问："哪儿，哪儿，在哪儿？南条呢？看见啦？"

"没看见呢。不知道为什么，就是好高兴啊！"

"你再仔细看看，不在里面吗？"

"南条先生肯定知道我们来了。"

"好奇怪啊，没见着有像南条的人。太奇怪了。"

然而，身边的人都急匆匆地往下走，他们也只好往外边走。那里已经排起一列长队，都是等着接船的人。铃子和星枝被前拥后挤，无奈之下只能把手里的花束顶到头上去。

很快，岸上的人就被允许上船了。竹内几人也登上B甲板。原想着南条应是在入口大厅等候，谁知找了一圈，哪儿都没有他的身影。

"一定还在客舱里。"

他们转身赶往185号客舱。南条的名字赫然以罗马拼音写在客舱门口的名牌上，客舱门却关得紧紧的。他们敲了敲门，没有人回应。

之后，几人又去了A甲板的散步区、吸烟室、图书室、娱乐厅以及食堂。他们急匆匆地搜了一遍，却还是没有看见南条。到处都是因重逢而喜悦的人，那是家人，是恋人，是朋友。他们不时撞上这些人，又被这些人推搡。在四处奔走搜寻的过程中，竹内的脸色逐渐变得扭曲难看。

铃子和星枝爬上一道窄楼梯，发现上面是供孩子游玩的房间。

"哇，这里还能玩沙呢。"

星枝捧起一把沙，感到十分稀奇，铃子却是哭着跪倒在沙堆里。

"过分！过分！真是太过分了！"

"没什么好哭的。"星枝紧闭着嘴，握紧拳头道，"多痛快，多有意思啊。"

竹内双眼赤红，跑去码头办公室询问。

"请问，185号客舱的南条已经上岸了吗？"

"这个嘛，乘客太多，我们也不清楚。这个时间，负责客舱的小哥应该还在附近，或许他知道吧。"

听完办事员的回复，几人又重新回到船舱，向打扫卫生的小哥询问。

"大部分的客人都已经上岸了。"

185号客舱依旧房门紧闭。细长的走廊两侧是一间间客舱，白色油漆反射出幽光，其间不见半个人影。

女弟子们面带不安地等在大厅。大厅里也已经杳然无声。竹内抑制住内心的愤怒，苦笑着说："南条好像已经上岸了。早知道，我们就在岸上等了。"

确实有这个可能性。码头分为上层和下层两个区域。来接船的人都是从下层进到船舱，而乘客是从上层登岸的。这是轮船公司为避免混乱特意规定的。此外，联结码头与轮船的摆渡桥同样分成上下两层。或许在竹内几人上船之前，南条就已经迅速地登岸了。

这时候，乘客的行李被一件件搬了出来。

竹内几人打算下船，星枝唰的一声把手里的花束扔进了海里。铃子看着花束在波浪中沉沉浮浮，又低头怅惘地瞧着自己手里的花束。

临港食堂再次热闹起来。有人正在就回国发表即席演讲。

他们从码头后门出去，边走边打量四周，直至上车还是没有看到南条。途中，他们还碰上了打算采访南条回国感想的报社记者。一打听，对方说自己也没有看见南条。

或许再也无法忍耐心中的屈辱与激愤，或许是过度悲伤想要独自缓解，竹内留下一句："真是抱歉。我还有些事，就先告辞了。"就看也不看后面一眼，大步走了出去。

女弟子们立在原地面面相觑。星枝家的司机把汽车开了过来。

铃子落寞地问："要回研究所吗？"

星枝大幅摇着头："我不回去。"

"可是……"铃子紧紧盯着竹内越走越远的背影，眼泪涌了上来，她突然跑起来，"老师，老师！"

铃子追着竹内走了。

剩下的两名女弟子犯了愁，再次问星枝："你真不回去？"

"不回去。"

"那么，再见。"

"再见。"

星枝又独自走上轮船。她走到南条所乘的客舱前，轻轻靠着门扉不动。她闭着眼睛，脸上仿佛戴了一张冰冷的面具。

不管是仓库铁锈红色的屋顶、行道树上新冒出的绿芽，还是前方白色的充满异国情调的街道、从海上吹来的微风，无不给人鲜艳明快的印象。铃子的脚步声在这当中变得愈发响亮，使得独自追赶竹内这一事实变得更加喘不过气来。她目不斜视地往前跑。"老师！"她的脚步微微踉跄，仿佛下一刻就会摔倒。

"啊？"竹内看到铃子吃了一惊，又在同时涌起无比喜悦，"就你一个人？"

"嗯。"铃子摘下帽子，一边晃着自己的头发，一边擦汗。

"已经入夏了。"

"天气真好呢。"铃子欢快地笑着，"不知道星枝她们怎样了，我都没打招呼，突然就追过来了。"

竹内没有说话。铃子似不经意地看了看竹内的脸色，继续往前走。

"南条可能先回酒店休息了。"

竹内走进新格兰饭店（Hotel New Grand）打听，但很快就出来了。看来，南条也不在这里。

"咱们去吃午饭吧。"

等在饭店正门的铃子脸上再次阴云密布，只是一个劲儿地摇头。

"那就再走走吧。"

铃子点了点头。两人走过苍翠的山下公园，穿过垂柳轻拂的谷户桥，再沿着西洋花店夹道的山坡，往山上气象站的旗台爬去。这时，传来一阵少女合唱赞美歌的声音。被歌声吸引，他们来到一片外国人的墓地。

与寻常墓地比起来，这里委实太明媚了。苍翠鲜嫩的草坪上，矗立着一座座洁白的大理石，点点小花缀于其间，在初夏正午的阳光沐浴下，熠熠生辉。这里干干净净，井井有条，恍如一座欢乐又静谧的庭院。站在陡峭的斜坡上，从泊在右侧港湾的船只，到岸边的街道，再到伊势左木町的百货商店，直至远处的山脉，全部看得一清二楚。

赞美歌是从远处山脚下的墓地传来的。大概是基督教教会学校的女学生们吧。

墓地进门处，一边的路埂上是开得如火如荼的杜鹃花，令人怀疑它是不是映到了那些大理石十字架上。

绿草如茵，空气清新，女人们身处其间，衣服的色泽变得格外艳丽，仿佛成了一幅幅绚丽的画。尤其是年轻女人穿的和服，简直美得无法言喻。前方是无边无际的草坪，使人生出自己正悬浮在街道上空的错觉。这里也是横滨的名胜之一。除了来扫墓的外国人，还有盛装打扮来游玩的日本小姑娘。

铃子稀奇地念着墓碑上的铭文,如"为了爱妻神圣的回忆",以及刻于其下的圣经名言。在这个过程中,她逐渐体会到了立这些墓时人们深刻的爱意与悲苦,一股强烈的情感也自然地从内心深处倾泻出来。

"老师,您说,南条先生真的回来了吗?"

"回来了。客舱门上不是写着他的名字吗?"

"他不会中途跳海了吧?"

"这种蠢事,怎么可能?"

"我还是无法相信。我只能认为客舱里装的要么是南条先生的骨头,要么是他的幽灵。"

铃子在脚边发现一座小小的墓,崭新的大理石墓碑表面刻着一朵百合花。

"呀,好可爱。是夭折的婴儿的墓。"

然后她无比自然地把那束一直无意识攥在手里的花放在了墓碑前。小墓碑前是大理石围成的花圃,除了种的花,里面还摆着扫墓人带来的盆栽。

"星枝早就把花扔进海里了,不像我这般,带着到处走。什么南条先生,我把他彻底扔在这个外国人的墓里好了。"

"是啊。"竹内兴致索然地应着,走到一块突出于山坡的草地上。只见那群唱完赞美歌的少女正走在下面的山道上。铃子坐到竹内的身旁。

"老师,我跟您说哦,举办表演会的那个晚上,我和星枝约好,绝对不和南条这种忘恩负义的人一起跳舞,也绝对不会过来接他。可是因为老师您坚持要过来,我们也只能跟着一起来了。"

"算了。"

"我认为他不是那种和自己老师说都不说一声,就回到日本土地上的人。"

"他有他自己的考量吧,又或许有非得如此的理由。不管怎样,他从筑波丸号登岸这个事实毋庸置疑。那么,我们只要找遍整个日本,总能找到他的。他是要站在舞台上表演的人,不可能躲一辈子。你必须把那家伙牢牢抓住哦。"

"我才不要呢。"

"你不是和南条有什么约定吗?"

"没有,什么约定都没有。"铃子严肃地摇摇头,"只不过当年送他去码头时,他跟我说,让我在他回日本前,不管发生什么事都要继续跳舞。仅此而已啦。"

"你是应该遵守这个约定。另外,就算把我这个老家伙扔在这片墓地,你也应该和南条一起跳舞。"

"这怎么可以!老师,您可别再说什么让我离开您的话了。"

"没什么大不了的。所谓艺术修行,比你想的要残酷许多。到什么程度呢,就算是父母手足遇难,也要见死不救才行。要忘掉寻常的人情世故、道德规范。首先,你得舍弃自己的躯壳。"

铃子盯着竹内的脸看了一会儿,说:"老师,您说的不是真心话。"

"没说真心话的是你自己。"

"您一直很疼我。"

"我是很疼你。但是,这五年时间,你日盼夜盼,一心盼着南条回来,怎么一到关键时刻,却说什么怕被南条讨厌,跳舞时身体会僵硬,净没事找事、杞人忧天呢?另外,南条没联络一声就自己坐船回国,不过一件小事,你却立刻口出恶言,说他是个忘恩负义的疯子。这些,都不是你的真心话吧?"

"是心里话啊。老师,您难道不觉得南条先生过分吗?"

"我当然是生气的。"

"可您还是特地过来接他。"

"我确实来了。部分原因,是想拜托南条多关照你们,才强忍心中耻辱过来的。"

竹内嘴上说得漂亮,内心其实有些惭愧和寂寞。他原本的计划,是要把刚回国的南条迎到研究所做助手,让他为研究所攒攒人气,帮研究所从窘迫的经济泥沼中摆脱出来。

铃子此刻自然不可能想到这层,只觉得被竹内的话戳到了心窝。

"嗯。"她点点头,"正是因为我清楚老师您是怎么想的,才更加气恼。"

"假若你败给这些琐事,就真的无法挽回了。记住,要全身心地去跳舞。"

"我该怎么做?"

"你知道的啊,牢牢抓住南条。他在西方学了那么久,你要尽可能地跟着他,把他的所学全部学到手才行。要狠狠咬住他,像吸出他的命一样把他的本事都抢到手。倘若南条果真背叛了你我,呵,这也不失为复仇的好方法。再假如,你爱南条,而他又是个坏人。那么,因着他的恶,你也必须与他一起下地狱。如此这般,才不会有任何遗憾。到时候,我会捡起你的尸骨。做事都做到极致,不留半分遗憾,这或许就是艺术的根本法则。你思念南条整整五年,如今却因这些无谓的小事,给自己的纯情蒙上阴霾,不觉得可惜吗?"

铃子听着竹内的一番话,眼泪滚了下来。

以竹内的年纪,其实不该说这番话,可他还是说了。究其原因,既是对年轻人的嫉妒,对青春流逝的悔恨,也是对铃子的爱护。当他意识到铃子敏锐地感受到了其中所有情绪时,便猝然起身。

"纵使南条忘恩负义,世人仍会为他的舞蹈喝彩,这一点毋庸置疑。"

铃子抬起头,目光紧紧锁住竹内:"老师,您很孤独吧?"

"就说你此刻坐在这里流泪,也是因为南条啊。"

"不是的,我只是听老师您说着说着,不知为何感到很孤独。"

"别放在心上。"

"可是,我从来没有像今天这般感到自己被老师抛弃了啊!"

竹内吃惊地看着铃子,又若无其事地问:"友田家在这附近吧?"

"嗯。也不知道星枝回家了没有。"

"要不要拐过去看一眼?"

铃子沉默地摇了摇头,站起身迈开步子。

在竹内与铃子刚抵达外国人公墓时,星枝正靠在南条所乘的客舱门外静静站立,脸上仿佛戴了一张冰冷的面具。

不久之后,里面传来钥匙插进钥匙孔的声响。星枝悄悄往后退。客舱门轻轻地开了。星枝的身体恰好藏在门后的阴影处。先是一个女人探出脑袋朝走廊张望,接着,南条从女人身后走了出来。

南条拄着一根拐杖。

女人用手轻巧一拉,房门自动关上了。星枝骤然暴露在他们的视野中。南条和女人都吃了一惊,不由停下脚步。然而,星枝与南条此前并未见过面。

星枝仍是靠在墙上，垂着眼皮，没有半点要动的意思。

南条见状没有办法，只能从她身前走过去。走了一小段后，星枝也动了。

女人不安地回头张望，质问南条："她是谁？"

"不认识。"

"撒谎。"

"我要是认识的话，肯定会打招呼啊。"

"因为我在呢，你故意装不认识。"

"我没有跟你开玩笑。"

"可是你看，人特地等着你出来呢。"

"我不记得自己见过这个人。"

"呀，脸皮可真厚。看，她跟过来了，讨厌。"

星枝并未听清前面两人说的话。她看上去很愤怒，攥紧拳头捶了两三次自己的腰部，却是紧闭嘴巴，事不关己般地走着。

这次，轮船上真的没有乘客了。

码头上也很安静，只剩一些工人正从船舱往外搬运行李。

南条和女人逃也似的从码头后门出去，坐上了出租车。

他的右腿似乎坏了。

女人看上去比南条大，三十多岁，是个洋气的欧派美人。

"小姐，发生了什么事？"

星枝家的司机诧异地为她打开车门。

"跟上那个瘸子的车。可恶！"

"您是说刚才那两个人吗？"

"对。绝对不能跟丢。不管他们开到哪里，都要跟上去。"

被星枝的气势压倒，司机急忙发动了汽车。

"是发生了什么事吗？那两个人是谁？"

"舞蹈家，挂着拐杖的舞蹈家。真是世间罕见、精妙绝伦，和哑巴歌手一样呢。真有意思。"

"您追上他们后，打算怎么做？"

"不知道呢。"

"您原本过来接的,就是这位吗?"

"是呀。"

"那位太太,是他的伴侣吗?"

"谁知道呢。"

"是您早前就认识的人吗?"

"不认识哦。"

"其实,只要记住车牌,过后一查,就能知道他们去哪儿。"

星枝立刻喊道:"闭嘴!你只要追上去就行了。以为我会甘心吗?"

汽车飞快行驶,驶离横滨街道,又从藤泽穿过一片松木林,突然来到明媚的海岸边。江之岛骤然浮现在眼前。

这是一段很远的车程。前面的人早就发现自己被跟踪了。大概是为了甩掉星枝才故意绕了远路,只是没有成功。

在南条看来,星枝的行为简直莫名其妙。从年龄来判断,他离开日本时,星枝也就十五六岁,而他并不记得自己曾和这样的少女打过交道。还有,她刚才那副几近面无表情的冷淡做派,该怎么形容呢?与其说是傲慢、顽固,莫若说那近乎虚无的美丽,给人以恐怖的印象,以至于他无法停下车,去当面质问对方到底为什么跟踪自己。

女人除了怀疑南条与星枝之间藏着某个自己不了解的秘密之外,别无他想。不过就算这样,这么一个端庄正派的年轻大小姐,怎会有如此大胆子跟到这里来呢,她实在不能理解。

星枝对自己的行为,也说不清所以然来。

汽车接着从江之岛口往鹄沼方向行驶。这是一条海滨公路。左手边是沙滩,右手边是种满松树的平原,公路宛如一条笔直的白线。天气晴朗,碧空万里,没有半点遮挡,甚至还能看清遥远的伊豆半岛上空悠然浮现的富士山。海浪声越来越大,然而所经之处俱是平缓的沙滩。小松树低矮整齐,是一幅阔大且明媚的景致。路上还经过了一片密植着松木苗的沙地。不管开到哪儿,都只有松木,没有其他植物。

两辆汽车风驰电掣,看起来就像一次再完美不过的兜风。

不久后,前面的车在辻堂松木林拐弯,消失在一幢别墅的庭院里。

后面的车也放缓速度，隔了少许拐进那条小道。星枝凑近车窗，想看清门札上的字时，南条突然从大门阴影里走了出来。这条道很窄，车身几乎能碰到两侧的松针，因此南条与星枝就骤然变成了面对面，无比靠近。两人鼻息相融，甚至能感觉到对方皮肤上的温度。

　　星枝的脸立刻红了，咬紧嘴唇。

　　南条尽可能若无其事地问："你到底是何方神圣，有何贵干？"

　　星枝没有回答。

　　"你不是跟我一直跟到了这里吗？"

　　"嗯。"

　　"那你到底是为了什么？"

　　"我就是疯了。"

　　"疯了？你？"

　　"对。"

　　南条不解地盯着星枝："呵，疯了？这可真有意思。我最喜欢疯子了。你好不容易跟我跟到了这里，不如下来聊一会儿吧。"

　　"我和你没有什么好聊的。"

　　"你可真没礼貌。在你说清楚到底为什么跟踪我之前，我是不可能让你回去的。"

　　"跟你说了，我就是一时发疯。"

　　"开什么玩笑，你是在嘲弄我吗？"

　　"你才是那个嘲弄的人。我不过是想羞辱你。"

　　"你说什么！"

　　星枝给司机比了个发车的手势，又忽然难过地闭上眼睛。

　　"我才不会被你的假拐杖骗到。"

　　南条只觉得自己在做噩梦，眼睁睁地看着星枝的车扬长而去。

　　铃子在教少女们练习基本功。

　　少女的年纪都很小，和跳《花的圆舞曲》那晚上台献花的小女孩差不多大。铃子极擅长和孩子相处，总是热心地照顾他们。她还常常给竹内代班，教孩子们练习。

与这些少女隔着一段距离的，是三四个年纪大些的弟子。她们或是把腿抬高，架在把杆上，或是通过镜子检查自己的舞姿，或是跳着编舞中的部分动作。总之，每个人都在练习。

竹内正在待客厅里与经纪人谈话。

他面带困惑，说自己就在刚才收到了南条写来的信。根据信上所言，南条的右腿关节患病，从此拐杖不能离身，自然无法再作为舞蹈家生活了。他成了行尸走肉。他说他已然放弃了自己，可一想到恩师对自己的期许以及因此产生的悲伤，就不忍心以这副惨样出现在众人面前。

所有以南条回国为前提制订的计划全都化为泡影。此前，尽管南条没打一声招呼就回国了，竹内依旧坚信他必然会重新回到自己的怀抱。他打算从东京开始，陆续在大阪、名古屋等地举行南条的回国汇报演出。而为了确保自己的弟子们都能够登上舞台，他早早地就与相关的影剧院签订了合同。

年轻的经纪人说："可是，就算南条自己不能再上台跳，他还是可以做编舞工作的嘛。拄着拐杖编舞，这独具悲剧色彩的宣传效果，不是很棒吗？"

竹内并不认同："我不想把悲剧作为卖点。南条已经很可怜了。"

"说什么蠢话呢——他难得学了五年回来，怎么能浪费？他就该以编舞师的身份安身立命啊。"

"设身处地站在南条的立场上，他恐怕恨不得将舞蹈相关的事忘得一干二净。总之，只有见到南条才能知道后面该怎么办。他说要上门来致歉的。"

"你这种不彻底的温情，反而会害死南条。无论如何，都得让他创造价值啊。"

"到底哪种才是不彻底的，你不会明白的。"

"此时不是讨论这种问题的时候。只有利用起所有具有宣传价值的东西，才能把研究所从经济困境中解脱出来。"经纪人露骨地说道。

的确如此。竹内研究所现在连税都交不出来，钢琴也被抵押。而刚才与南条的信一起来的，还有税务署的拍卖通知书。

然而，竹内依旧坚持只有在见到南条后，才能决定到底怎么办。他与经纪人这次只敲定了浴衣商团巡回演出的相关事宜。浴衣商团巡回演出算是一种移动推销方式，由浴衣商出资，为购买浴衣的客人免费提供舞蹈表演，需要在地方上的重要县镇转一圈，可谓一场极耗时间的拉力大赛。竹内对这种活动兴致不高，却还是决定派铃子和星枝过去赚点钱回来。

"另外，关于南条的拐杖，我希望你能对外保密。毕竟，他连我都瞒着，特意偷偷上岸。实际上，这事我连铃子都还没告诉呢。"

竹内一番叮嘱后，两人商议等一下一起出门。

来到排练场时，铃子正和着童谣给孩子们排舞。她时不时地做下示范，仿佛也成了个孩子。

年纪大的女弟子们正在更衣室换练功服。

竹内看了会儿孩子们的舞蹈，走到铃子身边。

"我出去办点儿事，这里就交给你了。"

"好的。"

铃子让孩子们继续练习刚才的舞蹈，然后走进里间，帮竹内换上出门穿的衣服。

竹内边打领带边说："之前跟你提过的浴衣商团巡演，决定派你过去。对不住，这么个粗鄙的活儿。"

"不管怎么说，都是一种学习。只要我自己认真跳就没问题。我会全身心地去工作。"

"要在外面跑很长时间啊！"

"节目单已经定了吗？"

"毕竟是在乡间巡演，那些大众的、华丽的舞蹈就可以。具体安排，你看着办吧。"

"嗯，那我晚点儿想一想，也会把服装提前调配好。"

铃子把竹内送出门。

"好像要下雨呢。老师，您早点回来。"

之后她回到排练场，闻了闻手里竹内的练功服，把衣服扔进浴室，又出来继续给孩子们排童谣舞。

不久，孩子们都回家了，偌大的练功场只剩铃子一人。

她靠在钢琴边放松身体，手指无意识地拨弄琴键，旋即又抽出一张唱片安静地听。舞曲过半，忽然她似受到了什么启发，热烈地跳起舞来。

她打开衣柜门。这是一个嵌入式大衣柜，里面挤挤挨挨地挂满了舞蹈服。铃子轻轻抚摩这些衣裳，仿佛在追寻着和它们有关的一个个回忆。接着，她麻利地从中挑选出两三件。

这应该是在为巡演做准备吧。铃子抱着衣裳走出来，检查它们是否能直接使用。每件衣裳都笼着一个舞台的幻影。她又生出了舞蹈的欲望，干脆在练功服外套上一件舞台装。

夕阳西下，外面好像下雨了。

墙上嵌着整排的大镜子。房内光线变暗后，镜子反而变得更加清晰。铃子的舞姿映在镜子里，宛如一尾游鱼在水中穿梭。

有人敲响了研究室的大门。

铃子沉浸在舞蹈中，并没有听见。留声机继续流淌着音乐。

门静静地打开。

直至此时，铃子都没有意识到有人在她身后看了好一会儿。

笃笃笃，谁拄着拐杖走近了。

铃子维持着阿拉伯风格的舞姿，吃惊地立在原地。

"天哪！南条先生？是南条先生！"

她几乎跟跄地跑过去。

"您回来啦，您果然回来啦！"

"你是铃子吧？"

"我好高兴啊。"

"士别三日，当刮目相待。你变得很优秀。"

"噢，您真的回来了。可是，您太过分，太过分了。"

铃子下意识地去摇南条的身体，却触到他的拐杖，震惊地缩回了手。

"哎哟，这是怎么了？您受伤了？"

"老师呢？"

"您受伤了？您这样站着没问题吗？"

"没什么事。老师在哪儿？"

"您说啊，出什么事了？"

铃子惴惴不安地搬来椅子让南条坐下。

"我们去横滨港口接您了。可是，找遍整个港口都没看到您。我们好难过啊。"

"我当时躲在客舱里。"

"躲?"铃子脸色煞白,盯着南条,"您在里面?我们敲了那么久的门都没人应,您其实在里面?您好可怕。当时老师也在啊。"

"老师呢?"

"出去了。您打算怎么向老师道歉?您太无情了。"

"所以,我来向老师道别。"

"道别?"

铃子怀疑自己的耳朵出了问题。南条静静地点了点头。

"我现在就像一只忘了如何歌唱的金丝雀。如你所见,我已经无法跳舞了。"

好长一段时间,铃子什么话都说不出来。

"我觉得,不见老师反倒能避免痛苦。铃子,能请你帮我跟老师说声对不起吗?请你转告他,南条没有自杀,而是活着回到日本,他已经尽了自己最大的努力。"

暮色越来越浓了。

"对不起,我……"铃子喃喃着,眼泪瞬间涌了出来,她仿佛呼唤远处的亲人般自语道,"不能跳也没关系……不能跳也没关系!"

这句话直直地渗进南条的心底,他没有说话。

"我一直在等您,一直在等您。我就是在等待中长到现在这个年岁的啊。"

"可是,对于老师和你来说,我都已经是个废人了。"

"不,不是废人。至少,我需要你。"

"我对你还有什么用?我还能做什么?"

"能的。就算其他事情不行,至少有一件事你总能做到。"

"难道是……爱?"南条吞吞吐吐道,"可是,这个,呃,我和你,顶多也就一起去殉情吧。"

"死我也甘愿。"

铃子哭了。

"你快别哭了。欲哭无泪、真正凄惨的人,是站在你面前的我啊。"南条从椅子上站起身来,"我记得,你不是这么情绪化的人啊。"

"是您对我一直有偏见。我十分清楚,您渴望爱情。"

"天黑了。带我参观下熟悉的练功场吧,然后我就回去。"

南条用手摸索着记忆中的开关。下一刻室内变得明亮,他却狠狠地吃了一惊。

只见星枝的脸赫然与他面对面。那是挂在墙上的诸多照片之一,只是星枝跳舞时的半身照,但南条一眼就认出了她。

"那个疯子。"他不由轻声道,又状若不经意地继续打量,"这真是个漂亮的人儿,也是研究所的弟子吗?"

"对,她叫友田星枝。前段时间,老师刚为我和她举办了汇报演出。说起来,去横滨港接您时,星枝也在呢。"

铃子拭去眼泪。

南条继续浏览墙上挂着的一张张照片。

"弟子好像很多啊。研究所还好吗?"

"很惨。呵,您还好意思问出这个问题。您难道忘了吗,为了供您留洋,老师把这栋房子都抵押了!后面还要给您寄生活费!"

"这些我知道。"

"那么,师母去世了,您知道吗?"

"去世了啊?她对我比亲生母亲还要好啊!"

"从那之后,不知怎的,老师的身体突然就衰弱下去了。"

"是吗?"

"他唯一的念想,就是等您回国后他可以安心隐退。他似乎打算把研究所让给你。"

"请帮我转告老师,就说南条连自杀都未能成功,便回来了。"

"到底出了什么事?"

"这个嘛,我的关节不行了。"

"什么叫不行了?是错位,还是断了?您很痛吧。没法根治吗?我说,您倒是告诉我啊。"

"这玩意,就是以后跟我一辈子的腿啦。"南条用拐杖笃笃地敲着地板,"木头腿,怎么跳舞。"

"这算什么!"

铃子骤然发力,一脚踢飞南条的拐杖。南条没设防,一个趔趄。铃子赶在他摇晃前利落地抓住他的右胳膊,绕过自己的肩膀。

她支撑着南条,说:"我做您的腿,问题不就解决了?我们不要木头腿,我们用人腿来走路。这不是能走吗?您看,这不是能走吗!"

她温柔地带着南条走了一圈。

"老师对您,那可是当亲生儿子一般疼。没有哪个父母会因为孩子失去了一条腿,就不原谅他。"

"谢谢你。我也想靠温暖的人腿走路。"南条轻轻地挣开铃子,捡起地上的拐杖,"替我向老师问好。我再也不会见老师了。"

"我不会让您走的。"

铃子几步追上去扯住南条。南条身体靠在钢琴上,用拐杖头激烈地敲了后面的西洋鼓两三下。

铃子被突然的声音吓了一跳,松开手。

南条说:"我让你睁开理性的眼睛。"

铃子不禁思索,这个"你",说的到底是南条,还是自己呢?思索的当口,南条已经走到大门外。

"您要去哪儿啊?天下着雨呢。您现在住在哪儿?"

铃子追了出去,没想到大门口有辆汽车一直等着南条。车子已经绝尘而去了。她神情恍惚地回到练功场。

不知想到什么,她蓦地大喊一声:

"铃子!"

同时用尽全身力气去击打太鼓。

"铃子!"

她再次击打太鼓。

随后,她把鼓槌扔在一边,麻利地脱下舞服,走进浴室,开始清洗竹内的练功服。

浴室里贴着白瓷砖,干净整洁。

只洗了一件练功服,铃子就直起腰。她站着想了会儿事情,又钻进浴缸躺下。仿佛有某种温暖的东西正紧紧抱着自己。她突然笑了,又慌忙拿水去拍脸。接着,她无意识地打量起自己的胸和胳膊。

这时,电话铃响了。

铃子唰地一下团紧身子,警惕地张望四周。之后,她身子都没擦,就套上便装跑去接电话。寂静的房子里,电话声响亮地持续着。

铃子不知为何心里一阵悸动,声音都堵在了喉咙里。

"喂,您好。这里是竹内家。"

"啊,是铃子啊。就你一个人在吗?"

"星枝?星枝,是你吗?"铃子吐出一口气,"对不起啊。我刚刚正在泡澡呢。"

"嗯,是下雨了。"

"哎呀,我说的是泡澡,洗澡啦。喂,你是在家吗?你是从家里打过来的吧?那天后你就没露面了,这可不行啊。你都做什么了?"

"你问今天吗?"

"嗯。"

"我用望远镜看了会儿港口。"

"真讨厌。你一直没出现,我还担心呢。"

"筑波丸号今天开船了。"

"筑波丸号?是吗?"

"我说啊,那个叫南条的人,古里古怪的。"

"嗯,他刚来过了。我正打算跟你说呢。他好可怜。他的脚啊,跛了,跛了哦!你听懂了吗?他成瘸子啦。他再也不能跳舞了。他还说咱们去接他那天,他就躲在客舱里,不敢见人呢。"

"是的。"

"也难怪他不想被任何人看见。他今天过来向老师道歉,还让我转告老师:南条没有自杀而是活着回到日本,已尽了自己最大的努力。不过老师今天出门了。南条先生是来向老师告别的。"

"还是拄着拐杖吗?"

"嗯。哎哟,我吓了一大跳。差不多黄昏吧,他像幽灵一样走进来,站在昏暗的练功场边。"

"那又怎样?"

"那又怎样,你说南条先生?他的腿不能再跳舞了。唉,我都不知道他今后该怎么生活了。"

"你是不是又哭了?"

"他心情沉郁,压根没法敞开心扉听我说话,看上去都不想活了。"

"都是假的。"

"你说假的?可是,他特地过来向老师告别啊。说到老师,他也不可能对南条先生见死不救吧。"

"所以我说嘛,不过是装样子。我猜那根拐杖,就是装样子的。"

"欸?才不是这样呢!星枝,你是没听清吗?我听到唱片声了,是你那边在放音乐吗?"

"嗯。"

"我跟你说,南条先生是拄拐杖来的!"

"我知道。看见了。"

"嗯,我亲眼看见了,他才刚刚回去呢——欸?不对,你说'看见了',是说你看见了?"

"是啊,所以我才打电话给你。"

"南条……南条……星枝,你看见他了?你在哪儿看见的?你真看见了?快告诉我啊。"

"我就是打算告诉你才打电话的,可你自己在那边说个不停。那天,我在客舱外面等他出来的。"

"等?啊,那天!他当时没有拄着拐杖吗?"

"拄着啊。"

"所以你说他是装的?为什么说他是装的?"

"倒也没有什么理由。"

"你给我说清楚啦。这说得,让人实在无法相信。你怎么就能分辨出他撒谎了?"

"我只是这么认为而已。"

"那你为什么这么认为?好奇怪啊。他没任何必要拄根假拐杖给别人看啊。"

"不知道啊。大概是因为他和女人一起回来的吧。"

"女人？"

"喂，铃子，你见到南条先生时，他真是个瘸子？"

"嗯。"

"那可能是真的。是我误会南条先生了。"

"我说，我现在可以去你家吗？过去就挺晚的了，晚上就让我住你家吧。"

"嗯。"

"老师还交代了一件公差。"

"那么，铃子，你是怎么想的？要放弃和南条先生结婚的想法吗？"

"哎呀，没有这样的事啦。"

"瘸子舞蹈家，能有什么用？我知道，对于你来说，舞蹈比婚姻更重要。我就是担心你万一见着南条先生，被他的拐杖把戏骗了，以为你俩从此都不能再跳舞，才打电话过来跟你说的。"

"星枝，我不太理解你说的意思。你说你等南条先生出来，是说你独自一人等在客舱外直到南条先生出来？"

"是啊。"

"你等他出来是打算干什么？真是怪人净干怪事。"

"嗯，南条先生也问我为什么跟踪他，我说我疯了。他和那女人一起去了辻堂一户姓森田的人家。"

"森田、森田，辻堂的森田？那么辻堂的房子，你也一块儿进去了？"

"哪是一块儿，我只是跟过去罢了。"

"辻堂，你一直跟到了辻堂？"

"喂，喂。怎么了？铃子，你是现在就出发吗？那我去车站接你哦。"

"嗯，不过，今晚还是算了。跟你说啊，老师敲定了一个巡回演出的合同。因为南条先生，许多原定计划都被打乱了。唉，老师真可怜。这个巡回演出的目的是推销浴衣。星枝，你也要出力帮老师哦。老师指派你我两人去。唉，我手上拿的这个电话，都已经是别人的东西了。"

"什么推销浴衣，我才不要呢。"

"你要不去，老师会很难办的。"

铃子撂下这句话后，咔嗒一声挂了电话。

林子里传来枪响，一共四声，每声之间都隔了会儿工夫。第四声枪声响过，又传来男人和女人的笑声。不过，最后拨开绿枝，走到庭院里的，只有星枝一人。

林子与庭院的界限十分模糊。庭院被林子四面环绕，只有一边贴着条小路。

小路的对面是桑田，透过桑叶，能够望见山谷。谷下有条小溪流过，溪岸边是为数不多的水田，闪烁着寂寞的光。知了只有兴致来了，才唱上几声。

这是一片温泉疗养胜地。冬天滑雪、夏天登山时，大家就在这里歇脚。星枝家的别墅是与这片土地十分相称的简单建筑，不过与旅店区离得稍远，建在更幽静的高处，颇有山中独院的感觉。

星枝身上仍带着一股野性，仿佛心身还未从打猎中抽离出来。看那眼神，似乎她随时有可能叼起野果，踏破这片林子。她穿着散步服。衣服轻便合身，使得她能恣意活动。而这过度的自由在兴奋濒临爆发之际，反而可能催生出某种不合拍的危险。

她一边奔跑，一边甩落脚上的鞋子，大步跳跃了两三下，紧接着猛烈地连续旋转，最后啪地倒下。

庭院里野草丛生，草坪久未打理。在延绵到林子的一片绿中，只有星枝白色的身影一动不动。

她用侧肘挡住脸，抬起头时，夕阳的光从正对面照过来。几缕薄云逆着日光流淌。星枝眺望着斜挂远山的太阳，脸上逐渐涌起某种渴望，眼中聚满了泪水。

她以一个舞蹈姿势自然地起身，然后跳起舞来。

说是跳舞，其实就是即兴发挥，不过是把几个基本动作连在一起。

她跳到凉鞋掉落的地方，正打算弯腰去捡，突然瞥见前面小路的树影里站着一个缩成一团的人。

星枝跑到小路上，对方见状，慌忙往下跑。原来是个挂着拐杖的瘸子。星枝已经知道对方是谁，却没有停下，只是稍微放缓脚步追在他身后。今天，他用的拐杖不是松木的，而是白桦的。

南条转过身来,微笑道:"你又要追过来吗?"

"嗯。"星枝无所谓地回答。与其说她正端详南条,莫如说她正瞪着他。星枝的目光中依旧燃烧着刚才的野性。

南条却陷入了感动,"你和竹内老师一模一样。"

"没礼貌。"

"不,可能是我用词不当,但是对于我来说,那段时光令人怀念。竹内老师的舞蹈,是我少年时代全部的希望与憧憬。所以,我的本意是称赞你。我必须承认,你天赋异禀。说你和老师一模一样都是委屈你了。"

"我是说你偷看我,很没有礼貌。"

"这确实失于礼数。不过,你追着躲在客舱里的我直到辻堂,如今更是跟到山里。请问咱俩之间,到底谁更没有礼貌呢?"

"装瘸子的更没有礼貌。"

"装?"

南条吃惊地看向星枝,笑了一会儿,在路边坐下来。

"你那根拐杖怎么了?"星枝冷淡问道,语气中并没有嘲讽。

"我呢,已经放弃了跳舞,也讨厌跳舞。话说回来,星枝小姐,你是追着我到这里的吧?"

"我不记得自己是追着你过来的。"

"那么,大概就是舞蹈追着我过来的。舞蹈还没有放弃我。对我来说,你就是舞蹈之神派过来的使者。"

星枝靠在路边树上,穿上提在手里的鞋子。

"舞蹈也好,神也好,我都讨厌。我只要搞明白你的拐杖是骗人的,就足够了。"

她尖刻地说完,打算转身离去。

"在辻堂,星枝小姐曾说过,就是想侮辱我而已。你说的就是这件事吗?"

南条也站起身跟了上来。他的腿依旧是跛的。

"我在研究所看到你的照片,才知道你是星枝小姐。你也来横滨港接我了。当时我的行为确实卑怯。不过如今,我被你的舞蹈深深感动。我想,我可以告诉你为什么我要躲在客舱里。哎,你别逃啊!"

"一直在逃的是你,南条先生。"

"是的,我曾试图逃离舞蹈。"

"什么舞蹈不舞蹈的,不关我的事。那之后,我告诉了铃子,她马上去了辻堂那个房子,那里却房门紧闭。原来,你又逃到这深山老林里来了。"

"逃?这里是有名的温泉疗养胜地啊,对我这种饱受神经痛、风湿症折磨的人十分有效。自从来到这里,我的腿好受多了。"

星枝蓦地转过头,以女性温柔的目光讶异地打量南条的腿脚,但马上又摆出更难看的神情,怒气冲冲地加快了脚步。她的嘴唇咬得紧紧的。

"刚才的枪声,那是你打的吗?"

"是家父打的。"

"啊,也就是说,我在那边碰到的是令尊大人。我正走着,边恍恍惚惚地想着事情,突然听到枪响,吓得一个激灵,之后就看见了你的舞蹈。我只觉得自己突然变得清明。身体里那个腐烂的死去的舞蹈,在这个瞬间重生啦。"

星枝猝然开口问:"能恢复吗?"

"你说我的腿吗?当然能恢复。只是,能否恢复到可以跳舞的程度……"

星枝厉声叫道:"我受够了,请你回去。"

南条猛然闭上眼,额头止不住地哆嗦。

不知何时,两人已经回到刚才那个庭院。

"你能再跳一次给我看吗?"

"不能。"

南条从庭院一直张望到林子上空。

"在这样的自然中,随心起舞,如鸟儿鸣啭,如蝴蝶飞舞,方能谓之真正的舞蹈。舞台上的舞蹈,已然堕落。刚才,我站在那边看你跳舞,也想参与进来。身体生出自己的意志,它不再受我控制,就像死人从坟墓里跳出来舞蹈一般。"

星枝无意识地往后退。

"毕竟在舞蹈领域中,我已经是个死人。就是这样的我,却在刚刚涌现出想要再次舞蹈的强烈欲望。我真是做梦都没想到。你能不能再跳一次给我看呢?"

"才不要,你好恶心。"

"就算只摆一个姿势也好啊。"

"跟你说了,我不愿意。"

"那么,请允许我学着跳段舞给你看吧。"

"请便。"

星枝脱口而出道,却又似讶异又似惊恐地望着南条。

南条突然笑了:"看好了,这是瘸子的舞蹈。"

有什么东西在他脸上流动。夸张些说,那是善与恶、正与邪同时在他脸上划过,留下的残影。

他一时不晓得该如何处理右手中的拐杖,却在下一刻迅速举起左胳膊,拖着那条跛腿开始他的舞步。

这是充满凶兆的怪异舞蹈。只有一只胳膊动作优美,反而使人看了更不舒服。

南条都没跳上十五步,就突然停下来。他坐在庭院的野草丛上。

"很像妖魔鬼怪在跳舞吧。"

星枝站在庭院角落一株白桦树树荫里,冷着脸,没有作声。

"与您的舞蹈比起来,恍若阴与阳,天与地。是的,我的内心正是如此黑暗。看完我刚才的舞步,你应该就能理解我为什么执着地想再看一遍你的舞蹈。"

"讨厌,你是认真的?"星枝自言自语般轻声说道。

"认真?事实上,此刻我正站在生与死的边界、人生的十字路口上。从孩提时代起,我的生命就被舞蹈所填满。许是因果报应吧,到现在,我除却欣赏舞蹈时,根本无法清醒地认识到人类的美好,生命的可贵。"

"我不喜欢看到人认真的脸,我也讨厌自己变得认真。在舞台上跳舞时也是如此。一旦看到有谁非常认真地观看表演,我就会觉得没意思。要认真的话,我希望只在自己独处时。"

"你也是个可怜的疯子。"

"对啊,那天在辻堂,我一早就告诉你了。"

"那天我也跟你说过,我最喜欢疯子。舞蹈大概就是这样,把沾满尘埃的灵魂,通过比灵魂肮脏数倍的躯体——这话古已有之——纯洁地演绎出来，所以必须做到疯魔。"

"我已经决定不再跳舞。"

"不再跳舞？为、为什么？"南条疑惑地盯着星枝，"你为什么要放弃跳舞？请至少告诉我真正的理由。"

"因为跳舞会让我变成另外一个人，我很害怕。一旦跳起舞来，我就会变得认真，而一舞结束，又觉得孤独。"

"这就是艺术家啊，这就是天才才有的悲哀啊。"

"胡说。我不想被任何事、任何人束缚住。艺术什么的，我并不觉得它可贵，我只希望永远保持自我。"

"没有胡说，是你的美、你美丽的躯体告诉我的。"

"我只想平凡地生活，再也没有比平凡更能让人自由的了。"

"你是要结婚？"

星枝没有回答。

"你刚刚的舞姿明明那般灵动优美，我实在无法理解，是你因为什么心累了？"

"真没礼貌。我怎么可能心累！"

"你受伤了，你确实受伤了。"

"我没有受伤。你戴着你宿命的艺术的有色眼镜看人，才会觉得我受伤了。真是讨厌。所以，我不跳舞了，作为我没有心累也没有受伤的证据，我要停止跳舞。"

"那么，刚才那个是什么呢？"

"刚才那个？不过是游戏，小孩子蹦蹦跳跳的游戏。"

"在我看来，那就是舞蹈，我在里面感受到了生命的美妙跃动。"

"那是因为你在装瘸子呢。"

"所以，我才在这里再三恳求你，请你再跳一次刚才的'游戏'。毕竟，这世上有太多瘸子跪拜神佛后痊愈站起来的奇迹。"

"我也讨厌奇迹哦。"

"你只要蹦蹦跳跳地，用你的跃动踢走我这根拐杖就足够了。在这股力量的牵引下，我或许能站起来。"

"你自己赶紧站起来不就得了？假若我的游戏拥有令瘸子站起来的力

量,那么你的舞蹈应该也能治愈你的跛腿,根本就是小菜一碟。"

"是吗?"南条的眼睛里闪烁着敌意,不过很快下了某种决心似的,"那么,我就如星枝小姐所愿,跳给你看吧。"

"跳不跳随便你,我无所谓。"

"如此冷酷无情的观众,于我正合适。"

南条说着,右手又拄上拐杖,拖着那条跛腿舞蹈起来。

只是,与刚才的舞蹈不同。因为愤怒,他的动作变得不流畅。

"我本打算此后今生都不再跳舞了。"

"为什么?"

"因为……我爱舞蹈。因为我……稍稍触到了……舞蹈的真谛。"

南条断断续续地说着。他的舞蹈逐渐变得激昂。

沉淀许久的秽物在这一刻激烈翻滚,而后喷出火来——这就是南条的舞蹈。

随着舞蹈的变化,星枝的眼中逐渐泛起好奇的光。

从最初厌恶丑陋之物的目光,到恐惧某种危险的目光,逐渐变成了不知为何有些不安、有些怯懦的目光。她下意识地举起左手,攥住了头上的白桦树枝。

南条还是拖着那条跛腿。然而,他的手脚已然变得自由奔放,轻盈灵动。

他的动作越来越快,越来越快。一道道美丽的光线在空中流淌。

星枝的拳头攥得更用力了,白桦树枝慢慢被她拉至胸口。

树枝弯成了一柄弓,似乎随时都会折断。

"星枝小姐!游戏,你教我的游戏,好快活啊!"

"那很好。"

南条立定脚步,突然看向星枝,紧接着跳了过来。

"游戏不是站在旁边看的,而是要一起玩的。来跳舞吧!"

星枝下意识地抱住胸,好像要保护自己。

南条又朝对面跳过去。

"能跳啦,我也能跳啦!我的舞蹈快要复活啦!"

南条的舞蹈看上仿佛原始人、野蛮人,又或者蜘蛛、鸟雀在热烈地求偶。

星枝觉得自己听见了为南条伴奏的乐声。那声音越来越近，越来越响。

南条转过身来："他人舞时你亦舞[1]，这是老话哦。"

"你还在装瘸子。你还没扔掉那根虚假的拐杖。"

星枝的声音温柔地颤抖着。

南条旋即飞奔过来，抓住星枝的右手催促着。

"只要有活的拐杖……"

星枝没有防备，在南条的大力拉扯下失去了动作的能力，却忘了松开手里的白桦树枝。

树枝被她从树干上扯了下来。

星枝骤然失去支点，咚的一声撞进南条的胸口。

"不，我不要！"

她摆出要用白桦树枝打南条的架势，长长的树枝却没能举起来。

南条也在冲力之下几度踉跄，拄着拐杖，才稳住身子。

"明明有温暖的人体拐杖来与我共舞，可我还拿着这种东西，唉！"

说着，他把拐杖高高抛起，然后邀请星枝一起跳舞。

星枝惘然地望着拐杖划出的抛物线，忽然生出不该有的娇羞。

起先她并未察觉自己的这种娇态，后来两颊却浮上了红晕。

南条握着她的手，仿佛要教她如何舞蹈一般，慢慢起舞。

星枝微弱地抗拒着，脚下步伐却不由得合了上去。不久，两具身体融成了一道热烈的奔流。南条见状，加快了步伐。

"站起来啦！你看，我的腿好好站着呢。果然如此！"

他大叫着，依旧握住星枝的手，以她为轴心，飞快地旋舞，简直在她周身燃起了火焰的漩涡。突然，他猛地抱起星枝，往树林的方向匆匆奔去。

他轻巧地抱着星枝，腿一点儿都不跛，仿佛这奔跑也是舞蹈的延续。

傍晚的柔风赶着一群小鸟飞落到庭院里。

树林长长的影子落到他们边跳舞边脱下的鞋子以及南条的上衣上，随

---

[1] 他人舞时你亦舞（人の踊る时は踊れ）：日本的一句谚语，意指别人做某事时，稳妥起见，你最好也做某事。

着晚风轻轻摇曳。

一匹小马从山路上下来,大概是要去马市。

马的主人骑着母马,并没给小马套缰绳,小马却嘚嘚地紧跟在后面,乖顺得可爱。

三四个村民背着细青竹捆走了过去。

半片小山被设计成了游乐园,一群男孩女孩像是小学生,正在上面唱着童谣做游戏,稚嫩的嗓音清晰可闻。听这洪亮的合唱声,得有一百多号人吧。

一条小溪流淌而过,落至山谷,南条就坐在溪岸旁。他坐在这儿有段时间了,一会儿心神不宁地朝来路张望,一会儿茫然地望着夏日云彩在远山中吞吐喷涌。

星枝与父亲并排走下山。

父亲抬头往童谣传来的方向望去。

"是孩子们来了。"

看到星枝和她父亲在一起,南条慌忙往薄薄的阴影里缩了缩。

日光炽烈,星枝有些焦灼。她边走边留意着四周,一眼认出了南条,下意识地加快脚步,打算超过去。

父亲看着溪涧对面的山,没有注意到女儿的异常。

"来的是那群租借胜见家房子的人,听说都是东京身体虚弱的孩子们。一想到连胜见茧种培育厂都成了孩子们睡觉的地方,就不禁唏嘘啊。"

星枝根本心不在焉。

"不过,比起让大仓库被蜘蛛占领,还是现在这样好。这样处置才符合胜见的性格。以前培育的是蚕宝宝,现在是人宝宝,让人宝宝茁壮成长,真是应了他总挂在嘴边的那两句话——'奉献社会''为国服务'。要知道,这偌大的场地都是免费租借的,没收一分钱哪。还有葬礼也是。我当时跟你也说过,胜见不是普通人。他是蚕种培育第一人,总裁宫还奖励过他两万日元。不只在地方,他在中央蚕丝工会都是相当重要的人物。对于这样的大人物来说,那葬礼委实太寒酸。就算他把自己当成凡夫俗子、乡野草民,简朴也得有个度啊。毕竟东京那一大帮蚕丝界的名人都要来参加葬礼。

我作为朋友，都觉得寒碜。可是，听说那是胜见的遗言。他还提前把葬礼费用寄到了村里。唉，这人做什么都是这个脾气。"

"是吗？"

"这段时间，身体弱的孩子好像特别多。"

"嗯。"

"以前，每年也都有学生到胜见这儿来，不过是蚕丝专科学校的学生，过来实习。要说为研究蚕种全世界漂泊的怪人，也就胜见了。他声望高，大家屡次提议由他担任县议员、国会议员，他却说自己忙着养蚕缫丝，没有时间，还说搞好自己手上的研究才能为国家做贡献。他一辈子都围着蚕生活，如他这般热忱的男人再没有别人了。而且啊，他做这些不是因为野心，纯粹是喜欢。"

绕过小山山麓，胜见家白墙围筑的蚕种培育厂首先出现在两人面前。

这是一栋两层高的仓库式样的建筑，矗立在溪岸边层层叠叠的岩石上，乍瞧之下颇似城堡。两排窗户浑似从白墙上剪出来的，全都大敞着，应该是糊了窗户纸。

从仓库边直直地拐过去，就是古朴的一栋平顶住宅。看起来，仓库要比它华丽多了。

"那里面的标本和专业书，如今都是宝物蒙尘。所以我打算试着劝劝胜见太太，让她捐给专科学校或蚕丝会馆。"

"为什么不继续培育蚕种？"

"胜见死了，他儿子又是那个样子……别看只是蚕宝宝，要想保住胜见蚕种的信誉，绝非易事。必须不断做研究，在改良蚕种上超过别人。我估摸着胜见太太是觉得与其培育出劣种损坏胜见的名声，还不如利落地关门，顺便也能帮帮那些贫困的蚕种商。"

"要是能帮到那些小蚕种商，也挺好。"

"愚蠢。重要的是培育出优良的蚕种，生产出更高质量的蚕茧。你要是也像那些病弱儿童般净说小家子气的话，不如去练习打枪。"

"打枪？"星枝嗫嚅着，声音很轻，仿佛想起了某个噩梦。

"嗯，打枪。昨天多好，打中嘞。这边空旷，枪响在山里，声音听着都不一样。这个冬天，我带你去打猎吧。"

父亲抬头仰望着万里晴空。

"而且一个女人家要管那么多人,很辛苦的,想来胜见太太也不愿意。毕竟她有足够的财产。手上的现金估计有数,股票又是跟地方绑定的,可是山林多啊,多到数不清。"

"我们回家后就去打枪吗?"

"对你母亲要保密。我跟你说,这个仓库,或许也能获得新生。以前在这里干活的师傅们——说是师傅,其实是胜见工作上的助手,都是这个领域很优秀的人才——想重振胜见的蚕种事业,来找我商量。不愧是胜见的弟子啊,在研究上十分热心,做生意却完全不行。"

"所以,要父亲您出手?"

"倒也不是值得出手的大买卖。我打算劝说胜见太太,成立个小公司什么的,给它经营起来。"

"这件事与那件事有关吗?"

"那件事?你说你的婚事啊?净说胡话。瞧你这疑东疑西的,是病弱儿童吗?不过是胜见家儿子看上你,着迷了而已。真是可怜的家伙。不过,他倒也不傻。"

这时,两人走到了胜见家大门前。

宅子的庭院开阔,遍植古木,一看就有好些年历史。里面一片肃静,不愧是家风端正的望族。远观并不华美,及至门前往里瞧,才能发现建筑古色古香,优雅非常,透露出一种温润的优雅。

"胜见蚕种培育厂"这块巨大的招牌,仍是原样挂在仓库的白墙上。

父亲停下脚步。

"进去看看以前的老建筑?反正你傍晚到那边就行,赶晚一班的公交车好了。"

星枝轻轻地摇摇头,直直地盯着父亲:"那件事,希望您能帮我拒绝掉。"

"嗯。"父亲看看星枝,又用眼神与她告别,然后走进了胜见家的大门。

星枝蓦地抬头,望了望仓库,接着大步往外走去。

从这条山道下去,就是温泉区域。

南条一直躲在星枝身后,悄悄跟随着她。见只剩星枝一人,他便飞也似的跟了上来。今天,他依旧挂着那根拐杖,看上去颇有为生活勉力奔波的架势。

来到大澡堂前,南条扬声喊道:

"星枝,等一下,星枝!"

这里是村民的公共澡堂,建筑形似寺庙。为了让蒸汽能及时散出去,屋顶上开了格子窗,窗上又另外搭了一个小屋顶。

村里的孩童正躲在路旁的树荫里玩耍,冷不丁听到南条的喊声,一齐回头张望了过来。

星枝愣在原地,猛地闭上眼睛,再睁开时眼中已是一片冰凉。

"又拄着拐杖?"

南条气喘吁吁却快活地问:"你不知道我在后面追吗?"

"我知道啊。"

"我在报纸上看到竹内老师来镇上巡演的消息,料想你肯定也会一起过来,所以从上午起就在游乐园下面等你经过。我甚至在想,要不干脆去见令尊,请他成全,但是转念一想,那未免过于唐突。而且我也想先确认你的心意。"

"你想请我父亲成全什么?"

"成全什么,这还用说吗?不过,在此之前,我必须要让星枝你明白我到底是什么样的人。还有这根拐杖。打从一开始,你就咬定我这根拐杖是装样子用的,你憎恨它,轻视它。然而,同样也是你帮助我摆脱这根拐杖,使我第一次靠自己的腿重新站立起来。我非常感谢你送给我的爱情的魔法之杖。"

"那是恶魔之杖。"

"这根拐杖是法国出品的,跟着我从法国流离到美国,于我而言是熟悉的眷恋的伙伴,而今有了温暖的人体拐杖,我将与它告别。呵,假如昨日我不曾目睹你的舞蹈,它必将跟我纠缠一生。"

"是神话。"

"神话?"

"对,是希腊神话里的舞蹈。"

"啊,不错,那确实是希腊姑娘跳的舞蹈。当年邓肯[1]改造原有的舞蹈,

---

[1] 邓肯(Isadora Duncan,1877—1927),美国舞蹈家,现代舞的创始人,创立了一种基于古希腊艺术的自由舞蹈。

使其重新回归希腊舞蹈的精神。我想,我的舞蹈也重生了。"

"我不是神话故事里的姑娘。我只是说,那样的舞蹈是神话。请你把它当作可怜的疯狂吧。"

"什么?你想说我走火入魔了?你想说咱俩身份不符?你想说我爱你,不过是自不量力的妄想?"

"那是舞蹈啊!昨日我已经说过,我今后不要再跳舞了。太可怕了。那是舞蹈吗?我现在才真正清醒,平静下来。我渴望平凡。今后余生,我再也不要跳舞了。请你放过我。"

"你这是懦弱。"

"你不也是一样吗?今天又拄上了拐杖。"

星枝走进车库,颇有些落荒而逃的架势。她从南条的表情察觉出他肯定会跟过来,于是脸一沉,穿过小道逃跑了。

南条毫不犹豫地紧追上去。

他们来到溪边。溪滩上躺满白色的石子。一家家温泉旅馆或把窗户朝这边开,或把庭院向这边扩。

溪涧两侧是连绵的低矮山峦。星枝顺着溪水往下望去,猛然察觉到有冰凉的汗水从后背蜿蜒流下。

"你总在说拐杖、拐杖,而我想说的实际上也是这个。你听好了,在法国我就拄着这根拐杖了,它跟了我许久。然而看完你的舞蹈后我就能扔下它,去与你共舞。你怎么看待这件事?这是奇迹的瞬间啊……"

"我讨厌奇迹。"

"你这根本是懦弱。奇迹又不是什么妖魔鬼怪的把戏,它是由生命之火点燃的。而你,只要起舞就能引发奇迹。上天对你简直垂青过头。"

"我讨厌这样。"

"星枝小姐,你又与昨天一样恐惧自己的天赋了。"

"是的,我没有必要推翻昨天的自己。"

南条不解地看向星枝:"这种站不住脚的谎话,你只要再跳一次舞就会像做梦一样把它忘得一干二净。"

"我说什么谎话了?"

"你就是在说谎。星枝小姐,除舞蹈之外,你的一切都是假的。你就是这样的人。你没有资格嘲笑我的拐杖。年纪轻轻却故意让自己挂上拐杖，给心灵裹上绷带，之后如现在这般逞强，你这样才是真正的装模作样！在我留洋期间，日本的大小姐们都变成这样了？"

"呵，这正是我想说的。你净是自说自话，是因为在国外待太久了？我可是半点都听不懂呢。"

"对，我们真正想说的，已经在昨天的舞蹈中完全融通了。舞蹈家之间只应该通过舞蹈来交流，语言什么的反倒多余。你也好我也好，口口声声说要放弃跳舞，可这恰恰有力地证明了，我们都是离了舞蹈就无法生存的人。"

"我说了，那不过是神话。无关责任，无关其他。"

"我明白你想表达的是你并不爱我。可是，爱上一个人就令你如此懊恼吗？"

"是你误会了。"

"我会将我的所有向你坦白。不管怎么说，我都要先道歉。要知道，昨天我是如此欢喜，今天却被摔到地底，这是我做梦都没有想到过的。它简直令人难以相信。星枝小姐，你才是真的对我有误解。首先来讲这根拐杖。听说令尊从事生丝方面的贸易，你又从小住在横滨，要是知道汇率行情，应该会对我的拐杖生出恻隐之心。而我这五年在西方过得何等悲惨，想必你也能想象出来。假如我真打着'新回国者'这个华丽招牌站上舞台去跳舞，会发生什么？绝对会有很多人嘲笑我，说我是乞丐，说我丢了日本人的脸面。因为，在西方的时候，我就是一个惹人嫌的日本人。至于这根拐杖，它确实在我行乞食之时，给了我不少方便。"南条用拐杖笃笃地敲着地面，"可是，它绝对不是用来装样子的！我得了严重的风湿病。当时，我没有像样的吃食，身体虚弱，那边又冷又湿，屋子里也热不起来。医生诊断说，我得了神经痛和风湿病。严重的时候，膝盖一个打战就会跪倒在地，骨头弯一下也会疼。后来，好不容易能挂着拐杖走路了，可一想到自己从今以后再也不能跳舞，我就觉得身体和心里一片荒芜。可以找大使馆送我回来，但是还有比那更丢脸的事吗？没办法，我只能自己熬着。我去过医院，可这病不是一天两天就能好的。温泉倒是有用，可西方的温泉简直贵得离谱。我只能给自己注射麻药来缓解疼痛，结果药物成瘾，脑袋也不清明了。我的灵魂已然腐朽。——这就是我的留洋经历。在昨天看到你的舞蹈之前，我虽然活着，却早已经死了！"

溪岸边的路不知几时又变成坡道，爬上去就到了主干道。某种夏花散发出扑鼻的气味，白蝴蝶不停地飞舞，天气热得人发晕。

南条停住脚步，擦了擦汗水。

"我当时躲在客舱里的心情，想必你也能理解。我确实不是没有拐杖就走不了路，只是，作为一个废人，再踏上日本的土地，还有什么比拄着拐杖更恰当？与其说我没脸见竹内老师，毋宁说我再也不想进入会有人来码头迎接我的世界。我只打算找个地方，隐姓埋名地生活。同时，对于日本人跳西洋舞这件事，我懦弱的内心也在怀疑着。"

"你过得这么悲惨，却在回日本前绕道去美国，这太奇怪了。"

"啊？那是因为那位太太。她是我的恩人，是她帮助我回到日本。"

这时，一辆公交车开过来。南条停下话头。

星枝立刻抬起手拦下公交车。她冷淡地瞥了一眼南条，示意就此别过，敏捷地翻身上了车。

南条当然也急匆匆地跟了上来。

星枝的脸颊蓦地染上红潮，不知怎么搞的，连脖子根都变得血红。她羞得不行，只局促不安地低着头。

"停车！"

她突然大叫一声，然后不顾一切地跳下车来。

事发突然，南条连起身阻拦的机会都没有。

星枝维持着冲下车的姿势站在路旁，完全没有发现自己额头上挂满汗水。她望着汽车卷起的白色尘土，惊讶于自己疯狂的心跳声。直到公交车消失在了山路上，她才意识到自己的脚完全麻了，砰的一声仰倒在路边的草丛上。

很快，她抽抽搭搭地哭出了声。

田野上杂草丛生，热气氤氲，没有一个人走过。

铃子如往常一般，沉浸在舞蹈的余韵中，轻快地走回化妆室，却看到星枝正呆呆地坐在化妆镜前。这是她怎么也没想到的，开心得以为自己在做梦。

"呀，星枝，你怎么来了？见到你好开心啊！"

她从后面抓住星枝的肩，滑坐下来，将星枝夹在自己双膝之间。铃子打扮得宛如在魔法森林里吹笛的少年，十分娇俏。

少年叉着一双光腿，搬出姐姐的模样，边晃星枝边问："这么老远，你还特地跑过来？我可想你了。你真是给了我一个大大的惊喜。哎呀，真讨厌，瞧瞧，你又装没事人了。"

星枝猛地闭上眼。

铃子有些不安，"怎么了？对不起，对不起！你是有什么事对我说，才跑过来的？"

"没有呢，一听到铃子的声音，心情就很好。"

"哎呀，讨厌，你取笑我。不过说真的，咱俩好久没见面了。老师看到你，肯定也会大吃一惊。我给你写信，你也不回。又拿望远镜去看港口了吧？"

"我给你打电话了，但是没人接。"

"电话？啊，是吗？研究所的电话已经没了。"

"电话没了？"

"嗯。这些事以后再说。"

星枝睁开眼睛，环视化妆室，"这间化妆室好脏啊。"

"嘘，别乱说，会被听见的。乡下地方，这就算不错了。唉，化妆室怎样都没事，主要是舞台。舞台太差，可让人受不了。公共礼堂和学校根本不是能跳舞的地方，照明也不行。确实有些惨。不过，老师也一起过来了，所以我们绝对不会颓废的，不会随便跳跳敷衍了事的。我衣服上有没有汗臭味？已经出来二十天啦。唉，老师真可怜。因为你说不想来参加浴衣的推销活动，没有办法，老师只能自己上了。"

"是吗？"

"每天都好热啊，刚好赶上梅雨季节。"

"很郁闷吧？"

"只要跳起舞来，就不会郁闷了。"铃子松开星枝，站起身来，"见到老师你要记得说，是你家里人不同意你出来的。他之前也说过，你是千金大小姐，家里绝对不会放你来乡下表演。"

从舞台方向传来钢琴声。

铃子用眼神示意星枝,那是竹内老师的舞蹈,接着又利落地把下一场舞蹈需要的衣服摆在一处。看样子,竹内与铃子要跳双人舞。

"这些衣服,你都很熟悉吧?"

"嗯。"

"星枝,你的脸色很不好看啊,是坐火车累着了?你是为了看我们,才特意过来玩的?我光顾着高兴了,没事吧?"

"前几天和父亲一起过来的。"

"咦,这么早就来避暑?"

"有生意上的事。"

"怪不得,这里是'蚕之国'嘛。这样我就放心了。我还在想,以你的性格,特地为我们跑到这种地方来,也太蹊跷了。"

铃子笑着,又回到化妆镜旁边。

"你往边上让让呗,我要化妆了。"

"嗯。"

星枝点点头,然而当看到铃子的脸闪进化妆镜,几乎与自己的脸颊叠在一起时,她不禁胆怯得哆嗦了一下。

铃子不解地问:"你怎么了?是突然停止跳舞,身体不好了?你看着好奇怪啊。"

"没有呢,就是突然和你化了舞台妆的脸摆在一起,不习惯罢了。看着它,我总觉得自己见到的并非铃子,心里不舒服。"

"真是这样?"

"你给我也化上吧。"

"真是拿你没办法。我赶时间哦。"

铃子一边说着,一边胡乱往星枝脸上拍上白粉,接着涂上腮红。

星枝就像布娃娃一样,一动不动地闭着眼睛。

"天气热,随便化点儿就差不多了。"铃子回过头,从旁边仔细打量星枝的脸,"你这张脸真奇妙,薄施粉黛好看,浓妆艳抹也迷人。对了对了,跳《花的圆舞曲》那晚,你非说自己长了一张寂寞的脸,还记得吗?"

"忘了。"

"你可真健忘。"

铃子为星枝描眉时，一滴眼泪顺着星枝的脸颊滑了下来。

"哎呀！"

铃子下意识地停下手上动作，又勉力吞下自己的惊讶，若无其事地微笑起来，帮星枝拭去泪水。

"这是什么呀？我收下喽。"

星枝仿佛戴着一张绝美的面具，依旧闭着眼睛。

"铃子，你爱南条先生吗？"

"嗯，爱啊。"铃子轻快地回答，"这有什么不妥吗？"

"终于坦白了。"

"终于坦白了呀。"

"是吗？"

"从小时候起，我就满心满眼地想着那个人，可我真的有那么纯情吗？对此我自己是怀疑的。不过，我认为爱是一种意志。南条先生是坏人也好，残疾人也罢，我都不在乎。我要把他在西方学的知识，全部学到手。我要把他所拥有的，全部拿过来。听起来这像是对背叛者的报复，可是对那个人啊，就是要有这种爱的意志。为了和南条先生一起跳舞，我做什么都可以。要是能和自己喜欢的人纵情舞蹈，死又何妨呢。"

在掷地有声的宣言中，铃子不知何时已把星枝从化妆镜前推开，又快速地给自己化起下一场舞蹈的妆。

"我想了很多。乍一听这种爱情极其功利，但其实不然。这是爱的意志。当今社会就是如此，感情什么的已经无法让人信任。越是有能力的人，感情上越是脆弱。恋爱这东西，我认为只要自始至终贯彻一个坚定的意志，那么就算最后两人没能走到一起，也不至于变成悲剧，必能昂首站立，直达终点彼岸。我讨厌后悔，我希望这一辈子，都不要留有遗憾地生活。"

星枝怅惘地听着。

"就算有人批评我，说我为了学习舞蹈把自己卖了，也没有关系。我只是不想要寒冷、穷酸的回忆。唉，我之前可真是太没用了！"

星枝孩子气地问："舞蹈到底有什么好，值得你这样？"

"你问舞蹈有什么好？它是我这个人活着的目的啊！"

"这种话都是骗人的。"

"那什么才是真实的？对你来说，什么是真实的？"

星枝满不在乎道："你别说话了，好吵。"

铃子噎了一下，不乐意地瞪着星枝，紧接着似乎从自己的梦中惊醒过来。

"还不是因为你问我爱不爱南条先生吗？"铃子笑起来，只是笑得突兀、生硬，"你好奇怪，怎么突然想到这个问题？"

她有些疑惑地盯着星枝。

星枝感受到铃子的目光，立刻顶了回来："南条先生不是瘸子啦！"

"咦？"

"他能跳舞！"

"你们见面了，而且发生了点什么，是吧？你这么说我就明白了。"

"什么都没发生啦！"

铃子平静说道："藏着掖着没必要。你这么一说，我想起来了，我早前就隐约有这种感觉。"

这时，竹内走进化妆室。"哎呀，星枝，你怎么来这种地方？有段时间不见了。"他在旁边的化妆镜前坐好，皱着眉头开始脱舞蹈服，"这天真热。"

铃子拧了条毛巾过来，为竹内擦拭身体。她的手颤抖着。

"老师。"

"发生什么事了？"

"听说南条先生并没有瘸，听说他还能跳舞。"

铃子说着，紧紧抓住竹内背上的肌肉，把脸埋在他的肩膀上，开始抽泣。

"别哭。你等等。"

竹内拂开铃子，突然站了起来。因为他看到南条正茫然地站在化妆室的门口。

南条倚着那根拐杖，垂着头，似乎没有拐杖的支撑，他随时都有可能摔倒。

"老师，我过来向您道歉。"

"什么！"

竹内愤怒地想要冲出去，没想到星枝竟然站起身来试图拦住他。

"先生，这不行。"

"你让开！这忘恩负义的家伙！"

竹内走到化妆室门口，冷不防开始动手打南条。

"愚蠢！你瞧瞧自己这样！"

南条下意识地抬起拐杖想要护住自己的身体。

"怎么，你挥着这玩意想干什么！"

铃子单手拄着梳妆台，沉默地望着。

星枝再次插进两个男人之间，用嘲讽的语调安慰竹内道："老师，请您别这样。他的这根拐杖，只是摆设而已。"

南条不知道想到了什么，脸色倏地一变。

"混蛋！"

他挥动拐杖，拐杖打到了星枝的肩膀。星枝没站稳，扑倒在竹内怀里。竹内被星枝一撞，身体向后晃，结果脚下踩空，仰面摔下了楼梯。

舞台上，同行的女歌手正在演唱一首欢快的流行歌曲。

竹内被抬着送去了医院，他的后脑重重地磕到了，右手手肘剧烈疼痛，无法动弹。

最后，南条只能加入巡演一行，代替竹内参加演出。

那天深夜，他们乘坐汽车，从这座城镇启程。从医院去往火车站的路上，三人都没有说话。临进检票口，铃子冷不防夺走了南条手上的拐杖。

"请抓着我。"她把肩送过去，又把拐杖递给星枝，"麻烦你扔了这玩意，它太危险了。"

"嗯。"

星枝点点头，之后回到医院照顾竹内。

春天的景色

紫莺 译[1]

一

这天,天气晴朗,竹林被风吹得摇曳不止的。他要描绘的景致就这样被破坏了。

他盖上了色盒的盖子,却不想移动三脚架。这座红漆剥落的溪桥,是等候来山涧之人的最好地点。

摇曳的竹林外侧,杉树林平静地站立着。此地的晨曦率先造访竹林,黄昏却是于杉树林捷足先登。此时是白天,是属于竹林的时光,那些竹叶如蜻蜓的翅膀般与阳光嬉戏。

风与阳光,同时关注着这片欢乐之地。

他聚精会神地看着这冬日暖阳下古典婀娜的竹叶之舞,把景致被破坏的愤懑抛诸脑后。阳光透过跳动的竹叶,如一条条透明的小鱼,欢快地游到他的身上。

刚到山峡,他就发现了这片稀稀疏疏的竹林。这无疑是此地的一大特色,似乎表达着山峡的某种情感。

---

[1] 此篇及之后篇目均为紫莺翻译。

看惯了京城近郊的千里竹林，于他而言，竹林并非稀罕之物。但这贫瘠的山中，竹林就稀疏地在山石突出的角落挺立着，如同海湾尖利的海角。

由此，从微微摇曳的竹叶间，他似乎隐约闻到了大海的气味。

竹林因此成了这山的美妙触角，如染坊的爱情晕染了整个山峡。

这时，溪畔石子路上走来一位穿着入时的女子。

"姐姐……是姐姐吗？"他对那女子高兴地叫道，"是千代子的姐姐吗？"

那女子呆了呆，警戒地耸起肩膀，但旋即又谦和地弯下腰准备寒暄。他笑了，冒失地上前，学着西洋礼节向她伸出了手。

"去温泉就这一条路，我猜你一定会经过这里。"

这是他第一次见她，这声姐姐喊得实在冒失。他要跟千代子结婚的事，不但没向她的双亲和姐姐征求同意，连告知也没做。可他现在却这样突然地出现在了千代子的姐姐面前。

"麻烦你等我一下。"

说着，他返回桥上，将留在那里的三脚架收好，挟了起来。画布耷拉了下来。而色盒是早就挎在肩上的。

姐夫用非专业的目光看了看他，又看了看山，说："这地方真美。你的职业就是在这么美的地方画画，真是天堂啊！"

"这里的色彩我很喜欢。冬天到处都是凄凉的景象，很容易让人神伤，让人扫兴。但这里却雅致得令人向往，在整个日本应该都是少见的。"

他走着，顺手摘下了一枝梅花。

枝头上，有六朵绽放的梅花……他用指尖旋转着花枝，停止转动时露出的雄蕊让他感到惊愕。这是他第一次见到梅花的雄蕊。

那一根根如白金弓弦般的雄蕊，弯曲着身体，向雌蕊探出小小的花粉头。

他手持梅花，搭起凉棚来，眺望蔚蓝的天空。梅花弓形的雄蕊便如新月般，似要向蓝天发射出去。

无缘无故地，他想起了浅草团十郎的铜像。或许，这是美丑各自的紧张感形成了鲜明对比的缘故。

看了这梅花形成的图案，他顿时豁然开朗。

这时，一个盲人按摩师从他们身边走过。他们都回头去看。

那盲人原本用他的棍子一边戳着地一边歪歪扭扭地走，可当他上了桥，他便将棍子扛在左肩，右手扶着栏杆探索向前。看起来，他如同钢索车一般从桥上滑了过去。

三个人看得一呆，旋即高声地笑了起来。

二

歇息的时间到了。

这是个周六的晚上，温泉旅馆拥挤不堪。姐姐和姐夫没有订到房间，他们已经将桌子和方火盆搬到了走廊，可那四铺席半的房间，最多只能铺两张睡铺。

该怎么安排呢？是男的跟男的，女的跟女的睡呢？还是一对夫妻一对夫妻地睡？

他觉得有些好笑，就等着姐妹俩自己决定。

这是他第一次见千代子的姐姐和姐夫。他们如果不同意妹妹的婚事，自然会说出来。

"那我这就先去睡了。"

他率先钻进了右侧的睡铺。

姐姐毫不避讳，也开始宽衣解带。她只系了宽腰带。衣服的下摆松开后，她一手抓住窗框，用另一只手脱了袜子，然后钻进了左侧的睡铺。自然，她不会进他的睡铺。

她的脖子比千代子的还白。她躺下后，簪子上的珊瑚珠子就像是一颗晶莹的泪珠。

千代子有些不自然，一声不响地钻进了姐姐的被窝。就这样，今天的睡觉格局算是定下了。

"看来，我也就只能在你这儿了。打扰了。"

姐夫说着钻进了他的睡铺。

对男人的皮肤，他有些忌讳，于是紧紧地缩着肩膀。房间里弥漫着不自然的沉寂。

过了一会儿,姐姐开始不断地拽被子。

"千代子,你离你姐姐那么远做什么……睡近点儿呗,是没跟别人一起睡过吧!"姐夫笑着高声说。

"你冷不冷呀?"

"怎么可能不冷呀。"

"算了,还是我睡过来,必须给你暖暖身子。千代子,就请跟我换换吧。"

说完,姐夫就钻进了妻子的被窝,满不在乎的样子。等千代子睡到他的睡铺时,他说:

"我们就将着睡吧。跟冰冷的女人一起睡,会失眠也说不定呢。"

大家不由得笑了。

千代子使劲儿咽了口唾沫,把脸趴在了枕头上,他的下巴被她的秀发打了一下,让他轻轻眨了眨眼。

"姐夫,我可真是服了你了。"

"哈哈,看这话说得。要是她们的母亲看到了,也会很开心地赞同的。"

"嗨,你就是个无赖!"姐姐嗔怪的声音听起来无比娇媚。

千代子将他的手指尖紧紧地攥住。

他关灯后,千代子便将他的胳膊垫到了自己脑袋下。

他想着这两张并排的卧铺上,两具被拥抱着的姐妹身躯。这是多美的景致啊。

他像植物一样呼吸着,嗅着这昏暗小房间中荡漾着的润泽如花一般的香气。

他羡慕那些温柔的女子身体。多想变成一个女子,那不知该有多新奇。那种感觉一定会让他喜悦得全身发颤。

由此,他想到了那只梅花的雄蕊,开始跟大家讲起了团十郎的铜像。

"你们知道团十郎吗?浅草的观音堂里就有一尊他的铜像。那铜像努力地叉开腿,做出一种叫作'暂'的姿势。每次我看到它,都打心眼觉得辛苦。每天都那样使劲儿地扭头,谁能受得了?我一想到它,就觉得同情。"

满屋都是他们愉快的笑声。至于婚事,他们谁都没有提。

三

一个旅馆里的四岁男孩,看着眼前的红色公共汽车,对千代子发问。

"它会定期来吗,姐姐?"

姐姐腿上抱着一个竹笼,闻着香菇的新鲜味道,脸颊到下巴的线条显得柔和而美丽。

小男孩使劲敲打着后面的塑料窗。姐姐点头的时候,汽车也开动了。

今天,汽车后面悬挂着新轮胎,轮胎上便是塑料车窗。姐姐的手就在那车窗上挥了挥。

那左摇右晃的手似乎在问:"我落下了什么东西吗?……噢,是不是千代子还有什么事?"

一个背着大背篓的姑娘从溪流方向走来。她走进山蓟菜铺的店门,嘿的一声,将背篓卸到了木地板上。她麻利地断开山蓟菜的茎、叶和根,然后像铺牛棚里的碎麦秆一样,将它们一一摊开。

下游的白桥如模型般精巧。汽车从上面开过,汇入了川流不息的红色中。那些红色顺着道路向远方延伸,仿佛要吞噬掉开阔的山峡。

"这么远远地看着,我不喜欢的红色也是挺美的。"

"姐姐最爱穿的,就是红衣服。"

"不管怎么说,这次多亏她为我们跑这一趟……我们现在就去坐马车好吗?"

"我们是要去哪儿?"

"随便。"

他们走到村子的尽头,那里有家马店。马店的屋檐前挂着个小小的鸟笼。两只绣眼鸟似乎是昨天才被捉来的,在笼子里胡乱地扑腾。

"我们买一只吧。"

"如果是看到了马……"千代子学着他的样,"我们买一匹吧。"

笼子里那枝红梅树枝上,站着一只野生的绣眼鸟,不断地鸣叫。

"那是只公的。"

"你怎么知道?"

"我当然知道了。小时候,家乡的山里全是鸟,它们的叫声我全都知道。一听便知是公的还是母的。"

家乡的山……可现在,无关的幻影充斥了他的画面。与其幻想家乡,还不如画眼前的马粪。

卸了车辕的空马车就摆放在庭院里。

红色的红梅花瓣随着风,啪嗒啪嗒地飘落在马厩里。就连马槽里也零落着花瓣。

透过马厩,是一望无垠的原野。看到那些凋零的草木,他跳下马车,将野草点燃。

野火如游丝一般,飘忽不定地扩散开去,留下一条条黑色的痕迹。

"草长莺飞,莺飞草长。"

他当时就爱说这样的话。于是千代子接话道:"草未长,鸟未飞。留意,留意。"

火柴盒不知什么时候掉到了地上,在他们脚下冒出火来。

四

乡村的街道上,走来了大象和骆驼。

千代子刚从山茶林里摘下一枝山茶花,一上街,就猛然看到了这庞然大物。她"哎呀"一声,紧抓住他的袖子,慌忙绕到他的身后,似乎要带着他一起退回山茶林去。

大象的尾巴滴溜溜地转着,仿佛是驯马师的皮鞭。三两步一抬头的骆驼,走得如同古时的武将。

大象将后腿大大地叉开撒尿,前腿却像农村姑娘一般腼腆地收拢着,像极了神社前的牌坊。那是一头巨大的公象。

"啊!"

千代子赶忙将脸埋进他的肩头,孩子们也叫喊着往路边退去。

"哎呀,快瞧那朵山茶花!"

千代子吃了一惊。她看到一朵飘落的红山茶,就漂浮在大象的尿上。她双唇紧闭,眼角上翘,专注地盯着那朵漂浮的花。

"算了,还是去骑骆驼吧。跨在两峰之间,一定别有风味。"

"就跟远古时期的古代人出行一样。"

"无论大象还是骆驼,走起来都像穿着旧草鞋,既粗糙又扎脚,所以一摇一晃的。"

"谁能想到,它们这么大个儿,跑起来却比马还快。让人难以置信。"

"对,确实如此。它一跑起来,腿换得可快了。它们来自远古时期,那时的人说不定看过它们是怎样快跑的。可就算到了现在,人们还总是摆出一副得意扬扬的脸,似乎自己比骆驼跑得还要快。"

"是不是像那只猴子?"

一只小猴子盘坐在大象背上,一动不动,看起来一脸得意。那张脸满是皱纹,像极了老婆婆,不由令人生厌。

"释迦牟尼看到这样的场景,应该能放心地去极乐世界了。"

"为什么?极乐世界的主宰不就是释迦牟尼吗?"

"释迦牟尼曾说:鸟枭同树,亲如骨肉,吾方圆寂。蛇鼠狼同穴,情同手足,吾方涅槃……你看,那大象和猴子是不是相处得很融洽呀?"

"大象和猴子容易打架吗?"

"那我怎么知道。"

大象的身体如小山般隆起。它有着天真的神情,却长得大方而丰满。

"啊!"千代子再次紧紧地从后面拽住他的外褂。

"这脖子可真长!"

骆驼伸着脖子,将嘴探到荞麦地边含苞待放的瑞香花旁。

"难道它是闻到了瑞香的味道?"

那原本 U 形的脖子,现在拉成了一条长长的斜线,看上去优美而修长。

"看它那副嘴脸,好像是个大彻大悟的圣人……"

"那神情应该再幼稚些才好。"

"像山羊爷爷。"

"你是说它下巴上的那截胡须吗?"

骆驼的下巴上有撮短须。

大象那灵活的鼻子,或是像尺蠖一般伸缩,或是像绦虫一般时盘时张,有时也像生物课本中的绦虫头部。当它卷起鼻子时,可以看到那钳子般的嘴在不停地蠕动，仿佛平静的海水轻轻舔过光滑的岩石，又像蜗牛在缓慢而又轻柔地吮吸。

骆驼的嘴里嚼着青草。

"我讨厌大象的眼神，怎么看怎么阴险。相较之下，骆驼的就温和柔顺多了。"

大象浅褐色的耳朵大如团扇，扇到脸上的风却并未让它凉快多少。它的腿看上去就像没有骨头，如同穿着条肥肥大大的旧裤子。

"这是座流动的动物园吗？"

"或许吧。"

"没准儿是个马戏团。"

他们没注意到，在不经意间，他们已同孩子和村里人一起，跟着大象逛起了街。

一只小狗天真地看了看大象，也跟进了队伍。

"它们这是要去港市吗？看样子它们是要走着去，应该是它们不能搭货车的缘故吧。"

伸长鼻子的大象，一下将炭铺屋檐上的炭包拽了下来，又轻松地拔掉了路旁的合欢树。

"它想做什么？看来它并不想吃合欢树，而是想烧了它们。"

再走三里半路，才能抵达层峦叠嶂的南边山岭，从那里到港市还要走上十一里路。山林峡谷中的雪已经融化了。小鹿们也许会透过树缝，窥视这些翻山越岭的大家伙。

大象的臀部耷拉着，如一个松软的袋子。它驮着睡神，映着竹林洒下的光斑，一摇一晃地走向山岭。

"它们要多久才能回来？它们回来时也应该走这里吧。"

千代子说着，就像在讨论自己的亲人。

五

千代子拎着颜料盒和瓶子，跟着他上了红桥。

那瓶子是从旅馆要来的汽水瓶，是用来洗画笔的。千代子用他的黑色发带系住了瓶口。

瓶中的水已经浑浊了,她便去小溪边换水。她朝着对岸的山茶花打了颗石子,却没有打中。

深褐色的昏暗中,松林处隐约露出一丝光亮。

"当杉树如沙尘般撒落花粉时……这幅画就该完成了。"

"啊,要画那么久吗?……那时的颜色和现在的全都不一样了,还可以吗?"

"别担心,有的是颜料。"

他凝视着眼前的春景,无比专注。

他并不喜欢那片高耸的松林。那高度有种忧郁的情调,不符合他此时的心境。他原本准备画写实的风景画,就被这一角的杉树林破坏了。

他准备用低矮的问荆草来替换杉树林,想将它们画得明亮一些,可又觉得不怎么合适。

他发现逆光的竹林景致变得奇妙起来,但顺着光的却显得平淡无奇。

竹叶和阳光间正进行着的古典式轻柔舞步,非逆光不能发现。

或许只有将竹叶的形态逐一表现出来,才能显出它的美。

但他在这阳光中想到的,却并非日本画中的竹枝,而是印象派青翠的树林和平静的大海。那是洒满光斑的树林和海面。

而相比起油画,更令他怀念的,却是音乐,并且是日本的乐器:琴、尺八……

"尺八?那不就是用竹子做的吗?太没趣了。"

他情不自禁地笑起来,笑了很久。

逆光的竹叶间,翩然起舞的光斑蔚为壮观。阳光柔和地透过竹叶,令人陶醉。

但他不需要这山间如染坊般的艳丽。竹林就是幽然恬静的处所,明朗却非淡而无味。比起松林,竹林难画得多。

有株梅树从桥边探出,斜向溪流。

为了保证写实,这棵梅树承担着风景测量器的角色。它如同一个框架,支配着他眼前的画面。

树上有梅花盛开,却没有被他画进素描中。作为风景画的近景,梅树大到令人怀疑。

可作为风景画家的他,并不对此感到稀奇。近距离的东西,都大如怪物。

他不再看梅树,而是看向远处的竹林和杉树林。梅花不过是过眼云烟,已从他视野中悄然消失。

也许因为他曾为梅花的雄蕊惊愕过,他突然问:"它消失到哪儿了?"

如烟般的梅花,难道是渗进了他的内心?

真如此般的话,绘画竹林和松林的是谁?是他还是梅树?如果是梅树,那这副"竹松小景",还不如叫作"梅树"更贴切。

"看我这张画的人,恐怕很难想象,竟有大象和骆驼从这画的景致中通过。"

"那就附上个说明好了。"

"取《大象骆驼通过梅园》的标题吗?这倒是能帮助想象。"

他躺倒在草原上,仰头看天。

"不对,我要画的可是一张写实画……嗨,回东京我们就结婚吧。"

"看你这话说得,好像结婚只是为了解闷。"

"我最想画的,恐怕还是人体画。"

千代子并非模特。但他想起有一次在画室,她找不到自己的腰带,便用他的布腰带束起自己的单衣,然后就去菜店买萝卜。他想画的,便是那样的千代子。

六

千代子猛然将玻璃门推开,光脚沿着溪边澡堂的门槛走了过去。

"玻璃很亮呀,看来是擦过了。"

"明明就没有擦过。"

她将一把新牙刷从袖子里掏了出来。

"把旧的扔了。"

他大声地在浴室廊道上喊着。

"呀,这家伙也太女人了。"

一阵木屑味从上游的木材厂飘来。

"讨厌啦,你拿的是我的手巾。"

千代子尖利的叫声,回响在脱衣室里。

她不想用他的手巾擦身体,就将它展开,如一面旗帜遮住前面,从石阶上走了下来。今早,她雪白的乳房染上了透明的色彩。

他"呀"了一声,看着溪流上的小石滩说:"怎么回事?春天好像来了。"

"嗯,是的。"她也看了出去,"我说吧,好歹有个好媳妇,规规矩矩地买来了新牙刷。"

他没有理睬,而是合掌打起水枪来。

温泉中有着浓重的味道,似乎还混杂着岩石的气味。

溪水边,有不少人去钓小鳟鱼,一天比一天多。

"三月咬穗垂"的话,千代子是听说过的。那是说,春天就算穿着破烂下摆的衣服站在溪流中,小鳟鱼也会蜂拥而上,咬住衣服的碎片。春天的小鳟鱼竟能如此的多。

于是,千代子随着旅馆老板一同去垂钓。回来后,将红、紫、黄各色鲜艳夺目的斑点鱼排列在他面前。

"是不是比你的调色板还艳丽?"

村子的空地上有一间临时搭建的小屋,那里正在表演歌舞伎。

"我约了京都来的朋友。你也一起去呗。"

"京都来的朋友?"

"是啊,他们今天刚到。"

她的京都朋友,是对年轻夫妻。

暖和的屋子内,那年轻的妻子有着细腻光洁的润滑肌肤,皮肤透亮得仿佛要渗出露珠。

舞台之上的一位红衣女子因小便失禁,将整个舞台都染红了。

这一晚,那片红色中仿佛升腾起一股热气。

一走出小屋,千代子便握住了他的手,轻声耳语。

"看我的手都湿成啥样了。那太太一边在火盆上烘烤她丈夫的外套袖子,一边紧握住我的手,全程都没松开过。刚见面就这么亲密,是不是奇怪了点？"

"那有什么，你不也很高兴吗？"

杂技团的演出，她也拉他去看。

杂技表演中有猴子和狗。一个长得像洋娃娃的十八九岁女孩，用玩偶般的声音让狗在钢丝上倒立走路。

突然观众席中的一个老太婆大声地叫嚷："别演了，都看见了，看明白了。别再让狗受罪了，它多可怜呀。"

那张洋娃娃般的脸，顿时哭丧起来。

归途之上，月夜当空，雨蛙不停地鸣叫。模仿雨蛙鸣叫，是千代子早就会的技巧。

他一路欣赏着那些春天的植物，将红色的桃叶珊瑚果递给了千代子。

"你试试这个，和珊瑚珠一起插在发簪上。"

他不知多少次，在冬日里攥着那样的红果子。

当黄色的瑞香花开始结出花蕾时，他特意领着她走上山路，去看那没有叶子的灌木。

"这种花，必须在寒冷的季节变得光秃秃后才会开花。从打花骨朵到开花，需要一个月的时间。够有耐性的。"

那些马醉木的花穗，形如一颗颗小小的白色贝壳。

"你去抓一抓。吃惊不？它们软得跟团棉花似的。"

他喜欢这腼腆的花丛。而木兰、绯樱、紫云英这些醒目的花朵，一旦盛开，就热闹非凡，如同进了使人眼花缭乱的大都会。他想就此进入深山石谷之中，去寻觅一款冬日之花。

树木的嫩芽也是艳丽的。红色的枫树和扇骨木嫩芽、绿色的柿子树嫩芽……都是如初生婴儿般的奇迹。在五天之中，总有一天，山野会变成五颜六色的喷泉，或者说是阳伞。那时他就不再欣赏这山林之景了。

他总在这样的日子，茫然地望着窗外，看着像铅笔的黑松嫩芽和像蜻蜓翅膀的罗汉松嫩芽。

有一天，当他以为满天飞舞着白色的羽虱之时，发现那竟是绵绵春雨。他回去拿雨伞——不，是去叫千代子。

"嗨，去竹林吧。"

竹林已然被蒙蒙细雨打湿，如成群的绿色长毛羊，安静地耷拉着脑袋休息。

"这样的宁静，多优美呀。"

他的手悄悄地搭在了千代子的肩头。

一旁的水田里，三四十只青蛙从泥里钻了出来，满身泥浆。它们一起不合时宜地大声鸣叫。

夏季的友谊

"妈妈,跟你说,不仅是我们来得早。对门的前田先生、天野先生,还有原先生,都到了。还以为我们是最早的,现在看来,今年大家都来得早。"

今晨,刚抵达了彻底被打扫干净的别墅,和子就赶忙换上了衬衣和短裤,骑着自行车去外面转了一圈,回来向坐在阳台上眺望对面草坪的母亲报告情况。

"真的呀?应该是由于今年热得特别快吧。"

母亲看着和子一副夏日打扮的样子,不由得微微一笑,说:

"好吧,那我们就到处走走,也去看看老爷子,跟大家都见见面。"

虽然平日没怎么跟这些家族往来,但每年夏天大家都会到海边别墅消暑。住在这里时,彼此很是亲密。

避暑地所具有的这种开放性气氛,造就了邻里间和睦的关系。

如果附近出现一家没有开门的别墅,大家就会对此放心不下,纳闷地嘀咕:

"这究竟是怎么回事?"

一年之中,这条街上的情况总会发生很大的变化。虽然这是每年夏天必经的环节,但总被来此避暑的人们没完没了地讨论、夸大。

作为一个生性好动的孩子,和子一到别墅,就感觉身体好像忽然变轻了。东京那些既烦琐又烦人的规矩,不再被她看作天下间的好事。否则,她哪里有消停的机会。

她一喝完茶,就跑去跳绳,一边跳,一边沿着草坪上的小路向外跑。

松林间掠过夹着海潮的风,亲吻着人的皮肤,皮肤也湿润得有了潮气。

母亲走上换过了草席的客厅，展开一根罗纱刺绣的饰带，仔细观看。

从罩子里拿出来的被褥和蚊帐晾晒在院子里，被太阳的热气烘烤得膨胀起来，冒出了特有的味道。蜻蜓安安静静地停落其上。

正当母亲静静地思考时，和子从后院的木门急匆匆地进来。

"妈妈！"

她的样子似乎是要报告某件大事。

"你知道吗，后边酒井先生的别墅上，挂了个新名牌，叫'芦庵'。院子的布局也不一样了，不知发生了什么事。我就看到一个从没见过的老太婆，正在打扫前边的路。也没有听到容子弹钢琴的声音。"

母亲皱起了眉头，也觉得这件事有些奇怪，不由问：

"有没有见到她家的人？这也太奇怪了。容子是个什么都拿得起放得下的人物，这样的人现在可不多见了。如果她真不来了，和子你一定是最难受的。这里只要有她在，大家就都会感到高兴。"

"对啊。就拿前田家的那个小家伙来说，说好了明年他的快艇就会换新帆，还要请你坐着出海去，但……"

"嗯，或许过几天她就会到吧。"

母亲正将她的罗纱刺绣绷上木框。看样子，她并不想停下来，和子往藤椅上一躺，眺望着海上的夏季云彩，回想着这几个夏季一直与她畅游的容子。

沙滩上整齐地排列着遮阳伞。每年来此避暑的家庭，都会在伞下的阴凉里亲切地碰面。

这些家庭的小姐们中，最受欢迎的莫过于酒井家的容子。只要她还未露面，与她相识的人就似乎没了主心骨，每天都翘首以盼她的到来。

"容子这是怎么啦？"

"会不会是今年进到山里去避暑了？"

人们开始议论起来。

"或许和子知道，我们问问她吧。"

"是啊！和子，你收到她的消息没？"

刚从海里上岸，用沙子将自己埋了一半的和子，只是沉默地摇头。

"竟然连和子也不清楚，这到底是怎么了？怎么让人有种凄凉感？"

"哪是什么凄凉,根本就是大大的不够意思!她们两人的关系最为要好,我觉得一定是和子在隐瞒什么。"

龙子话里带刺地插了一嘴。但和子没太在意,而是老老实实地说:

"你说的都是些歪理。我跟容子一年就只有夏季才能见一面。其余时间她究竟在做什么,我可没法知道。"

"算了吧,你们俩除了夏季,不都在东京吗?也并非不能相见的吧?即便如此,难道你们就没有来往书信?难道你们俩的友谊,是概不写信的那种吗?"

和子强压住心头的怒火,紧咬着嘴唇,浓密的睫毛不停地颤抖。终于,她猛然从沙子里站了起来,跑向大海。

"糟糕,看来把和子惹火了。"

伞下的三个人面面相觑。但龙子依旧在生气,怒不可遏叫起来:

"好啊,还敢跑!我这就追到海里,让她说实话!"

她拍着胸脯,不管剩下的两个同伴,朝着和子就追了下去。

此时的和子已游到了较深的海里,可以看到她红色的帽子在波浪中起伏。

龙子向前游去,可和子已经快速地又向远处游去了。

想在朋友面前逞逞威风的龙子,心急火燎地想抓住和子,却赶不上和子的游泳技术,只能在后面苦苦地追着。

过了一会儿,和子才发现追来的龙子,于是如淘气的孩子般,在波浪上举着两手向龙子示意:"来呀,来呀!"她知道以龙子的能力,应该是游不到她那里的,于是故意取笑她。

"太气人了!"

勃然大怒的龙子突然心里一惊,她感到身体正在渐渐地失去浮力。

她心底涌起了万般遗憾。去年夏季,甚至前年夏季的遗憾也涌上了心头。

龙子跟和子并不在同一所女校,而且龙子大和子一岁,已是三年级的学生。为了与堪称这片海滨女王的容子交上朋友,她早就暗暗在心底下定决心,要战胜容子。可令她无可奈何的是,每年夏季她都输得一败涂地。

龙子懊恼地想:自己怎么能比和子的游泳技术差呢?

但每次看到容子或和子穿着鲜艳的泳衣,在远处自由自在地戏水时,只能在浅处游泳的龙子就恨恨地想:

"哪怕是被淹死了也好,真想游到那里。"

她不知道多少次,怀着这样羡慕的心情眺望远处。

而现在,她认为只有和子知道今年容子没来的原因,认定和子是在远处独享秘密的乐趣。她气得想立即就游到和子身边,把情况问个清楚。

但她的身体根本不听她的使唤,疲软的手脚使她有心无力。

她不得不仰面躺在水上,喘着粗气休息。这时,一条拖着白色水花的小艇停在了她跟前:

"喂,你有事没?啊,原来是龙子。我还以为是个快淹死的人呢!"

来的是前田的兄弟俩。

"天哪,太费劲了!"

等小艇靠近,龙子就朝着那人喊:

"拉我上去,我要追上和子!"

"你怎么还在欺负和子?"

"喂,我在水里可是挨欺负的人。要是到了陆上,我可不含糊。"

"这你活该。就算你上了小艇,也太不光明正大了!"

可龙子毫不理会那人的教训,自顾自地攀上船舷,爬到了小艇上。

"让开,我来!"

她抢过弟弟手里的船桨,将船头调了个方向,朝着和子划去。

和子在远处微笑地看着,决定就在这平静的波浪间等她。

"你干吗那么着急地划?和子又没法跑。话说回来,你干吗追她?"

前田哥哥奇怪地问龙子。

"是的!"

龙子扭头看了看他,道:

"但你没发现刚刚她一直在跑吗?但现在,不管她有多高明的游泳技术,也不可能快过小艇!"

"你们怎么吵架的?"

"还不是为了容子。"

"为了容子?"

"你们一个个真够讨厌的！"

龙子停下划桨的手：

"看看你们，一提到容子，就都脸红啦？"

兄弟俩红着脸说：

"没有了王后，牌还有什么意思。"

这时，和子也想通了，与其等着让龙子抓，还不如自己主动上小艇。于是她爬了上去，大大方方地面对龙子的提问，一一痛快地回答。

"我说的都是真的。我认识的容子，是到这儿的别墅来的容子。除此之外的容子，我一无所知。我们只是夏季的朋友。"

"你们俩的耐性可真好。如果是我的朋友，哪怕一天没有见到，我也是放不下心的。只是一个夏季的友谊，也算得上友谊吗？"

和子却点了点头，说：

"容子认为这样更好。在她看来，只在夏季中短暂地亲亲热热，是非常有趣的事……你想想看，如果平常都憋着不找对方，等待着一年中短暂的相逢，再相逢时的那个高兴劲儿……恐怕远比一年到头天天相见来得有意思得多。"

"是吗？听着，好像是那么回事。"

前田哥哥似乎深有所感地：

"原来女孩子都喜欢做这样的梦啊。"

"女孩子？你难道不知道容子比你大吗？"

那位中学生被和子训得不由得赶紧缩了缩脖子。

容子前年就从女校毕业了。

龙子虽然有些相信和子的话，但还是冷嘲热讽地道：

"是啊，但难道你不知道，虽然每年夏季都必然到来，但人却不一定每年都能见得到。"

这话一出，龙子自己也不由得感到凄凉。

对容子的友情怀着憧憬，这一点龙子丝毫不逊于和子。而现在，没有看到容子，龙子念念不忘，脑海中无时无刻不浮现着容子的身影。

四人沉默地望着远处的海面。

仿佛容子正朝着远处的水平线径直走去，直到没有了踪迹。

或者容子如一道美丽的幻影，正从水平线后接近。幻影逐渐清晰，姗姗而来。

小艇摇晃着，随波逐流，海上微风带着不知从何处吹来的秋日气息。

"我觉得，口头约定也太不可靠了！"

"怎么可能！"

母亲给和子打气。

"这样的事常有的吧。无论多相信会见到某人，有时就是不能如愿。"

"你还在想容子？每个人都有各自的情况嘛。"

"情况？是出了什么事？"

"那可说不准是有什么事。"

"妈妈，我是问你，你刚刚说的情况，到底是什么事！"

"你这孩子，就喜欢强人所难。人怎么可能知道在什么时候会发生什么事。"

"讨厌，我讨厌人的这些事。我不想听人这样那样的了。难道约定和友谊，不比这样那样的情况更重要？"

和子和母亲几乎每天都会把这些事念叨一遍，似乎唯有这样才算过日子。有一天，酒井家别墅负责管理院子的那位老爷爷，突然穿着印了店名的新外套，来到和子家的别墅。

和子见状，连忙抢先跑了出去。

"老爷爷，你们都到啦？容子在哪里？"

老爷爷一个劲儿地行礼，在行了三四次礼后，才向和子母亲回复：

"多谢您一直以来的关怀。现在东家已把别墅卖了。"

"什么？！"和子的身体开始颤抖。她抓住母亲的袖子，与母亲面面相觑。

她母亲担忧地打听：

"究竟怎么了？"

"个中原因，不是我们这些下人所能知道的……"老头子沉默地看着地面，良久才说，"酒井先生托我跟你说，请你一如既往地给以新房主关照。"

"是吗，但是……"

母亲不由得感到有些泄气。

老爷爷也讪讪地说：

"酒井家的小姐也叫我给府上的小姐捎了口信……她说两位小姐总喜欢在院子里栽的树下赏花，而府上的小姐尤其喜欢那棵老百日红，还有那棵合欢树。她说如果不妨碍府上的别墅的话，就移栽过来……"

老爷爷回头看了看，和子母女顺着他的目光望去，发现门前正放着一辆板车，上面就放置着那两棵树。

接着，老爷爷将一个白色的信封递给了和子。那是容子写给和子的信。

和子：

我们俩就像七夕才相逢的牛郎织女，只在夏季才愉悦地相见。这几年，我们都能如约相见。但那样的美梦已消失不再了。

希望你不要问我这是为什么，也不要对我有所责备。

命运这东西，任何人在撞上它的一瞬前，都无法知道会发生什么。

至于它是什么，即使跟你说了，你也不可能懂。为了不让和子天真烂漫的内心蒙上阴影，我只能带着这几年在海滨的众多美好回忆，默默地与你道别。

我相信，等你再长大一些，我们一定可以相互安慰。毕竟，我们在年龄上，本来就没差多少。可我却必须在另外的心灵世界中生活……

另外，我想将这两棵花树送给你。

它们是我们俩夏日友谊的纪念。希望它们能长久地陪伴在你身旁，得到你的照料。

如温柔的梦一般的含欢花，如在烈日下燃烧的百日红，在今后的每一个夏天，都将代替我跟和子相会。

傍晚的院子里，老爷爷在栽种两棵花树。和子靠着游廊的柱子，看着院子，任由思绪向远方驰骋。她那纯洁的眼睛被无垢的眼泪润湿，第一次真心地眺望着这广阔的人间，思考着这逐渐增长的年龄究竟是何物。

夕晖少女

一

　　星期天，时常有女学生在海边的松林里骑自行车。这已然成为女学生们的一种时尚。

　　随着内阁的换届，这座镇子中住别墅的人家中偶然出现了三位新的内阁大臣。时局的变换，使得星期天的小镇也是戒备森严。但少女们并不在意这些。她们并没有把警察的身影放在心上，只是快活地骑着车在林中转来转去。她们迎着风急驰，连从松叶缝隙泻落的秋阳也显得格外灿烂。刚一人高的小松树，在平整的沙地上四处生长。天气晴朗得令人心旷神怡。但当薄暮降临，发黄的松叶开始渗出了寒凉之意。不久之后，晚露凝结的辽阔天空下，传来由远而近的潮声。昼短夜长的季节中，在这掌灯的时刻，女学生们清亮的自行车铃声，如活物般在将黑未黑的夜里机灵地活动着。

　　听到这样的铃声，濑沼不由得加快了脚步，以期在下一个十字路口跟如此快活的自行车相遇。可回头间，他却看到了一张女子的脸。那是一张焦黄的脸，上面胡乱地涂抹着雪花膏。头发虽然烫过，却乱蓬蓬的。铭仙绸长衫皱巴巴地穿在身上，还套了个短褂在外面。这毫不讲究的怪异打扮迎面而来，令濑沼不由得一惊。那女子似乎朝他微笑了一下。他慌忙将头一低，正好看到那女子的布袜破了一个洞，脚趾从中探了出来。而那女子的手里，提了个大大的水桶。

　　"您好，是濑沼先生吧？"女子亲切地问道，似乎濑沼一脸的诧异并未引起她的反感,"你还记得我吗?我是'大家乐'的春子呀!"

"啊?"

"说起来,还挺想念的。"女子将短褂脱了下来,在胸前拿着。她一副跟濑沼久别重逢的样子,甚至举止间自然而然地带了些许的媚态。

濑沼此时看到了女子隆起的肚子,显然已有了身孕。

"他们都还好吧?实在太久太久没见到你们了。"

"哦。你呢,现在在哪儿?"

"我呀,在阪见先生旁呀。"

"现在你怎么样?"濑沼担心刚才的问话不怎么妥当,可春子依旧回答得很爽快:

"我跟松本在一起呢。"她的口气,就仿佛濑沼知道松本是谁一样。

濑沼茫然道:

"那还不错。"

"是啊,也算托您的福了。"

"我在松叶馆那儿,你有空儿就去坐坐吧。"

"松叶馆?在哪儿呀?"

"就在那儿。你随便找个人问路,都会告诉你的。"

濑沼颇有些意外,春子竟没听说过松叶馆。这么近的距离,却对这家鼎鼎有名的烹饪旅馆(虽然是旅馆,也兼营日本料理)毫不知晓。这不仅说明春子对这地段不太熟悉,也说明了她的生活现况。她大概是整天都待在家中,不仅没去过松林散步,甚至过着形影相吊的生活,连可以说话的人也没有。所以,当她偶遇昔日的熟人,才会如此地兴奋。濑沼看着春子离去的背影,仿佛看到了她生活的寂寥。她身上唯一新的东西,便是手中提着的水桶,新到令人注目。她就那么提着水桶,从松林的断处登上沙山。

尽管这位当年的女侍迫于生计而形容憔悴,但她并不令人生厌。尤其是刚刚那股子亲热劲儿,一下就拉近了双方的距离。甚至她不修边幅的邋遢,也有着静等婴儿降生般的平和感。

不过,对于松本,濑沼没有丝毫的印象。春子刚刚的口吻,也使他不便追问。他回忆着十年前的往事,在"大家乐"酒馆中怎么也搜罗不出叫松本的人来。或许,这个人可能是名画家、作家或者流行歌手。毕竟从事这一类职业，可能会让春子认为他的大名人尽皆知。又或者，春子跟这个人的恋爱、结婚轰动一时，甚至上了报纸？濑沼再三地推想着。

其实，濑沼与春子的关系，还没有到时隔十几年，在路上相遇还会寒暄几句的程度。更何况，如果不是春子主动打招呼，濑沼根本不可能认出她来。但在春子自报姓名后，濑沼当即回忆起了她。说来，春子当时也算得上一个有名的女侍。可他过了好久，也没能将名字跟眼前这女子的样貌对上。如此这般，无非是因为她现在的样貌已与十年前判若两人。濑沼还记得，十八九岁时的春子长着一张丰满的圆脸，让人能感觉出血液流动的温度。她的浓眉大眼，现今依旧依稀可辨。曾经有着美人风韵的脸庞已然变得瘦长。

学生时代，濑沼常跟几个好友混迹于"大家乐"酒馆。他们去的原因自然是春子。她口中所说的"他们"，便是指那几个朋友。然而，现在濑沼除了"大家乐"的德国风格装饰及朦朦胧胧的青春情怀，便再没什么可记起的了。那时，似乎没有发生过任何能使他印象深刻的事。那时的他们都极为单纯，濑沼甚至没跟春子说上一句像样的话。

所以，春子的那般亲热劲儿令濑沼感到意外，似乎上天突然给了他一份等候多年的馈赠。虽说她已为人妻，但依旧那么地自然大方。濑沼的心底不由涌起一种期冀，但愿春子生活中也依旧怀着如此不加矫饰的心情，而非过着凄清寂寥的日子。

松树的枯叶稀稀拉拉地散落在小径上，却已不见少女们欢快的骑行。夏天才开启的别墅大多关上了门。濑沼向前走着，看到稀疏的松树间闪现着海滩上的篝火火光，耳畔传来了号子声，是渔夫在拉起拖网。

晚霞映照下的海滩，从海面到沙滩都披上了彩装。濑沼不由得向披彩的沙滩跑去。

"嗨！"

"呀！"

孩童们不断将挂在网上的螃蟹捡起来，又抛出去，反复地折腾，直到螃蟹都老实了，才拿回家去。

濑沼看到，春子正好混在一群等着买鱼的妇女里面。

"呀，居然又碰到您了！"

春子说话的时候,旁边正在看海的少女转过了头来。濑沼一愣,顿时有种头晕目眩感。他的脑海里浮现出了一幅画。

那幅画上画的一定是这名少女。濑沼不久前才在画展上看到过这幅画。虽然他不记得那幅画的标题和画家的名字,但凭借直觉,他认定:春子的丈夫松本,一定就是个画家,而且还是那幅画的作者;画中的模特,就是这名少女,正是春子先前所说的"在阪见先生旁"的那个阪见家的小姐;碰见春子前,他曾听到自行车的铃声,那骑自行车的,也是这名少女。

少女用左手扶着自行车,右手则轻柔地搭在弟弟的肩膀上,望着海面的夕晖出神。女学生式的短发被撩到了耳朵上端,但由于她的身子正朝弟弟倾斜着,所以右侧的头发蓬松着散开来,在冰凉的西风吹拂下摆动。弟弟跟她差不多高,圆圆的脸蛋被冻得有些苍白。他转头看向濑沼,虽然脸上毫无血色,眼睛却如鹰一般炯炯有神。濑沼的惊诧被少女看在眼里,她原本准备露出一副见到熟人的亲切面孔,就此立马扭向了一边。那态度无疑是傲慢的,却也做得极为洒脱自然,显露着上流家庭所特有的教养。大约她在弟弟的肩上做了个暗示,弟弟就撒娇道:

"这就回去了?"

"嗯。"少女很确定地将头一点,就走上了沙滩。

濑沼微笑着看他们,可少女毫不迟疑地跨上了自行车,带着坐在车后座的弟弟扬长而去。

"那是阪见家的小姐。"春子说。

"哦。"

濑沼原本想问,那就是画上的模特吧,却始终没有问出口。他突然感到,形容憔悴的春子,或者跟那幅画有着某种无法言说的关联。

在沙滩和松林间有一条沥青路,路面沿着海岸线延展而去。大概是为了军用,路面修得极为平滑。白天,上面时常驶过风驰电掣的卡车。当地的孩子们则喜欢利用它来溜旱冰。对于散步的人而言,也正好可以用来兜风。

少女骑着自行车,沿这条路向夕阳的方向远去,就如同是夜空即将染上的绚丽彩霞。

"她弟弟的身体不太好,就一直待在这里。"同样目送着他们远去的春子说。

春子买的鱼不多。濑沼觉得不方便在此多看,便沿相同的路往回走。

回头时,穿着灭火装束式厚坎肩的老艄公正对着篝火。那张胡须纵横的脸显得异常夸张。

五六张拖网中,亮晶晶的鱼正活蹦乱跳。人们忙着从拖网里捞鱼。春子似乎也在靠向那边。

二

女人的嬉闹声吵醒了濑沼。等他走出檐廊时,看到阿荣正跟狗狗们在院子的草坪上嬉闹着。

这是温暖如春的秋日,海面的银色微波上有晨光在腾跃,仿佛能穿过沙滩,穿过小松林,摇晃着、闪动着正向这边而来。濑沼按了按铃,将自己起床的消息通知了当班女佣,便穿上庭园散步用的木屐去洗澡。这个早晨如此美妙,他禁不住将衬衫和毛巾抛到了草坪上,直直地躺了下去。

阿荣并未注意到正看自己的濑沼。她只顾着跟狗狗嬉闹,一路从草坪追进了松林,又从松林追到宽大的草坪,不停地来回兜圈,奔跑不息。而她的脚上,居然连双袜子也没有。她已是快三十的年纪了,跑步的姿态已没那么灵便。虽说一边跑一边还要顾忌自己的裙子,但仍恣意地放肆着。那只黑色的杂种狗也不知道怎么了,一个劲儿地发疯似的朝她的腰带和衣袖扑咬。

"濑沼先生,您在看什么?"

一声意外的招呼,使得濑沼猛地回过头去。只见当班的女佣阿种,正拿着把扫帚从檐廊朝他看。

"您可不能光顾看阿荣哦!"

"别乱说!"濑沼的脸腾地红了。

阿荣已经上气不接下气了,突然"扑通"一下倒在了草地上。那狗就飞快地扑向她的脸。

"不,不,停下,快停下!"阿荣用袖子捂着脸,大声地叫着,在大草坪上不断地翻滚。

"这都在干些什么啊!"阿种的脸也红了。她麻利地转身,准备去打扫房间。

"喂,给我拿支烟!"濑沼爬起来叫道。

阿种则回到檐廊说:

"还是先快去洗个澡吧!"接着就又叫了两三声阿荣。阿荣就好像没听到似的,却也好歹坐了起来。狗狗旋即将前爪搭上了她的肩头。

"还是阿荣好啊,过得一点都不辛苦。"阿种看着阿荣出神。

"哪里有人能像她那样,一年到头都那么开心。"

"但她也到了该嫁人的时候了吧。"

"嫁人?要她乐意才行!"

"唉,这儿的人也都那么说她。"

"她能嫁给谁?她从没把谁真正放在心上过。"

"难不成是怕了?"

"那不就是。唉,但大部分姑娘都没嫁过呢。可也各自有各自的情况。"

"生在这样的人家,恐怕狗狗也比男人可爱。"

"看您说什么呢!是女的!"

"所以……"

"哎呀,你误会了,我是说,那狗是只母的。"

"说什么呢,也太无聊了!"

"这大小,也到了差不多该扔的时候了。"阿种用双手比画着小狗的大小,"这是阿荣捡回来的。是母的,对不对?可阿荣也不分辨,捡的时候注意一下也好。她总是捡狗崽子回来,太伤脑筋了。她跟老板娘讲定了,只把狗崽子养大就好。看看,都长那么大了!过阵子又生崽儿了,该怎么办?!"

"扔了?那不是怪可怜的吗?"

"可怜当然是可怜,但又有什么办法?"阿种皱着眉看阿荣和狗狗,"阿荣也不嫌狗脏,还跟狗亲嘴!甚至让狗的嘴整个探到她嘴里。"

"可,那么大条狗,怎么可能?"

"那可不好说,或许是小狗的时候吧。我也够佩服她的,一直跟狗睡一起。只要狗一叫,她就能马上醒来。我们可不喜欢,都对她发牢骚。刚睡下时，那些狗也不敢进来，可到了早上，狗还是钻进来了！有时候，她吃饭也是跟狗在一起吃。"

濑沼觉得，那应该是爱狗心切的表现吧。

"跟你说，有时候可吓死人了！我们半夜醒来，常看不到阿荣。"

"哦。"

"你知道发生什么了吗？她竟然跟狗狗一起，躺在女佣房间的窗户下，还是睡在地上呢。"

"就睡在地上？"

"对啊，就裹了件睡衣，睡得还挺香的呢！"

"连被子也不盖的吗？"

"恐怕是滚到窗户外面（日本传统民居的窗口和地板在一个水平面，人就直接在地板的草席上睡觉）去了！"

"简直是瞎说！"濑沼笑了，"不过那睡姿还蛮有野性的，很刺激嘛。她居然也没因此而伤风感冒。"

"人家身体可好了。据说从出生到现在，从没有过头痛脑热的。就没见过那么结实的人。"

"可她很苗条呀。"

"是啊。可等进了澡堂，就知道了。我们中最胖的非阿荣莫属了，那一身肉，紧绷绷的。不过到底还是个美人胚子，不仅长得俊，还会打扮。就是脱了衣服，会吓人一跳。她还从不打哈欠，也不打瞌睡。就算两三点才睡，五点半一准起来，即便是冬天也从不恋床，让人佩服得不行。她干起活来，也是快手快脚的。大概是如果老待着不动，心里就不舒服。每天都是阿荣叫我起床，要是身体不好可根本办不到。我就没听她有过任何抱怨，每天都又唱又笑，干起活来也是欢天喜地的，一会儿就把活干完了。其他人根本没法和她比。"

"那不就是个模范女佣！"

"倒也真算得上。都不知道她是怎么做到的，真是羡慕死人了。从来没有辛苦的样子，看着就令人舒坦。"

"确实如此。"

说着，整理好了衣襟的阿荣走了回来。那条狗似乎也累了，只在阿荣的脚前脚后跑动。

看到濑沼，阿荣说：

"睡懒觉先生！可别睡魔怔了！"突然，她神情认真起来，可才一会儿，又忍俊不禁地"扑哧"一声笑了出来，捂上嘴跑走了。草坪上枯草的气息间，轻轻地荡漾起女人的汗味儿。

濑沼走向浴室，看到走廊连接处的踏脚石旁，那只狗正四脚朝天地喘着气。

"您知不知道有个姓松本的画家？"阿种已为他准备好了早餐，等着濑沼。濑沼便随意地问。

"松本先生？我不知道呢。他是这一带的人吗？"

"应该是吧。"

"……真的有这个人吗？可我怎么没听说过。"

"他太太化妆颇有些洋味儿。"

"长得漂亮不？如果是最近才搬来的人，我可就不认得。"

"我在昨天傍晚散步时遇到了他太太，她正好去拖网那儿买鱼。"

"你们以前认识？"

"嗯，以前曾跟他太太有过一面之缘。她还穿了双破袜子。"

"这是常识，去海边可不能穿新袜子！"

"据说，他们跟阪见先生是邻居。"

"哦，阪见先生？说起阪见先生，他家的公子倒是经常来这里玩。"

"他的身体不好，是吧？"

"是的。不仅是他，住厢房的竹田公子，身体也不好。他父亲竹田先生跟阪见先生是老熟人，所以虽然两家的公子都有病，两人的关系却很好。昨天阪见先生家的公子还骑着自行车来过呢。"

"骑自行车？不是他姐姐骑着车带他吗？他的姐姐长得不错。"

"岂止不错，简直就是漂亮得不得了！那么漂亮的人，长大了该怎么办才好？"

"是啊，我也是这么想的。"

"呀！"

"那小姐就没跟你们提起过那个画家松本？"

"这——她可不会跟我们说什么。倒也不是她在有意地摆架子,可就是总带着贵族的味道。人长得那么漂亮,就很难跟人打成一片。我倒觉得,这未必是件好事。反而是像阿荣那样的,才是最好的。"

"可我觉得,阿荣的脸上,也多少冷漠了些。"

"哦,真的吗?"阿种歪着头沉思,突地又笑着说,"她那么好!"

"再好也没人提亲,这不奇怪吗?"

"怎么没有,多了去了!她在这儿都有九年了。据说,以前一说要把她嫁人,提亲的人多得可以踩破门槛。"

"她这样一直待下去,也太可惜了。"

"话是这样说,但没有过任何阿荣的流言蜚语。她经常说,要在这儿干一辈子,说是没有比这儿更令她开心的地方了。"

"乱说!我看啊,她不可能不嫁人。"

"唉,我觉得,这就是您的偏见了。"

"那阿荣家里,也够不着急的。"

"谁说不是呢,这个确实有些反常。我们这些人,大都是为了家里而出来奋斗的。每当能请个假,首先想到的便是要回家好好睡上一觉,还想跟家里人从早到晚唠家常。这些都是人之常情。可阿荣不愿意这么做。她妹妹来看她,她就做出一副不耐烦的样子,觉得与其回家,还不如去看剧、看电影。她又不是觉得家里没意思,或者跟家里吵了架,才跑出来的,但她的做法确实跟普通人不一样。"

濑沼觉得,他们的对话触及了阿荣性格的隐秘。阿荣能不受日本特有的亲眷关系羁绊,应该源自其性格深处的冰冷。尽管她能对狗狗表达浓浓的爱意,尽管她能开朗快乐地忠于职守。她的健康、青春的美,也是由此而来的。

她丰腴的身体如水生植物般清爽,其中蕴含着原始的热情。抱着狗、躺在草坪上的阿荣,用短褂遮掩身材、去海边买便宜货的春子,两人的年龄虽然相近,却一个生气蓬勃、泼辣热烈,一个生活困顿依旧不乏率直真诚。她们又似乎都是女人的真实形象。她们所处的不同生活场景,在濑沼的脑海中纷至沓来。

超脱于这两种类型的,则是阪见家如仙女般的少女,在高处发散着光

芒。看着濑沼沉思的样子,阿种问道:

"您是不是对阿荣有意思?"

"肯定是有。"

"看你说得,这么肯定。"阿种笑了笑,微微低头道,"可她不是一般人哟!"

"她是只要迷上了哪个男人,就一发不可收拾的那种,是吧?"

"是啊,她保准要爱得天昏地暗。尤其是吃起醋来,可厉害了!"

"确实有可能。"

"在这方面,她可不是一般的厉害!"

"这也未必不是好事。"

"她呀,居然对客人也会吃醋。尤其是看到那些带女伴儿的客人,可嫉妒了。"

"哦?不过,毕竟是这种地方,难免不会令人分心。"

"何止是分心,她还要去偷听,甚至偷看!这就是阿荣的病,病得不轻。"

濑沼顿感无言以对,好像无意中知道了不该知道的东西。

阿种也有些脸红,说:

"你可别把这话传给阿荣。"

"好的。她这么做,应该不只是因为吃醋吧?"

"或许吧。真是伤脑筋,她这病可不轻呢!"

"已经病入膏肓了吗?"

"还不是怪您,一个劲儿地夸阿荣,都夸过头了,才激得我说阿荣坏话。"

"不都是你在夸她吗?"

"该夸就夸呗。这世上,也没有她那么好的人了。"

午后,濑沼去钓鱼。他来到一条浑浊的小河,这是涨潮时海水倒灌形成的。河的西岸生长着已然枯萎的芦苇。此时,河边不仅没有飞鸟,连一片云影也没有。这是个寂寥而平和的午后。濑沼就那么呆呆地坐在河边,甚至将垂下的钓线忘得一干二净。

对于阿荣的怪癖,他是完全没有料到的。但仔细一想,他又觉得并不奇怪，甚至觉得这正是她应该有的。他突然觉得，似乎自己已经窥视到了阿荣身体的秘密。他不觉得这有多猥琐，反而认为这恰好能活生生地展现阿荣的女人魅力。毕竟，濑沼是个男人。

此处，这里可以看到海滨。他看到了起拖网的人晃动的影子，却没有看到春子和阪见少女。濑沼回想起，阿种早上说过，阪见少女经常会陪弟弟去竹田家公子的住处，便打定主意，从那男孩儿住的厢房前走回去。

据阿种说，那男孩儿十五六岁，已经做了肋膜炎手术。人长得胖胖的，圆脸大眼，神情总是天真烂漫，如一个孩童。他家境优裕，又长得俊俏，女佣们都很喜爱他。而且他的举止，丝毫感觉不到自以为是，更不会讨人厌。就连他的分发，也格外地招人怜爱。但他房中，始终要垫三张厚实的棉褥。不过一旦天气好，那男孩儿便会走到檐廊，甚至到草坪上跟女佣们玩。这时，无事可干的护士就可以自行外出了。

濑沼是从后门进去的。他若无其事地走到了男孩儿的厢房前。就在他略一回头的刹那，他险些叫了出来：他再次看见了阪见少女。这次是在画上。尽管那是一幅画，却有着比现实少女还动人的生机。她的目光高贵而锐利，自幽暗房间的墙壁俯视着男孩儿。男孩儿就那么静静地躺着，仰视着画中的少女。

这是濑沼第二次目睹画展上的那幅画。这幅少女的半身像，虽然构图随意，但比起那些有着穿透力的妩媚，画家更着意于在少女的脸上刻画他本人无法抑制的憧憬。这样的情绪，恐怕是作为画家的松本外现的内心世界。所以，这幅画留给濑沼非常深刻的印象。而现在，少女那双如鹰一般炯炯有神的眼睛，似乎怜惜地看着男孩儿。

濑沼匆匆地将视线挪开。晚霞依旧铺满天空，将整个世界映得一片灿然。远处，似乎传来了一阵阵自行车清亮的铃声。

三

悲剧是在下周日的晚间发生的。

夜深了，阪见家才发觉少女独自出门，至今未归。他们打电话到松叶馆，女佣去男孩儿的房间，发现屋里空无一人。早早睡下的护士对此一无所知。经过仔细的询查,得知似乎那男孩儿还穿着睡衣,只加了件碎白点花纹的藏青色便衣。打电话去阪见家和竹田家,说是都没有回去。四下就此哗然。现在已没了末班车,两家人只得急匆匆地坐着汽车从东京赶来。松叶馆的男人们分头到海滨、铁道、松林等地寻找。

当阿种将这个消息告诉濑沼时,濑沼如遭雷击般一跃而起。

"哎呀,好了好了。这都怪我,把您给吵醒了。您还是好好地休息吧!"

"嗯。"

"都是些小孩子家家的,还以为不会有什么事。没想到啊。真是不能大意。"

"他们是去殉情了?"

"应该不会吧!"

"竹田家那小孩的病情,究竟怎样了?"濑沼穿上了棉袍。

"怎么了,您这就起来了?"

"是啊,我也去找找。"

"说起他的病,那位公子最近似乎好了一些。据说,他原本是肺不好,可后来肾又出了毛病,所以才不得不动手术。可那位公子对手术很是惧怕。"

"小姐是不是很是同情那位公子?"

"那是一定的。而且他们那个年纪,一不小心就会钻进牛角尖,还出不来。也不知会闹出怎样的事来。"

说着话,濑沼来到厢房。房里有十来个人,有的在大声地议论,有的则在房间内走来走去。领班在收拾得整整齐齐的被窝里摸了摸,认真地说:

"完全是凉的,没一点热气。应该走了有一段时间了。"

很快,阪见家别墅的看门人、女佣,以及管家婆都来了。不久,春子和松本也跑了进来。春子脸色发青地颤抖着,偷偷地拉了拉丈夫的袖口,用眼神向其示意。松本"哦"地惊叫了起来,踮起脚尖,疯狂地对着墙壁喊:

"原、原来这画在这里!我找到了证据!这就是证据!"

突然,他就像想起了什么,两步并作三步,扑上去一把将画摘了下来,呆呆地用一只手拿着,一动不动。突然,他意识到众人的目瞪口呆,顿时神情一滞,喃喃道:

"既然画在这里,事情不就很清楚了。难不成,这是小姐自己拿来的?"

他失魂落魄的样子流露着无限的悲痛。回到春子身边后,他依旧定定地看着那幅画。春子的眼中盈满了泪水,那张焦黄的涂着雪花膏的脸,此时竟有如幽灵。濑沼不由寻思:看来,他们也陷身这场悲剧之中。松本是个清贫的画家,他一定从阪见少女的身上发掘到了艺术的灵感,进而对其心怀向往。对此,春子一定非常清楚。

同样陷入这场悲剧的另一个人呢?濑沼在人群中寻找着阿荣。不久就看到阿荣正坐在人群的阴影里,泪流不止。能清楚地知道这对少男少女的热恋之人,恐怕只有阿荣。如果他们真的殉情了,那阿荣很可能先前就尾随他们出了门,直到目睹他们死亡后,才回的旅馆。突然间,濑沼感到一阵冰冷袭向胸口,情不自禁地发起抖来。

明明知道这对少男少女的恋情,却不告知他人,只独自享受着偷窥的乐趣——阿荣的行为,可以说就是在吮吸那对少年的血。与其四处寻找,何不现在就质问阿荣呢?濑沼低头看向阿荣。阿荣若有所觉地抬头扫了眼濑沼,就赶忙低下头,如被人推了一把,瘫倒在了前面的地上,开始剧烈地抽咽。那样子,性感却也冷酷。

濑沼想起了骑自行车的阪见少女。想必迟早有一天,春子会劝她的丈夫,将自行车后带着弟弟,于夕晖中升天的少女,画到画幅之上。

波斯菊的朋友

一

淡淡的清香飘荡在清凉的空中
清爽地生活，有何可惧
温柔而优雅的波斯菊
愿你芳香常在
柔弱的花茎
托着高高开放的花朵
最懂秋意的波斯菊呀
总将淡淡的粉红高高擎起
仰望秋阳

道代正唱着歌，清脆的声音飘了过来。
"哇，这歌真好听呀！"
"是从哪儿学来的？"
"能教教我吗？"
四五个人围着道代，都想学这歌。可这歌很难，她们甚至连口型也没学好。
（这首歌的词作者是作家与谢野晶子，曲作者是宫城道雄，伴奏使用了筝和尺八。对小学六年级的少女而言，这首歌过于困难。）

"其实我也唱得不好。只不过凑合着唱罢了。"

道代安慰道。

可民枝却特别地来劲儿：

"这《波斯菊之歌》，怎么也得学好了。你就教教我吧。"

"好的。"

道代点了点头，有些得意地问：

"你们知道波斯菊是怎么回事吗？"

"问的什么话？波斯菊当然就是波斯菊了。"

"不对，我是问波斯菊这个词本身的意思！"

"它不就是一种花的名字吗？"

"准确地说，波斯菊其实是译名。它的原名叫作'柯斯莫斯'，是希腊语，有着'美好'的意思。"

当道代摆出一副"柯斯莫斯专家"的派头时，信子神情慌张地跑了进来，叫道：

"不得了，发生不得了的事了！"

"你这是怎么了？别这么吓人！"

一群人齐刷刷地扭过头去看她。

"真的，发生不得了的事了。那些波斯菊，被人割掉了很多！"

"什么？波斯菊被割掉了？"

"是啊，整个花坛都被糟蹋得乱七八糟的。这些人太野蛮了。还……"

信子悲戚地接着说：

"他们不仅将花割了，还将枝叶都统统割光了！那些波斯菊原本是那么茂盛，现在都光秃秃的了，跟波斯病美人一样。"

"天哪，真的糟蹋成那样了？！"

"真的，你们去看看吧。"

"好，我们都去！"

大家赶忙背上了书包，出了教室。

在运动器械仓库的后面有一小块空地。今年春天，六年级的学生按老师的指示，翻新了土壤，在这里修了个花坛，并播下了种子。经过辛勤的照料，波斯菊的种子破土抽芽，日渐长大，在酷热的夏天也没有一片枯叶。

到了秋季,繁茂的枝叶间陆陆续续绽放出美丽的花朵。看着盛放的花,六年级学生个个兴高采烈的。

"这是我们的花!我们种出的花!"

他们不约而同地为此而自豪。一有休息时间,他们就聚在花坛周围。看着波斯菊一天天地变化,心情无比愉悦。所以,即便《波斯菊之歌》的难度并不适合六年级的学生演唱,道代也希望能尽自己所能教会大家。

可现在,这里都发生了什么!大家看了,终于知道信子为何会大吃一惊了。

花坛里的波斯菊被割得稀稀落落的。那些原本茂盛地拥挤在一起的细长柔软的叶子,现在变得东一根西一根的了。

"天啊。我昨天数过,一共开了28朵。可现在只剩16朵了。有12朵都被偷了。"

"这花坛一下子就变荒芜了,还有什么看头儿!"

学生们面面相觑,一脸的凄怆。

她们费了多大的力气和精神照料波斯菊,才能使大家高高兴兴地来看花。所以,她们一起在心里痛恨那偷花的人。

"就算要偷花,也用不着把秆都割了呀。"

"对啊!这人到底是喜欢花还是恨花?!"

"到底是谁干的?就算是男孩子,恐怕也不该这么浑、这么蛮干吧?"

"我觉得首先应该分辨出:这种混账事,究竟是校内的人,还是校外的人干的?"

一位喜欢硬充侦探的人,开始装腔作势地推理起可能的犯人来了。她说:

"然后,就是要将被割的时间查清楚。"

"民枝和信子都说,昨天她们曾到过这儿来,那时候花坛还好好的呢。"

"今天午间休息时,我还来过这儿,那时也是好好的。当时我在玩捉迷藏,就藏在花荫里。"

连老实得不爱发言的芳子也开了口。

"也就是说,这是在今天发生的事了。准确地说,是从午间休息到我发现的这段时间之内。"

信子断言道。可除此之外，就再无花被盗的任何线索。大家只能呆呆地看着花坛，毫无办法地注视着这片面目全非的波斯菊。

这时，老实厚道的芳子用自言自语的声音悄悄地说：

"我觉得那个叫澄子的很可疑，就是这学期才转校过来的澄子。最近几天，她总喜欢一个人站在这里发呆，每次都目不转睛地盯着这些波斯菊的花骨朵。这都是十天前发生的事。她很是可疑。"

"澄子啊，我也在这里见过她。"

民枝似乎也突然想了起来，接着说：

"就在昨天，我还看到她在这里呆呆地看花呢。"

"澄子的性格确实很怪，不怎么跟其他人玩。我觉得，这里面该不会有什么原因吧？"

信子的说法令大家猜忌起来。一时之间，都觉得这事有极大的可能就是澄子干的。虽然她们心里有着极度的怀疑，但下意识地又觉得不应该说出来，所以任何人谁都没有明确地点出来。但最终，民枝还是忍不住了，下了决心似的说道：

"说不定，这就是澄子干的！"

话音刚落，立马获得了他人的附和：

"是啊，说不定就是她！"

"她一个人三番两次地呆呆看着波斯菊，也真够怪的。"

"就是呀。这些花可是我们六年级的费了好大劲儿才种出来的，还让它开了花，所以偷花的绝不可能是六年级的人。而澄子是唯一一个转校来的。她跟这些波斯菊没有任何关系。"

确实，这里的波斯菊作为六年级学生共同努力的结果，可以算得上是她们的友谊之花了。而澄子刚刚转校前来，对这个新学校还不够熟悉，也不怎么合群。想来，她或许会因为孤单，对大家和睦的关系感到嫉妒，而把作为友谊标志的波斯菊狠狠地糟蹋了，以此泄愤。

想到这些，她们更加地对其产生了怀疑。

但作为班长的道代却始终在默默地思考着。民枝不由得诱导她，希望她能表态：

"道代，你也觉得澄子很可疑吧！"

"不，我不这样认为。"

道代坚定地摇了摇头，接着说：

"我不认为这能成为怀疑澄子的理由。"

"可是，她为什么要偷偷地三番两次到波斯菊花坛来？"

"自然是因为喜欢。就跟我们一样，澄子也喜欢波斯菊。毕竟好看的花，谁不想来看看。至少澄子看花这件事，算不得坏事。"

"她自然可以来看花。但她为什么不跟大家一起来，而是一个人偷偷摸摸地来？这有必要吗？"

"这样说的话，可就显得我们的心胸太狭窄了。我们没有跟澄子处好关系，没有跟她好到可以一起来看花的地步。这本来就是我们的错。我可不认为动不动怀疑人是件好事。如果以美好的花的名义而动坏心思，花儿知道了也会哭的！"

道代越说越伤心，仿佛要和那些花儿一起哭了似的。她的通情达理和至诚的态度，深深地触动了大家。

但民枝并未完全接受，而是接着辩解：

"可我听到过关于澄子的各种传闻。"

"这样那样的传闻，根本就不值得相信。特别是不好的传闻。"

道代不容置疑地说。听她的口气，似乎要将此事就此压下去。

大家走后，花坛旁只剩道代一个人。她原本坚定的神色，突然因担忧而变得满面愁容。刚刚，她虽然极力纠正了同学们错误的怀疑，但道代的内心却并未消除对于澄子的怀疑。而且，在她心里，这样的怀疑越想越甚。

二

那还是这学期刚开学时的事情。

一位转校生少女走进了教室。

"这位是坂本澄子。她将在这个新的学期，和你们成为同学。"

班主任吉田老师为澄子做了介绍后，澄子便站上了讲台，如一朵生长在黑板前的波斯菊。

"她看起来还挺厚道的！"

"长得很好看啊!"

"但我觉得她很冷漠!"

"是啊,表情都冷冰冰的!"

随着大家低声地议论,澄子原本白净得如一朵波斯菊的脸,晕上了淡淡的红,但睫毛后那浓黑的眼睛始终安静地低垂着。

"坂本君是从遥远的地方转来这里的,对这里的一切都不怎么了解。希望大家能跟她成为好朋友,别冷落了她。"

其实,不需要老师的嘱咐,看到新的同学来,大家既兴奋又紧张,一个个争先恐后地想跟她成为好友。

但奇怪的是,无论谁来邀请,澄子都不参加到任何的游戏中。一方是热情似火的邀约,一方却躲得远远的,冷脸相对。澄子这种不跟大家亲近的态度,很令吉田老师担心。每次道代去教师办公室时,吉田老师总是亲切地嘱咐道代:

"坂本好像有些孤僻,不怎么跟大家玩。但这可能只是和大家不熟悉的关系。你作为班长,要对这件事尤其关注。"

老师都发话了,道代自然更加亲切地对待澄子,澄子也终于对道代打开了心扉,甚至上周六还去道代家玩。事实上,那首《波斯菊之歌》就是道代从澄子家学来的。

所以,道代认为,澄子跟波斯菊的关系远没有别人所想的那样简单。虽然她没有像民枝她们那样草率地下结论,但对澄子偷花的怀疑也掠过了心间。

上周六的早晨,道代到学校的时间比往常还早。她很想知道波斯菊又开了多少,于是去了后院。到那里时,她发现澄子已独自站在了地藏菩萨前。她蹑手蹑脚地走到她后面。

"澄子!"

她猛地敲了一下澄子的肩头,叫了一声。

"啊!"

澄子惊得差点儿就跳了起来,可比她更吃惊的,却是道代。

"澄子,你这是怎么啦?"

"没什么,我什么事儿都没有。"

"你是哭了吗?"

"嗯。"

"是在生气吗?"

"嗯。"

"你正在对地藏菩萨许什么愿呢?"

澄子沉默了。

"你很伤心吧?"

澄子依旧沉默。

澄子的那张带着悲伤的脸上,似乎也有愤怒,又似乎在祈祷着什么。道代认为,刚刚一定是有什么隐秘涌上了澄子的心头。她为自己冒失地吓澄子一跳而后悔,觉得自己做错了事。

"请原谅我的冒失!"

"哦。"

"你是来看波斯菊的吗?"

"是的!"

"你也喜欢波斯菊?"

"是啊!我家的院子,以前开满了波斯菊!"

她如身处梦境般,呢喃地说:

"我姐姐最喜欢的,就是波斯菊了。"

"原来澄子还有个姐姐,我才知道呢。你姐姐也跟你一起转校了吗?读的是东京的哪所女子中学?"

澄子又沉默地低下了头。

"怎么啦?是不是你姐姐独自一个人在青森?她一个人一定会感到寂寞的吧?"

"以后,我会将这件事告诉你!"

"好吧,我不问你了。"

道代明白,其中一定有什么澄子还不想说的原因。为了安慰澄子,她搂着澄子的肩膀说:

"我们到那边去吧,我们做好朋友吧。"

澄子先是坦率地点了点头,旋即立刻结结巴巴地说:

"可是……"

"'可是'什么?你怎么了?别说'可是'了。"

"可是,我是不会跟人交朋友的!"

"什么呀,别犯糊涂了!干吗跟我闹别扭?"

"我这不是在闹别扭!"

"刚才你不是才说了那种奇奇怪怪的话吗?"

"好吧,就算是奇怪吧。但现在真的不行。"

"为什么?"

"我们已经约定好了。"

"约定好了?这样讨厌的口头约定,是谁让你干的?是你姐姐吗?"

"嗯。"

看着澄子那副伤心的脸,道代不由得勉励道:

"我会给你打破那种约定的!"

"不行,至少现在不行,请稍微等一等。"

"好吧。澄子,虽然你还没有把我当朋友,但我依旧把你当作朋友,可以吗?"

既然都这样说了,澄子也无言以对,只是用她那漆黑的大眼睛目不转睛地盯着道代,感激的神色流露而出。道代笑了起来,说:

"今天可以到澄子家去玩儿吗?"

"好的。"

澄子点了点头。与其说这是她表达同意,不如说她感到了无可奈何。

放学后,道代先回了趟家,得到了母亲的允许,才跑向澄子家。

道代家到澄子家,只有一站电车的距离,所以即便徒步,也能很快抵达。

一进澄子的家门,她就听到正在播放的唱片。

　　淡淡的清香飘荡在清凉的空中
　　清爽地生活,有何可惧
　　温柔而优雅的波斯菊
　　愿你芳香常在
　　……

"我来啦!"

道代以熟识朋友的方式喊了一声,然后问:

"这是《波斯菊之歌》吧。你真的那么喜欢波斯菊?"

那歌声是从澄子的书房传来的。

道代在桌子上看到了一张少女的照片。她漫不经心地凑了上去,一边看一边问:

"这是你姐姐?"

"嗯。"

"我看照片前插着波斯菊,所以觉得可能是你姐姐。但仔细看,却跟你一点儿都不像。是你朋友吗?"

"嗯。"

"她也喜欢波斯菊?"

"是的,她是我的朋友,每天都来我家。我姐姐很喜欢她,她也喜欢我姐姐喜欢的花。"

"哦,我知道了。你所做的约定,就是跟这个人吧?"

道代不由自主地加大了音量,又朝前靠了靠,更近距离地观察那张照片。

"长得跟信子有些像。人很精神,也很可爱。怎么也看不出她竟然会让你做那么居心叵测的约定。"

"不,她并没有居心叵测。"

"那就是嫉妒心特强呗。"

"也不是。我还是跟你说吧。那个约定的内容是:如果要交一个新朋友,希望能先跟她商量。我写了封详细介绍你情况的信,已经寄给了她。我在信上特别说明,我想跟这人交朋友,所以跟她商量。"

"原来是这样啊?那就马上商量吧。如果她敢回信说不行,我就亲自写信给她。"

"已经没法商量了。"

澄子那悲伤的状态,感染了道代,她赶忙问:

"为什么?是死了吗?"

"呀,讨厌,讨厌!"澄子带着哭腔,激烈地摇晃起道代的身体,"赶快把这话收回去,快呀,收回去!"

澄子急切地说着,连睫毛都被泪水打湿了。道代也激动地抓起澄子的手,说:

"好啦好啦,我收回了,收回了!"

"请你再别说那种讨厌的话了!"

"好的!"

道代连忙点头,沉默了下来。

那张照片镶嵌在绿色的镜框里,上面的少女一定是澄子不可替代的好友。

在得到她的赞成前,决不交新的朋友,这样的友谊该有多深啊!即便转学到了遥远的地方,澄子也依旧遵守着她们间的约定,这样的友情该有多真啊!

澄子的痴情把道代打动了。道代觉得,这样的人才值得与其建立友谊。但她心中仍有疑惑。

既然有如此好的关系,那就不可能无法知道她的住址。所以,那照片上的少女究竟是不是死了呢?照片前的花瓶里插着波斯菊,就如同佛前的供花,虚幻无常。

如果对方确实去世,那每当澄子回忆起她们的友谊时,就总会感到深深地伤痛。所以,才执着地坚守着她们间的约定。而当道代漫不经心地问她:"是死了吗?"

这一定触及了她的悲伤之处,且痛楚非常,故而她坚决要求自己收回这话。

"你准备什么时候跟我说说这事?"

过了一会儿,等澄子的心绪恢复了平静后,道代微笑着问道:

"嗯,我最近会跟你说的。"

"好吧,我现在就不打听了。我想听听那张唱片,希望能学会那首《波斯菊之歌》。"

"好的!"

于是两人反复地放那首歌,听了几遍后,又一起合唱。

三

"柯斯莫斯"在希腊语中代表着美丽,这也是道代上周六从澄子那里听说的。

而澄子也是从姐姐那里现学现卖的。

道代接着就告诉了民枝她们。这天是周二,是从澄子家学来《波斯菊之歌》后的第三天。

道代对澄子的怀疑,源自她知道澄子与波斯菊之间有着这样的关系。

也许校园里的波斯菊引起了澄子对照片里的少女的回忆。而现在的新学校里,波斯菊竟然是六年级学生的友谊标志。这样的观念差距,可能扰乱了澄子的心,所以,她或许就偷了花,或许将花大肆地糟蹋了吧。

如果今天澄子家的那张照片前,插上了许多新鲜的波斯菊,那么割掉花的必是澄子无疑。道代想去看看,却又怕去看,一时拿不定主意,不知该何去何从。

第二天一早,因为担心,道代又早早地来到了学校。她绕到后院,那里却一个人影也没有。安静的院子里,朝露静静地落在草木上,润湿了地藏菩萨石像的头。看着那静谧而坦然的石头菩萨,道代真想合十祈祷,希望偷花的人不是澄子。

"道代,你来得可真早!"

听到招呼,道代回头去看,发现是信子。

"你也来这么早?"

"是啊,我想如果那偷花的贼今天也来,我一定要逮着他。波斯菊有变化吗?"

"没有,跟昨天一模一样。"

接着,民枝也来了。

又过了一阵,看到了芳子和礼子一起走来。

"啊!"

"哇!"

少女们感到相同的心境,不由得相互报以爽朗的微笑。对于自己亲手种出的花,大家都喜欢,没有人不同。

"花蕾都长这么大了,即使被偷去一些也没关系,后续还会不断开放的。"

道代正在说话时,从仓库后面传来一阵吵嚷的脚步声。大家相互看了看,等反应过来,想起应该藏到地藏菩萨像那边的树荫时,已经来不及了。

"啊,你们来得真早!"

满脸笑容的大泽老师的出现,让大家一脸茫然,甚至有些愣住了。

大泽老师作为六年级男生的班主任,应该是来巡视花坛的吧。他的手里拿着打虫药的喷雾器,上身只穿了件衬衫,还将两只袖子卷得高高的,一副要认认真真干活的样子。

"老师早上好!"

道代她们一边行礼,一边担心地想,如果被老师发现波斯菊被偷了,会发生什么事呢?

"哇,这些波斯菊开得很好呀!"

老师心平气和地看了看花坛,然后吩咐:

"你们都帮帮我的忙好吗?你们这就去杂役室,将喷壶和水桶统统灌上水,然后提过来。能带把扫帚就更好了。对了,还需要找些细的竹子、锯子,以及可以绑花的细绳子。这波斯菊的秆太软了,如果不拿什么给它支撑一下,可不行。"

她们五人赶忙按照老师的吩咐,去杂役室带回了所需的全部工具。老师就比着波斯菊的花秆,用锯子截下竹竿,接着就让她们一一往花秆上绑。

"辛苦你们了。这样弄好了,就算有些风雨,也不至于让花倒塌。"

说完,老师直了直身体,活动了一下腰,又看了看经过修整的花后,说:

"嗯,不行,还得稍微剪短些!"

说着,他从皮带上取下剪枝的剪子,毫不怜惜地将好端端的花秆一剪子剪断了。

"呀!"

"老师!"

"天！别剪！"

大家脸色不由得一变，纷纷喊出声来。可老师根本不把她们的叫喊当回事，而是对她们说道：

"这花呀，必须适当地人为修剪一下才好。否则，如果花秆过于茂盛，就会变软，变得极不好看。花也是同样的道理，如果让它们随便开放，秆很快就软了，无法开出好花来。所以如果想让它开出又漂亮、花期又长的花，就必须进行修剪。昨天下课后，我就来剪了一次，看来还得再剪去一些。"

他一边不疾不徐地说着，一边围着花坛，修剪那些长得过于繁盛的枝干。

少女们一个个面面相觑，接着都不约而同地笑了起来。

"原来偷花的是大泽老师呀！"

"我们居然还怀疑澄子，简直是大错特错。"

大家放下心来，小声议论着。

这时有轻微的皮鞋声传来，她们转身一看，竟是澄子。

今天的澄子，跟往常不同，一副神采奕奕的样子，无人知道是为何。但她的脸如此的润泽、水灵，就如同映照在秋光里的波斯菊一般。而且那脚步声，也大异于昨天。

"澄子，你也来这么早！"

道代说着，上前握住了澄子的手，说：

"有件事，我必须向你道歉。昨天，我们看到这里的花被割掉了，就怀疑到了你身上。但现在我们都知道了，原来是大泽老师干的。请你原谅我们吧。"

"我知道了，这不算什么。可有件事让我很是高兴。我姐姐的来信上说了，照片上我的那位朋友，就快痊愈了。"

"真的呀！她得了什么病？怎么你当时会说没法商量了？难怪，当时我问是不是死了，也就太不应该了。"

"是的，那时候我们都不知道她究竟是活着还是死了。好了，这些都过去了，就别放在心上了。我现在要告诉她，我已经有了很多好朋友。相信她一定会兴高采烈地给我写回信的。"

她愉快地跟道代交谈起来。这是澄子第一次讲明她的事情。澄子的父亲因为工作调动的关系来到了东京，邀请朋友们参加告别宴会。但澄子的姐姐在这时得了伤寒，连她的那位好友也得了相同的病。两人是一起进的医院。姐姐很快就情况好转，可那位朋友却一直处于病危的状况中。澄子和姐姐都为此无比悲痛。尤其是当她想到，朋友可能是在自己家传染上的伤寒，就更觉痛苦。澄子甚至哭着下了个决定，如果朋友因此而死，她就一辈子不再交朋友。

"你说以后会告诉我的事，就是指这个吗？"

"是的！所以我现在都跟你说了。"

澄子说话的声音爽朗而清脆，跟昨天全然不同。道代把澄子的这段"波斯菊的友谊"，告诉了民枝和信子，她们也都激动了起来。她们问大泽老师：

"老师，能将剪下来的花给我们吗？"

"好啊，当然可以！"

"我们也可以跟澄子的姐姐做朋友了。"

"但医院不能送花，我们干脆在画画的时间一起画波斯菊吧。这样，就可以将这些画送到医院去了。"

这些喜欢波斯菊的少女，心里也开出了美丽的花朵。她们手挽着手，道代和澄子合唱起《波斯菊之歌》：

淡淡的清香飘荡在清凉的空中
清爽地生活，有何可惧
……

竹声·桃花

从什么时候开始，竹声和桃花似乎已经与自己融为一体了呢？

对此时的我来说，竹声不仅可以入耳，还可入目；桃花不仅可以入目，还可入耳。

凝听竹声，有时甚至可以听到松声掠过，这是以前无论如何也无法听到的声音。注视桃花，有时甚至可以看到盛放的梅花，这是现实中无法同开的花朵。虽然，于人而言，这并非什么奇事，但这却是宫川久雄在年老后才逐渐有的体验。

宫川是在前年的春天，在自家的后山发现了鹰。当时的情景，至今依旧历历在目。

低矮绵延的山脉，在宫川家的后方形成了一个如同长滴的烛泪端头一样的山包，便停止了延伸。这座小山的山麓裸露着铅色的岩体，上面生长着许多凤尾草。虽然这里没有引人注目的树木，却也显得苍翠，如一道矗立在宫川家后方的绿色屏风。

一棵松树，早已枝枯叶尽，连细枝也都颓败掉落，唯剩主干与粗枝，且粗枝还有着不少的折损。

那只鹰就落在了这棵愈渐形销骨立的松枝上。宫川一见，不由得屏息凝神。太不可思议了。他没料到，竟会有鹰飞临此山。那伟岸的身姿，威风凛然的神情，分明就是鹰。

那枯萎的巨松，一被鹰占据，竟显得比平日小了些。仰视着轩然挺胸、脖颈笔直地立于松枝上、凝然不动的鹰，宫川的身体里也似乎涌动起了一股鹰力。

这是一个春日的傍晚。在雾霭迷蒙的浅红色天幕中,暂立于枯松上的鹰,浑然若黑色的刀锋,与周围毫无关联地孑然而立。

如此迷离的夜空,没有鹰的飞来之途,亦无鹰的归去之路。空无鹰路,而鹰现彼处,似为宫川而来,令其叹为观止。

突然,熊熊烈火之中,一朵硕大的白莲飘忽不定地绽放开来。春日淡然的夜空无法与熊熊烈焰媲美,鹰也与白莲毫无关系。然而,威武立于枯松枝头的鹰,却有一种静谧,一种火中白莲才有的静谧。不是白莲,又是什么!

等初见的惊诧平复后,宫川的内心荡漾开一股吉祥。鹰的出现,乃是吉兆。豪情顿时涌向宫川胸间,使其激动不已。

这是一座靠近东京的海滨小城,从未有过鹰栖息的情况。虽然这实在是出乎意料,可鹰现在就在宫川的眼前,就立于他家房后那棵枯松之上。

鹰为何要飞临至此?是有意,还是迷途,抑或浪迹?又为何偏偏就落在宫川久雄的眼前,落在他家房后的枯松之上?

宫川不相信这仅仅是偶然,觉得其必有缘由——或许,鹰的到来,是为了向宫川宣告些什么。他不由暗想:幸亏当初没将这枯松砍掉。或许,正是因为山顶有这棵巨松的存在,鹰才会飞临?或许,正是因为松树的形销骨立,鹰才会驻足?若是没有这棵枯松,恐怕终生都没有机会,在自家的后山短暂地拥有一只鹰。

他心中的庆幸,源自他曾不止百次动过砍松的念头。这棵傲然于山顶的孤松,原本如宫川家的标志,又如宫川家的守宅神。但从它枯萎开始,到全部枯死,其间是令宫川触景伤情的一段岁月。

从电气列车的月台,也能看到这棵松树。故而不仅宫川本人,家人们在上下车时都无意间养成了望一望孤松的习惯,也就无人提起自己曾在月台看了自家的松树。

然而,从月台上望见的这棵属于自家后山的松树,很能引人动情。每当回到这座小城,下列车时一望见这棵松,或者顿感放心,或者突感兴奋。

宫川还没有练就只需看一眼树形,就能大致推算出树龄的眼力。他是在四十九岁时搬到这里的。六七年前,他满七十,这棵松却几乎没什么变化。据说,它至少度过了一百五十个春秋。

邻居的二层楼之间的院子边，种着为了阻挡人视线的橡树及楠树。在院子的中间，还有一株尽情铺展的百日红，堪称古树。但比起后山的那棵孤松，年岁远远不及。为何后山只有这么一棵孤松，再无其他任何像样些的树了呢？莫非跟它同龄的树，皆尽死去，唯余孤松？

刚搬来时，宫川曾暗想，这棵松一定有着高于自己一倍的寿命，且还将比自己活得更久。年轻时，每当他漫步于山林，面对着古木老树，就能具象地感到生命的绵长。他由此超越认知地忘却了人生命的短暂，仿佛那些根植于大地的树木，所拥有的坚韧不拔的生命，已同己身融为一体。

渐渐地，他觉得那后山孤松，就生长在他的体内、心内。那里有着陡峭的山坡，无路可上，以致无法接近，更别提园艺师的修剪照顾。就此，任由那棵松野生野长。那些乱蓬蓬的、不成体统的枝丫和叶片，恐怕是其年老所致。但即便台风来临，也未曾折断其一根小枝，连叶片也安然无恙。

为了抵御台风，家中的木板套窗都严密地关着，只有厕所的高窗还可以望见后山。宫川放不下那棵松，就站在厕所里守望，从仅有的观看口眺望在风雨中摇晃、颤动的树木。骤雨噼啪地打在玻璃窗上，飞溅起无数水花。不知哪棵树上吹落的宽大叶片，往复地在后园流窜，可始终未见被吹落的松叶。

其实，即使松叶被吹落了，也是无法从厕所的窗口看见的。但似乎真的没有任何一根松叶随风而下。山坡上尽是枝条翻舞的树木。这些树木枝条迅疾的摆动，与山顶那孤松松枝的徐徐而动，全然不似处于同样的台风之中。宫川不由得在厕所里对着后山的松来了个拥抱。

突然，白菊的花瓣悄无声息地飘落。宾馆的走廊之上，身披白色婚纱的新娘持着白菊花的花束，款款而来，许是在走向婚礼或婚宴的大厅。拖在身后的裙摆上，不时飘过白菊花束上翩然而下的花瓣。女伴在新娘的身后不断地弯腰，将浅绿色地毯上的花瓣一一拾起，几乎没有直起腰身的机会。

走廊上迎面而来的场景触动了宫川。捡拾花瓣的女伴动作轻柔寂静，如花瓣的飘落一般。以至于新娘似乎对此未有觉察，任由手中花束飘落残瓣。

制作手花的花店，居然制作出了会有花瓣掉落的花束，也够马虎失礼的。想到这里，宫川的眼前，恍若出现了一幕凄美的悲剧。多年后于暴风中寂然飘零的白菊花瓣，便是此刻新娘手中的落英。

从车站月台可以看见后山顶的孤松，可走到大街上，成排的房舍便将其挡住，许久都无法看到。直到大街拐弯处的那家蔬菜店前，街道走向的变化才使其重新出现。之后的道路没有拐弯，所以在走到家前的那七八分钟，都能随时看见孤松。

据说，从海面也是可以望见孤松的。女儿加代就曾告诉宫川：她第一次跟恋人乘游艇，行驶到后山那个小得几乎没有的海湾口，依旧能看见那孤松。当时，她竟情不自禁地落下了眼泪。宫川在女儿的婚宴上，想起了这番话。只是，新郎不是那时游艇上的那个恋人。但他没有问女儿，那时为何会望松落泪。

然而，他怎么也没料到，那棵松树会在自己的有生之年，枯萎而死。这样始料未及的事，是自己搬到这后山立有孤松的地方时所没想到的。但在这期间，他亦有过百年以前便有棵松树在此等候着与自己相逢的念头。只是没想到，松竟枯死了。原本，那是为他而生的松！

松树的发红变焦，究竟是从顶部开始的，还是从中间或底部开始的，早已记不真切。他曾问过家人，可却没有得到统一的看法。

其实，纵使最初发现了松叶有变红的迹象，宫川也不会联想到那会是危及整棵松生命的征兆。他以前没跟园艺师打过交道，于是就请朋友帮忙找了一位来看。可那园艺师直接而轻率地告知，那松必死无疑。当时，松叶的枯萎面积已在扩大。而园艺师说，松树受到了虫害，一旦松叶变红，就无药可救了。他央求对方，希望能有解决的办法，可对方毫不理睬。

就这样，松渐渐地枯萎。每每在房间、在院子、在街上、在月台看到那棵松，宫川的内心便是一阵痛。枯萎的过程很是漫长。虽然枝头再无绿色，变红的枯叶也绝不轻易地掉落。

看着那枯萎的孤松，就仿佛看到了自己不祥或丑陋的身躯。可越是不想，那松就越是时时入眼。他想尽快将其砍掉，不仅仅是为使自己解脱，也是为其送葬。

但，就这么又过了几年。松的枯叶早已落光，细小的枯枝也逐渐折落，甚至粗大的枝干也开始折损。

渐渐地，他开始忘记了枯松的存在，连将其砍掉的念头也被抛诸脑后。冬日，枯松照样挂上雪，仿佛焕然一新。看着挂雪的枯松，感到的既有冷峻，也有温情。

这次鹰栖枯松，毫无疑问，正是多亏没有把枯松砍掉。

没有砍掉枯松，有后山无路可上的原因，也跟宫川的惰性有关。具体的原因，早已不明。总之，后山有棵枯松，鹰落在了枯松的枝头。

鹰岿然不动，强而有力地矗立着。宫川仿佛在跟那形象化的力进行交互，屏息静气地仰视着。鹰的力，似乎也传到了松树枯残的枝干上。

他想招呼妻子也来看那鹰，此时的家中也只有妻子。但他担心，招呼声会惊跑鹰——他们之间的距离，并没有远到大喊才能听见的地步。

那突如其来的鹰，就如雕塑般一动不动。尖利的爪子，仿佛嵌进了枯死的枝干。

是活的，就迟早会飞走。剩下来的，也只能是枯松，一棵曾被鹰驻足过的枯松。然而，既然鹰被宫川看到，那场景就势必在他的心中有一段时间的存留。

那鹰的到来，究竟是在宣告什么呢？既然是吉祥的征兆，它会使如今的自己有怎样的好运、获得怎样的欢愉？或者，仅仅是能看见鹰本身呢？

那是发生在前年春天的事。如今的后山顶上，那棵粗大的枯松依旧矗立，几乎跟前年没有任何差别。而鹰，再没飞来。也许曾飞来，只是宫川没有看见。

但宫川心中，已经有了一只鹰。可在这个地方，即使跟人说曾有鹰驻足自家的后山，恐怕也无人相信。故而，那只鹰，只存在于他心中。

一只胳膊

"我的一只胳膊可以借给您一个晚上。"姑娘说着,用左手挪动右胳膊,放在了我的腿上。

"谢谢!"我看了看腿,感到了姑娘右胳膊的温度。

"等等!我给它戴枚戒指,这样才知道这是我的胳膊!"姑娘笑着朝我扬了扬左手,"好不好……"

只剩左胳膊的姑娘,是很难脱下戒指的。

"那不是你的订婚戒指吗?"我问。

"不,这是母亲留给我的。"

那只白金戒指,镶嵌着成排的小钻。

"也许您觉得这是我的订婚戒指,但没关系,你给它戴上就是了。"姑娘说,"自从这戒指戴到手上,一旦脱掉,我就会感到孤单,好像离开了母亲一般。"

我将戒指从姑娘的手指上脱了下来,又将我腿上的那只姑娘的胳膊竖起来,一边为她的无名指戴戒指,一边问:"怎样,戴在这个指头上?"

"好的!"姑娘点了点头,"对了!如果胳膊肘和手指关节都是直直的,不会弯曲,您那么难得才拿到它,却如一只假手般,也就没什么意思了。你等等,我会让它活动起来。"姑娘说着,拿走了那只胳膊,轻轻地吻了吻。接着,她又吻了手指上的每个关节。

"好了,现在它就会动了。"

"谢谢!"我接过那只胳膊,"这只胳膊会说话吗?能跟我对话吗?"

"既然是胳膊,就只能做胳膊才能做的事。如果胳膊都会说话了,你把它还给我之后,我一定会觉得害怕,不是吗?当然,您如果想试试,也没关系……您要是体贴地对它,它也许真能听懂您的话。"

"我会对它体贴的。"

"您走吧。"姑娘像是突然改变了主意。她用左手碰了碰我手中的她的右胳膊,"记住,只有今天一晚,你是属于这位先生的!"

姑娘看着我,努力抑制着眼睛里即将夺眶而出的眼泪。

"等您回家后,可以试着将我的右胳膊换到您的身上……"姑娘说,"尽管试试。"

"啊!好的。"

我拿防雨外套藏起姑娘的右胳膊,走进雾霭低沉的夜街。我有些担心,如果乘坐电车或出租车,很可能会引起他人的怀疑。如果那只脱离了姑娘身体的胳膊突然哭泣,或者喊出声来,那就热闹了。

我用右手将姑娘胳膊上端的圆头抓住,使其紧紧地贴着我的左胸,再在外面罩了层防雨外套。即便如此,我还是不得不时常用左手触碰防雨外套,确认这条胳膊是否还在,否则就很难放心。或许,这一举动并非在确认姑娘胳膊的存在,而是在确认我的喜悦。

姑娘从我喜欢的地方,卸下了自己的胳膊,交给了我。那胳膊上,无论是上端,还是肩膀的一头,都有个柔软的圆块。这样的圆润,属于西方的纤长美女,很少有日本姑娘能拥有。而这姑娘却意外地有着这样的圆润。这圆润清纯而优雅,好像隐约闪烁着娇弱的光彩。一旦姑娘失去了她的纯洁,其圆润的可爱程度很快就会黯然,整个变得松弛。这样的圆润对美丽的姑娘来言,不过是种短暂的美。这个姑娘就拥有了这种美,从她肩膀可怜的圆润可以感知姑娘身体的可怜。她胸脯的弧度不大,仅一只手的手心就能完全容纳,却羞答答地,坚硬而又软和。我还看到了她正在走路的脚。她走起路来,就如纤弱的小鸟般轻盈,又好像翻飞的蝴蝶般随意。想来,她接吻的舌端,也有着这样纤细的旋律吧。

这个季节正好穿无袖的女装,所以姑娘的肩膀才露了出来。那肌肤上浅浅的色彩,说明它极少暴露在阳光之下。那是整个春季藏而不露的润泽,是夏季结束前花蕾的光泽。那圆润的肩膀,就如我早晨从花铺里买回的荷花玉兰的骨朵,又大又白。我将那荷花玉兰插在了玻璃花瓶里。与其说姑娘穿的是无袖的衣服，不如说她是将袖子卷了上去，胳膊上端恰如其分地露出了肩膀。蓝黑的丝绸衣服光泽而柔和，在姑娘连着圆润肩膀的脊背处些许隆起，为她弧形的肩膀及隆起的脊背划出了柔和的波浪。从肩膀的弧形沿着细长的脖颈，向上拢起的后项发在皮肤上划出了鲜明的界限。从后面略略斜望，她的黑发似乎在肩膀的弧形上投下了光的影子。

似乎姑娘认为我是在欣赏一种美，才将那右胳膊从肩膀弧形的位置卸了下来，借给了我。

我珍惜地在外套里握着那姑娘的胳膊，感到比我手还冰的凉意。我心潮澎湃，脸上逐渐变得滚烫，连手也炙热起来。可我却不希望这样的火热传到姑娘的胳膊上，希望它依旧保持着原有的微温。再说，手中的微凉感，仿佛将它本身的可爱传递给了我，如同从未被人触摸过的胸部。

夜色中，雨雾和雾霭愈加地浓重。我没有帽子遮盖的头发，已被濡湿了。已经关门的药铺深处，传来广播的声音：有三架客机因机场上空烟雾浓重无法着陆，已在机场上空盘旋了半个小时。接着，广播敦促各个家庭注意：因为夜间潮湿的关系，钟表可能会出现不准的现象。还提醒到，由于气温的关系，夜间切忌将钟表的链条上得太足，否则很容易断掉。我抬头仰望，期望着看到那三架盘旋在上空的飞机的灯光。然而，我什么都没看见。空中根本没有飞机的踪影。低沉的潮气连我的耳朵也不放过，不断地钻入其中，使耳腔中传出似乎有无数蚯蚓爬行似的细微而柔弱的声响。我想知道广播还会给收听者提出怎样的警告，于是停在了药铺前。可广播却说，因为潮气，连动物园的狮虎豹子等猛兽也烦躁不安地吼叫不停。顿时，动物的嘶吼仿佛传了过来，如地雷涌动般朝我滚滚而来。后来，广播请孕妇和厌世的人们早些休息，安静地入寝。还说如果妇女在这样的夜晚在肌肤上涂抹香水，那香味就会直接渗进肌肤，怎么也抹不掉了。

当猛兽的嘶吼传来时，我便离开了药铺的门，可连香水也要提醒的广播的声音依旧追赶着我。那些群兽的怒吼，似乎在威胁我。我担心姑娘的胳膊也会害怕，所以离开了药铺的广播声。我想：姑娘既不是孕妇，也不厌世。她不过是借了只胳膊给我，现在只剩一只胳膊。但今晚的情况，恐怕她最好还是像广播提醒的那样，静静地躺在床上的好。但愿这姑娘——这只胳膊的母体——能有个安稳的好觉。

横穿马路时，我从防雨外套外用左手将姑娘的胳膊按住。这时，我听到了汽车喇叭的声响。侧腹处似乎有什么东西动了一下，我的身体也跟着扭了一下。大概是姑娘的胳膊被喇叭声吓到了吧，它的手紧紧地攥着。

"别怕。"我说，"那汽车还远呢。是因为能见度很差，才鸣的喇叭。"

怀揣着珍贵的物品，使我认真地看过马路的前前后后，才开始横穿。自然，那喇叭声不是为我而鸣的。我还是朝来车的方向望了望。那里既无人影，也看不见车，只能见到车前灯发着淡紫色的朦胧光亮。我极少看到这种颜色的车前灯，故而在穿过了马路后，就停在路边，看从我面前驶过的汽车。那车的驾驶室里，坐着一个穿朱红色衣服的女子。那女子看到我在看她，似乎也冲着我点了一下头。我突然一惊：难道是姑娘反悔了，要来取回她的右胳膊？我转过身准备逃跑，可转念才想到，她只剩一只左胳膊，怎么可能驾车。难道是那驾车的女子已经看透了我的举动，知道我正揣着姑娘的一只胳膊？难道这姑娘的胳膊能引起同性女子本能的直觉？我寻思着，不能在回房间前再碰上女子，一定要倍加注意。车子疾驰而去，它的车后灯也散发着浅紫色的光。但我依旧看不见车身，只能看到在灰色雾霭中，浅紫色的光晕模模糊糊地飘忽着远去。

"难道那个女子是在毫无目的地随意开车，只是为开车而开，所以开着开着，连自己的影像都消失了……"我独自呢喃着，"她后面的那个座位上，会不会有什么东西？"

我想了想，似乎那里并没有什么东西。但这反而令我感到了一股寒意。难道，这是我怀里揣着的那姑娘的胳膊在捣鬼？这潮湿的暮霭也上了那女子的车，而女子拥有的某物影响到了车灯照射范围的暮霭，使其变成了浅紫色。女子的身体是不可能发出那样的光芒的，那又会是什么东西在捣鬼呢？我不禁感到，如此的黑夜里，出现一个独自开车的若有若无的年轻女子，难道也跟我藏的姑娘胳膊有关？刚才女子点头，难道不是对我，而是对姑娘的胳膊？说不定，天使或妖精在如此的黑夜守护着女子的安全。那年轻女子或许并非在开车，而是乘坐着一团紫色的光。她不是虚空。她看穿了我的秘密。

然而，我没有在此后的路上遇到任何人，一路顺利地回到了公寓门口。我停下脚步，先探查了一下大门内的动静。此时，一只萤火虫从我的头顶

135

飞过。那萤火十分强烈,我猛地向后退了几步。接着,又有两三只如萤火虫般的火星飞逝而去。没等被浓郁的雾霭吸收,火星就很快消失了。那是什么东西?如人魂或者鬼火一般,如此急切地抢在我之前,是在盼望着我的归来吗?但很快我就明白了,那不过是一群小小的飞蛾。门口的灯光在飞蛾翅膀上反光,看起来如同萤火虫的光芒。其实它大过萤火虫,但却让人误会成萤火虫,由此可见,作为飞蛾,它太小了。

我没有乘自动电梯,而是从窄窄的楼梯悄然朝三楼登去。我不是左撇子,但还是没有拿出放在防雨外套里的右手,而是不习惯地用左手开门。我心里越是着急,手指就越抖得厉害。我担心,手抖成这样,会不会就跟犯了罪一样?但我感到,房间里似乎有什么东西。这是我独居的地方,孤独,不正是这房间里有的什么东西吗?可今晚,我带回了姑娘的一只胳膊。这一反常态的举动,使我不再孤独,但也使整个房间都充盈着的我的孤独,对我发起了威胁。

"要不你先。"我费了半天劲儿才打开了房门。我将姑娘的一只胳膊从外套里拿了出来。

"欢迎做客,这就是我的家。我先给你开个灯。"

"您是害怕了吗?"姑娘的胳膊好像说道,"这里有什么人在吗?"

"啊?感到这房间里有什么吗?"

"我闻到了一股味道。"

"味道?可能是我的味道。你是不是看到暗处有个不太清楚的影子?那是我的大影子,你仔细看看。或许,就是我的影子在这房间里等待我的回来。"

"不,我闻到的是股甜香味儿。"

"哦,我知道了,应该是荷花玉兰发出的味道。"我开心起来,庆幸它闻到的不是因为我的不讲究而散发出的带着潮湿和孤独的味道。还好我事先在房里插了荷花玉兰的花朵,总算可以迎一迎这位可怜的客人。我的眼睛逐渐习惯了房间里的黑。虽然依旧漆黑一片,但凭借对这里的熟悉,我知道东西都放在哪里。

"可以让我开灯吗?"姑娘的胳膊说出了意料之外的话,"毕竟我是第一次来这里。"

"哦,真是太好了。在我之外,还没有任何人开过这个房间的灯。这真是破天荒的事件啊。"我拿着姑娘的一只胳膊,将其朝门旁的电灯开关处伸,胳膊的指尖碰到了开关。突然,天花板上的、桌子上的、床头柜上的、厨房里的以及卫生间里的电灯在一瞬间同时被点亮。我第一次发现,其实我房间里的灯光并不怎样明亮。

玻璃花瓶里,是大朵盛开的荷花玉兰。今天早上,它还仅仅是花骨朵。虽然刚开始绽放,却已有花蕊散落在了桌上。我觉得奇怪,所以没有去看那白花,而是对着凋零了的花蕊凝视。我将那些零落的花蕊逐一捡起来,认真地凝视。原本放在桌子上的姑娘的胳膊,如一只尺蠖般,一伸一缩地活动着手指,将花蕊拾起来。我接过她手中的花蕊后,站了起来,将它们统统扔进了垃圾桶。

"请赶快帮我一下。那些花香太浓郁了,都渗到我皮肤里了⋯⋯"姑娘的胳膊叫着。

"哦!这一路上,委屈你了,一定是累着了吧。你就安静地休息休息好了。"我将姑娘的胳膊平放在床上,坐在了它旁边,轻柔地抚摸着它。

"哇,真好看,我太开心了!"姑娘的胳膊说好看的,应该是床单吧。那是一床浅蓝色底的三色花样床单,这对于一个孤寂的男子而言,或许过于花哨。

"今晚我会睡在上面。不过您放心,我会相当老实的。"

"真的吗?"

"让我靠近一些。我感到您身边没什么人呢。"

接着,姑娘的手就轻轻地将我的手握住。我看到了上面修剪得漂漂亮亮的指甲,还涂着淡红的指甲油。指甲长长的,比指尖长出了很多。

我看到挨近我的指甲,竟是短而宽大,还厚实可怕的。这样的指甲,一看之下竟不似人的,由此拥有了一种不可名状的形状美感。女人就连这个样子的指甲也要优于他人吗?还是想要追求女人的本来状态呢?虽然平日里,我的脑袋里也不时出现贝壳内部闪光的纹理、花瓣的妩媚多姿一类普通的形容词,但现在,面对着姑娘的指甲,我的脑海并未记起贝壳或花瓣类似的颜色和形态。那就是姑娘的手指甲,没有什么可以比喻它。比起脆弱细小的贝壳,比起纤薄弱小的花瓣,这指甲似乎更为透明,更为清晰。

就如一滴眼泪,悲哀的眼泪。每一个日夜,姑娘都在用她的真心磨砺着女人的哀愁之美。它渗进我的孤寂,或许是我的孤寂滴在姑娘的指甲上,就此形成了悲哀的泪水。

我用另一只手的食指垫住姑娘的小指头,用拇指腹轻轻地抚摩其细长的指甲,看得出了神。不知何时,我的食指伸到了指甲沿下,碰触到了姑娘的小指尖。那手指竟抖了一下,缩了回去。整个胳膊肘都弯了起来。

"怎么,弄痒你了吗?"我问姑娘的胳膊,"一定是觉得痒了。"

我终于对着姑娘的胳膊说了句轻佻的话。我没有隐瞒地跟姑娘的胳膊说,如果女人留着长指甲,指尖就容易发痒等等。由此显示,我除了这个姑娘外,还熟悉别的很多女人。

我的年纪比将这胳膊借给我一晚的姑娘大。以前也听过熟悉男人的女人说过,有这样的指甲,手指尖就容易发痒。据那女人说,由于长期用长指甲去碰触东西,就会逐渐习惯,反而不习惯手指尖碰触东西的感觉。就此,手指尖一旦碰触到什么,就会感到痒。

"哦。"这是一个我不曾想到的发现,不由得感到惊讶。

那女人又说:"甚至是制作食物,或拿食物的时候,手指尖只要一碰到什么,就会令人全身发抖,心里似乎有声音叫道:'脏啊!'就是如此,我说的都是真的……"

但她所说的脏,究竟是怕食物脏了手,还是怕指甲尖脏了食物?或许,无论是什么事物,只要一碰触到手指尖,女人就会有脏的感觉,由此身体战栗吧。女人纯净的悲哀之泪,流了一滴在手指尖,长期地受到长指甲的保护。

我打消了继续碰触女人手指尖的想法。虽然依然能感到诱惑,但我却打定了主意。是我的孤寂拒绝了它。感觉她这个女人,即便碰触她身体的任意部分,她也不会怎么感到痒。

而将一只胳膊借给我的姑娘,或许她身体的很多地方,只要一碰,就会有发痒的感觉。这样的姑娘,纵使她的手指尖发痒,我也不将其视为罪恶,而觉得是爱玩。但我不认为,姑娘将一只胳膊借给我,是为了让我恶作剧。我不是一个适合演喜剧的人。

"窗户开着呀。"我发现敞开的窗帘后面,玻璃窗掩着。

"那外面有什么在偷看我们吗？"姑娘的胳膊问。

"偷看？那就是说，在那里的应该是人吗？"

"但即便他在偷看，也不可能看见我。假如真的有人在偷窥，那也只有您自己。"

"我自己……？你说的'自己'到底指的是什么，'自己'在哪里呀？"

"当然是在远处了！"姑娘的胳膊如同安抚我似的说，"人难道不是为了找寻远处的自己才前进的吗？"

"但是，能找到吗？"

"自己就在远处呀。"姑娘的胳膊重复道。

我似乎突然感到了那姑娘——这只胳膊的母体——仿佛在无垠的远方。这只胳膊真的能回归它远方的母体吗？我又真的能去到姑娘所在的远处，还给她这只胳膊吗？姑娘的胳膊对我很是放心，安适地待着。作为胳膊的母体的姑娘也放心我，不知是否已安然入梦？是否曾因失去了右胳膊而感到不协调，或者做噩梦呢？先前，姑娘在与她的右胳膊告别之时，眼中似乎含着快要夺眶而出的泪水。难道不是吗？可现在，一只胳膊在我的房中做客，姑娘却从未来过。

玻璃窗在潮气的浸润下，变得朦朦胧胧起来，就如同蒙着张癞蛤蟆的肚皮。雾霭似乎阻止了细雨的降落，使其在空中静止了。外面的夜仿佛就此没有了距离感，所有夜色中的事物，似乎被无限地拉远了距离。屋顶看不见了，汽车的喇叭声也听不见了。

"该关窗了。"我上前想将窗帘合上，发现窗帘也被潮气润湿了。我映在玻璃窗上的脸，似乎比平日的我年轻许多。但拉窗帘的手没有停下。我的脸消失在了眼前。

我的心中忽地涌起曾在某家饭店看到的景象。在九层某间客房的窗户后，两个身穿下摆张开的红衣的小女孩，正趴在窗户上嬉闹。她们不仅穿得一样，连相貌也是极为相似，或许是对孪生姊妹。那是两个西方孩子，有时用小拳头对着玻璃窗敲打，有时用肩膀去撞击玻璃窗，有时又互相推攘。而背对窗户的母亲，自顾自地打着毛衣。这面窗户是一整面的大玻璃，一旦碎裂掉落，这两个小女孩会落下九层楼，且必死无疑。然而，只有我感觉到了危险。无论那两个孩子，还是她们的母亲，都没将心思放在这上

139

面。于她们而言，那是足够结实的玻璃窗，没有丝毫的风险。

窗帘被全部拉上后，我转过身，听到床上姑娘的胳膊说："太好看了。"窗帘所用的布料与床罩所用的布料是相同的花色。

"真的吗？不过这个已经显旧了，都被太阳晒褪色了。"我坐回床上，拿起姑娘的胳膊，将其放到腿上。"它才是真的好看，没什么是比它更好看的了。"

我的右手紧紧地握住了姑娘的掌心，左手握住姑娘胳膊的最上端，然后缓慢地使其弯曲，又张开，不断地重复着。

"您呀，怎么像个孩子般淘气！"姑娘的胳膊好似在温柔地微笑，"您是不是觉得这样做挺有趣的？"

"哪里，我不是在淘气，也不觉得有趣。"但我似乎看到了一抹微笑出现在了姑娘的胳膊，如同一道光，流动在胳膊的皮肤上。恍然间，跟姑娘脸上灵动的微笑没有两样。

我立马就回想起了那微笑。记得姑娘曾双肘撑着桌子，轻轻地将下巴放在十指交叉的双手上。这不是一个年轻姑娘所应该做的优美的姿势，不过我的用词也不太妥当，撑着、交叉，这一类词无法表现出姑娘当时动作的轻盈，也无法表现姑娘当时动作的可爱。无论是最上端胳膊的弧形，还是交叉的手指、抵着的下巴、俏丽的脸蛋、柔软的耳朵、细长的脖子，甚至是其后的头发，构成了一个整体，如同一首美妙乐曲的和声。姑娘使用刀叉的手很是熟练，食指和小指保持着握刀叉时的弯曲，不时会下意识地抬一抬。食物被送入那张精巧的嘴巴，细细咀嚼，缓缓下咽，一连串的动作并没有一般人吃东西时的那种意味。手与脸与咽喉，似乎在协同地演奏一首可亲的乐曲。所以，姑娘的微笑，也就可以流动在她胳膊的皮肤之上。

之所以感觉到了姑娘的胳膊的微笑，是由于我将胳膊弯曲了又张开的过程中，姑娘细腻而坚实的胳膊肌肉，在一呼一吸的节律间轻轻地涌动着微妙的浪潮。那是些微的光亮与阴影流动在白净而润泽的胳膊皮肤上。之前，我的手指曾碰触到了姑娘长指甲下隐藏着的手指尖。当姑娘的胳膊猛然收回，使胳膊肘弯曲起来时，那胳膊之上流淌着闪烁不定的光，映射入我的眼帘。所以我才试着弯曲姑娘的胳膊，并非在进行什么恶作剧。即便我停下来，不再让姑娘的胳膊弯曲，而是将其伸展开来，静静地放在腿上欣赏,我依旧能看到姑娘的胳膊上闪现着的那种纯洁的光影。

"既然你认为这是有趣的恶作剧,我记得她说过,希望我能试着将你跟我的右胳膊调换一下。你应该明白,你是得到这样的允许才来这里的,对吗?"我说。

"是的。"姑娘的右胳膊说。

"所以,我做的并非什么恶作剧。而且我总觉得有点惧意。"

"真的吗?"

"那我可以如此做吗?"

"可以。"

"……"我以为姑娘的胳膊在说"哎哟",便继续说,"好的,我再说一次,我是否可以……"

"可以的,我说可以的。"

我猛然记起,这声音像极了某个下定决心要献身于我的姑娘。那姑娘没有借胳膊给我的姑娘那么漂亮。或许,这才是不同寻常的,倒也无法知晓。

"可以的。"那姑娘的眼睛一直在注视我。我轻轻地碰触姑娘的上眼皮,企图闭上她的双眼。姑娘就抖动着声音说:"耶稣的眼中流出了泪来。'看哪!他是如此爱她。'群聚的犹太人说着。"

"……"

这里的"她",其实是"他"。这是已然故去的拉撒路的故事。而这个身为女人的姑娘,不知究竟是记错了,还是故意将"他"说成了"她"?

我惊讶地看着姑娘,不明白她为何要在这样的情况下,说出如此冒昧而奇异的话。我屏息凝神地看着她,想知道会不会有泪水从那双合上的眼睑中流淌而出?!

终于,姑娘将眼睁开,挺了挺胸。我却用胳膊一把推开了她的胸。

"呀,痛!"姑娘突然将手捂住后脑,"痛死了!"

我看到那白色的枕头上,出现了一小点的血迹。我轻轻地拨开了姑娘的头发,抚摸着她的头,朝那滴出血滴的地方柔和地亲吻。

"没关系,就是会这样。只是轻轻地碰一下,也会出血。"姑娘将头上的发卡摘了下来。原来,是发卡扎到了她的头。

姑娘的肩膀又开始发颤,但她努力忍住了。

对于女人想要献身于我的心情,我多少明白点,但有些地方还是不能完全理解。女人究竟是怎样思考献身这件事的呢?是什么令她希望如此做,又或者是什么令她要主动地向他人献身?我并不相信,那些我所熟悉的女人的所有身体部位,都是为此而生。即便到了如今的这般年纪,我也认为这样的想法是极端而又不可思议的。再者而言,当一个女人要将身体献于他人时,是有着各自不同的情况的,事实上也确实如此。如果说相似,确实有相似之处;如果说相同,也确实有相同之处。从这一点而言,不也会令人感到极其不可思议吗?我的不可思议,动不动就会出现。这或许源自远低于实际年纪的稚嫩遐想,或许是源自远超过我实际年纪的衰老失意。这样的心态,难道不正是心灵的一种残疾吗?

并不是所有要对他人献身的女人,都经常有像这个姑娘那样的痛苦。即便是这个姑娘,也只有那一次而已。银带断,金盘碎。

"可以的。"姑娘的胳膊说话的声音虽然令我回忆起别的姑娘,但一只胳膊所发出的声音,真的跟那个姑娘的声音那么像吗?或许是因为说的是相同的话,所以才听起来如此相似?可即便说了相同的话,离开了姑娘这个母体而来的一只胳膊,毕竟应该跟那姑娘不一样。它应该是自由的,不是吗?再者,对于刚刚提到的所谓的献身,作为一只胳膊,没有任何的自制,也没有任何的责任,更不会有任何的悔恨。于它而言,做什么都可以,不是吗?但如果照着"可以的"所言而行,真的互换了我跟姑娘的右胳膊,我觉得,作为胳膊的母体的姑娘或许会感到异乎寻常的疼痛。

我继续注视着姑娘的胳膊,看着隐约的光亮在胳膊肘内侧的影子里闪烁。我有一种冲动,感觉它好像是可以吮吸的。于是,我微微地将姑娘的胳膊弯曲了一些,保留着那光影,再将其举到唇边,亲吻了一下。

"啊,痒。您太淘气了。"姑娘的胳膊似乎在逃离嘴唇,却正好搂住了我的脖子。

"我喝到了美好的东西,但……"我说。

"什么?您喝什么了!"

"……"

"喂,您究竟喝什么了?"

"我觉得,也许是皮肤的光的芬芳吧。"

屋外,雾霭愈加浓郁了,甚至湿润了花瓶里的荷花玉兰,连叶子都是潮潮的了。此时的广播会不会又在向人们做什么提醒,让人们注意些什么呢?我站起身来,准备朝摆放了小型收音机的那张桌子走去,可始终没有迈出步子。我的脖子正被姑娘的胳膊搂着,广播显然是多余的事物。但我认为,此时的广播或许会提醒:现在的潮气性质相当恶劣,已经将树枝、小鸟的翅膀和脚都润湿了,致使许多小鸟从树上滑落,不能起飞。就此发出警告,但凡路过公园等地的车辆,一定要多加注意,尽量不要碾压到地上的小鸟。如果有风,微暖的风可能会改变雾霭的色彩。这种能改变颜色的雾霭对人有害,一旦发现它的颜色变成了粉红或紫,大家千万不能外出,务必关紧房门。

"难道雾霭真的会改变色彩?而且会变成粉红的,或是紫的?"我一边嘀咕,一边抓紧了窗帘,朝外窥视。雾霭似乎有着虚无的分量,正朝这边逼来。似乎有不同于黑夜的漆黑的微暗在其中浮动,这许是起了风的缘故。虽然雾霭有着无垠的厚度,但我似乎看到了,在它的彼方,有什么惊人的事物正在形成旋涡。

我再次想起,借姑娘的右胳膊回家的途中,那个穿着红衣的女子驾驶着车在雾霭中穿行,自我身边飞驰而过。那车的前后车灯处,都有淡紫色的光浮现。没错,那就是紫色,如同浅紫色的一只大眼球,朦朦胧胧地,从雾霭中逼向我。我心里一惊,赶忙从窗边离开。

"该睡了。我们也去睡了吧。"

这个时间,四周已经安静得仿若没有任何一个人是清醒的。醒在这样的夜里,恐怕是很可惧的。

我将姑娘的胳膊从脖子上摘了下来,放到桌子上后,换上了件新的睡衣。这就是一件夏季穿的单衣。我更衣的时候,姑娘的胳膊就在看着我。这样被人注视,使我感到害羞。还从来没有一个女子,看到我在自己的这个房间换睡衣。

我抱起姑娘的胳膊,再次上了床。我朝着姑娘的胳膊,将它的手指轻轻地握在手心,将其拉近我的胸口。可姑娘的胳膊纹丝不动。

稀疏的声音从窗外传来,似乎是下起了小雨。并非雾霭变成了雨,而是浓郁的雾霭凝成了水珠而滴落吧。那声音隐隐约约的。

毛毯里，有姑娘的胳膊；手心里，有它的手指。我相信它会逐渐温暖。但此时，它还未被我的体温影响，让我感到一阵文静。

"你是否睡着了？"

"还没。"姑娘的胳膊说。

我解开睡衣，让姑娘的胳膊贴到胸口之上。顿时，程度不同的温度渗入我的胸间。在这个既闷热又寒冷的夜晚，能轻抚姑娘胳膊上的皮肤，令人很是愉悦。

房间里，点亮的灯继续发光。我上床时，忘记了将它们关掉。

"对了，还要关灯……"说着，我就站了起来，姑娘的胳膊马上从我胸口滑落了下来。

"啊！"我将胳膊捡拾了起来，"要不，你来帮我关灯，行吗？"

我一边朝门走，一边问："你是喜欢在暗处睡觉呢，还是喜欢在明亮的地方睡觉？"

"……"姑娘的胳膊没有回答我。它并非不知道答案，可它为何始终没有应答？对于姑娘夜晚的睡眠习惯，我无从知晓。我开始幻想亮着灯睡眠的姑娘，以及在黑暗中睡眠的姑娘。今晚，由于她没了右胳膊，或许是亮着灯的吧。我关上灯，却忽地感到了可惜。我还想更长久地注视姑娘的胳膊。我朝已然入了梦乡的胳膊看去，却发现姑娘的胳膊朝大门旁的开关伸出了手指，似乎想要关灯。

于是我摸黑返回了床上，躺了下来，就让姑娘的胳膊睡在我的胸旁，陪着我入睡。我安安静静地一动不动，仿佛是在等胳膊的入眠。不知是这样的睡姿令姑娘的胳膊不满，抑或是害怕这黑暗，胳膊的掌心贴上了我的胸脯。不久之后，五根手指也张了开来，爬到了我的胸口。它自然地弯曲着，如同要搂抱我的胸脯。

我感到姑娘的这只胳膊有可亲的脉搏跳动。它的手腕正好放到了我心脏的位置，它的脉搏便与我的心跳相互鼓动。刚开始，姑娘胳膊的脉搏跳得有些缓慢，不久之后便跟我的心跳完全相同了。我只能感到自己的心跳，无法知道究竟谁快谁慢。

将手腕的脉搏调整到跟心跳一致，或许就是在尝试短时间地对换我和姑娘的右胳膊。不，或许这只不过是姑娘的胳膊入睡的特征。我曾听一个女人说：对女人而言，与其在神志不清的狂欢中沉醉，不如安静地睡在他身旁。但我并未拥有像这姑娘的胳膊这样安然陪我入眠的女人。

因心脏处有带有脉搏跳动的姑娘的手腕，我才感到了自己的心跳。它一下一下地跳动，那些跳动的间隙里，似乎有某样东西在遥远的距离间快速地折返。随着不断地凝听心跳，我感到那距离正在越来越远。而且这距离，无论怎么走，即便走到了无垠的远方，前方依旧是空。折返并非因为达到了某个地方，而是紧接而来的跳动将其猛地召唤回来。按道理，这样的感觉令人惧怕，但现在的我却没有那样的感觉。我还是将手探了出去，摸到了枕头边上的电灯开关。

我没有急着将灯点亮，而是悄然掀开了毯子。姑娘的胳膊已然睡熟了，在毯子里发着隐约的白光。白光散落在我敞开的胸膛，温柔而微弱。那光就如同突然出现在我的胸膛处，如一轮小小的红日，却未到要上升发热的时期，而是柔和地从我胸膛处射出些微的光芒。

我将灯点亮，挪开了胸膛处姑娘的胳膊，把这胳膊的最上端和手指分别拉直了。五道些微的光亮中，胳膊的弧线和光影映出的纹路温和地显现出来。我缓缓地将姑娘的胳膊转动起来，看着转动中摇晃移动、不断变幻的光影。光与影先是顺着胳膊最上端的弧线缓慢地下移，中途变得细小，等转过了胳膊下半部的隆起处，就变得更窄，又移动到了胳膊肘美妙的弧形和其内侧有着些微凹陷的地方，之后继续旋转移动到手腕处，变到最细后，又开始重新变得圆润、隆起。最终，光与影的微波经由手心、手背，流淌到了手指。

"我将它换到我的身上吧。"我呢喃着说。

我摘下自己的右胳膊，换上了姑娘的右胳膊。这一系列的动作，似乎并非有意为之，而是我在出神观赏的时候，不自觉的动作。以至于调换了胳膊之后，我还是全无意识。

突然，一声轻微的"啊"的呼唤传了出来，不知是姑娘的胳膊发出来的，还是我的胳膊发出来的。但我看到了我的肩膀忽地抽搐起来，才意识到，我的右胳膊已经换成了姑娘的。

姑娘的胳膊——现在已然成了我的胳膊，它颤抖着，向上抓去。我控制着这胳膊，使其弯曲到了我的嘴边，问：

"你觉得痛吗？有觉得很难受吗？"

"不，我不觉得痛。也没有感到难受。"这胳膊快速却断断续续地轻声呢喃。这时，我感到一道如同闪电般的战栗袭击我的身体，我咬住了这胳膊的手指。"……"我无法表达我此时此刻的欣喜。只不过是姑娘的手指触碰到了我的舌头，我就无法说话了。

"可以的。"姑娘的胳膊一说话，我身体的战栗就突然停止了。

"我来这里，就是为的这个呀，但是……"

突然间，我发现，虽然我的嘴唇能感觉到姑娘手指的触觉，但姑娘的右胳膊手指，或者说我现在拥有的右胳膊的手指，却没有任何的知觉。我赶忙将右胳膊挥动了一下，依旧没有胳膊被挥动的感觉。在肩膀的那头，胳膊的最上端，我感到了淤塞，感到了拒绝。

"没有血液流通。"我突然想到这个可能，"但到底血液有没有相互流通呢？"

一种恐惧感袭向了我，使我不由得跌坐到床上。我的胳膊就在我的身边。我看着它，感觉这只离开了我的胳膊，显得丑陋无比。更要紧的是，我不知道这只胳膊究竟还有没有脉搏。之前，姑娘的胳膊能温暖地脉动。但我总觉得，我的右胳膊现在已然变得冰冷而僵硬了。我用换在我右肩膀的姑娘的胳膊去抓我自己的右胳膊。虽然抓住了，但我却没有握的感觉。

"有没有脉搏？"我问姑娘的胳膊，"有没有变得冰冰凉的？"

"有一些凉……但应该没有我凉。"姑娘的胳膊说，"我现在已经变得温暖了。"

姑娘的胳膊用上了第一人称"我"，听起来仿佛在表示：因为它安装在了我的肩膀，成了我的胳膊，才有了这样的自我称呼。

"有脉搏吗？"我接着问。

"看您，就这样难以安心吗？"

"什么安不安心的？"

"您不是将我们的胳膊对换了吗？"

"可我不知道血液是否畅通，有吗？"

"'女人呀，你在找寻谁？'您知道这句吗？"

"我知道的是,'女人呀,你为何啼哭?究竟在找寻谁?'"

"半夜,我醒来之时,总能听到这句话在我的耳畔回响。"

它此时所说的我,应该不是胳膊本身,而是它的母体——姑娘。我认为这句话,所讲述的内容适用于永恒的场景,故而那便是永恒的声音。

"你那是被梦魇了吗?所以很难入眠……"我指的是胳膊的母体,"窗外弥漫的雾霭,似乎在迷惑群魔。但恶魔似乎也是讲究的,在这雾霭中也会禁不住咳嗽。"

"那就不要让它听到恶魔的咳嗽……"姑娘的胳膊抓起我的右胳膊,用其捂住我的右耳。

姑娘的右胳膊,现在已经是我的右胳膊了。但刚才的动作并非我让它活动起来的,而是姑娘胳膊的灵魂在驱使它。不,我不认为会有如此厉害的分离。

"脉搏,我感到脉搏的跳动了……"

当我自己的右胳膊捂住我的耳朵时,我感到了胳膊的脉动。姑娘胳膊抓着我的右胳膊捂住我的耳朵,使我的右手手腕压在了耳朵之上。这令我感到了右胳膊的温度。就如姑娘胳膊说的那样,那温度比姑娘的手指要凉上一些。

"来,我帮您驱驱邪……"姑娘胳膊用它的小手指上那些长而纤细的指甲,淘气地挠我的耳朵。我朝旁边闪避,用我的左手,我真正的手将我的右手腕抓住,也就是抓住姑娘的右手腕。我将脸仰向了后方,便看到了姑娘的小指。

姑娘的四根手指握着我的右胳膊,只有小指空闲地向着手掌,指甲的尖端轻轻地触碰着我的右胳膊。这是年轻姑娘才能做出的手势,她们柔软的手指可以做出硬邦邦的男人手指无法做到的动作。只见小指根呈直角朝手掌弯曲,邻近的指关节也呈直角,另外一个邻近的指关节也以同样的直角弯曲着。小指就这样自然地形成了一个四方形,这个四方形的一边,便是无名指。

透过这个形如四方形窗户的小指,我的眼睛似乎有了可以窥视的处所。但说它是窗户,未免又太小了,那大小充其量就是个窥孔或者眼镜。但不知为何,我总觉得那就是扇窗户,一扇能窥视到野地里的野花地丁的窗户。

这窗户，仿佛是有着些微光芒的，用白净的小指制作的窗框，又或者是眼镜边框。它令我感到亲近，使我更愿靠近它。就此，我闭上一只眼。

"您把它当窥孔了吗？"姑娘的胳膊问，"您都看到了些什么？"

"就是自己的房间呗，只有五道光的昏暗房间……"还未说完，我突然叫道，"不，不是的，我看到了。"

"您看到了什么？"

"不，我又看不到了。"

"您究竟看到什么了？"

"是颜色，我看到了淡紫色的光，朦朦胧胧的……那淡紫色里，还有红色的、金色的米粒般大小的圆圈，在旋转着飞。"

"是您累着了吧。"

姑娘的胳膊将我的右胳膊放到床上，伸出手，轻柔地用指腹揉了揉我的眼睑。

"我觉得那些红色的、金色的小圆圈里面，有的似乎变成了旋转的大齿轮……那齿轮之中，似乎有什么东西在动，还有什么东西短暂地出现后，接着又消散了……"

无论是齿轮还是齿轮里的东西，究竟是看到了还是没看到，我都无法确定。这一切都并非留在我记忆中的影像，而是一种短暂的幻觉。这种幻觉是什么呢？我无法清晰地记忆，于是我问：

"你是想让我看到怎样的幻象？"

"不对呀。我来这里，就是要消除那些幻象的。"

"你要消除的，是以往的那些带着期盼，带着哀伤的幻想吧……"

姑娘手指和手心上的那些动作，都停在了我眼睑上。

"你的头发是不是留得长长的，只要散开，就能一直到肩膀和手腕？"我突然提出了一个意料之外的话题。

"嗯，是差不多有那么长。"姑娘的胳膊说，"刚开始沐浴时，我习惯于用热水洗头，但最后却总会使劲儿地用凉水冲，直到头发全都被冲凉了为止。冰凉的头发垂到肩膀、手腕，甚至胸部，那种感觉真是无比地舒服。"

自然，它所说的胸部，指的是胳膊母体的那个姑娘的胸部。姑娘还从未让人触碰过她的胸。她对这种冲凉后的湿发触碰到胸部的感觉，似乎感到羞于启齿。但这只胳膊离开了姑娘的身体。这种跟母体的分离，使其也离开了姑娘的谨慎，或者说离开了羞耻。

姑娘的右胳膊，如今已是我的右胳膊。我悄悄地用左手掌心抚摸这胳膊最上端可爱的弧线，就如同摸到了姑娘胸部还未发育的弧形。肩膀的弧线逐渐如胸部的弧形一般，变得柔软起来。

姑娘的手指还在轻柔地抚摸我的眼睑。它的手掌以及手指似乎都被我的眼睑柔和地吸附，渗入温暖而潮湿的眼睑之中。这种带着温度的湿润似乎还在不断地扩张，一直渗透进了我的眼球。

"是血液，是血液流通了。"我轻柔道，"血液流通了。"

我和姑娘胳膊互换时所发出的那种惊叫声，没有在此时出现。无论是我的肩膀，还是姑娘的胳膊，都没有发生任何的颤动。但我确实感觉到了我的血液正在流向姑娘的胳膊，而胳膊的血液也在流进我的身体。这样的情况，不知是何时出现的，但我明显地感到胳膊最上端的那种淤塞和拒绝的感觉消失了。现在，洁净的女性血液进入了我的身体，可我那污浊的男性血液也在流入姑娘的胳膊。等这只胳膊再回到姑娘的肩膀之上，究竟会发生怎样的事情？万一无法将其重新安装到姑娘的肩膀之上，那该如何是好？

"不会的，一定不会有这样背叛的情况发生。"我不由得呢喃。

"别在意。"姑娘的胳膊低低地说着。

但我没有在我的肩膀与姑娘的胳膊间感到任何夸张的情况，如血液在飞快地流动，或血液在相互交流。首先对此有感知的，是我搭着右肩膀的左手手掌，以及我右肩膀上姑娘肩膀的弧线。但渐渐地，我的右肩膀和姑娘的右胳膊也感知到了。如此一来，它慢慢地坠入了心驰神往的梦境。

我也渐渐地入了梦。

大地之上，淡紫色的雾霭弥漫，我在缓缓流淌的巨大浪潮中游弋。这宽大的浪潮之中，我阴暗潮湿的、带着孤寂气氛的房间不见了，只有我的身体在浮动，游弋在淡绿的浪潮之上。我感到左手正轻柔地放在姑娘的右胳膊之上，而姑娘右胳膊的手指似乎正拿着荷花玉兰的蕊。我虽然没有看见，却闻到了那花蕊的芬芳。可那花蕊明明应该被扔进了垃圾桶，她究竟在何时将其捡了起来呢？在一日之内，雪白的花瓣还未零落，为何那花蕊自行先凋落了呢？我看到了红衣女子，正开着她的汽车，绕着我远远地转圈，轻柔地滑行。似乎她所做的，是为了保护我及姑娘的胳膊能安然入眠，保证我们的安全。

此情此景之下，怎么可能睡熟。但我却从未有过这般温暖而甜蜜的睡眠，过去的我总是郁郁寡欢地躺在床上难以入眠，从未如婴儿般安然地入睡过一次。

姑娘那纤长的精巧指甲，疼惜般地轻轻挠着我的左手手掌。我在如此隐隐约约的触觉之中，逐渐入睡了，不再能感到自己的存在。

"啊"的一声，我突然从梦中醒来。我从床上滚落了下来，爬起来，不由得跌跌撞撞地走了几步。

这时，我突然感到有什么令我胆寒的东西正在碰触我的侧腹，一看之下，竟是我的右胳膊。猛然间，我才真的清醒了过来，

我将双腿岔开，努力站稳了，去看待在床上的我的右胳膊，顿感呼吸暂停，血液倒流，全身都在发抖。看到我的右胳膊只是一瞬间的事情，而接下来的一瞬间，我如杀人的凶犯般，疯狂地将肩膀上的姑娘胳膊卸下，换上了自己的右胳膊。

我跪在床前，上半身匍匐在床上，用刚装好的自己的右胳膊抚摸正狂跳不已的心脏。渐渐地，所有的躁动都静谧了下来，却又有一股哀愁从身体的深处喷涌而来。

"姑娘的胳膊？……"我抬起脸。

我看到了姑娘的胳膊。它被我扔在床角，在推到旁边的乱蓬蓬的毛毯之中，手掌朝上地伸着手指，没有任何的动静。昏暗的灯光之下，那只胳膊微微地发白。

"啊！"

我赶忙将姑娘的胳膊搂进了怀里，如同怀抱着一个逐渐冷却的生命、一个即将消亡的可怜孩子一般，紧紧地搂住这只胳膊。我的嘴唇不由自主地轻轻衔住姑娘的手指。或许，姑娘直直的指甲内侧和指尖之间，有女人的泪水落下……

水　月

　　一日，京子想起，可以拿一把手镜给丈夫，让他看看自己的菜园。虽然这不过是件微不足道的小事，可却对长期卧床不起的丈夫而言，就如同打开了新生活的窗口。因而，这绝不是简单的"一件小事"。

　　这把手镜，原本是京子嫁妆的镜台上的一个物件。那镜台不是很大，却用了桑木，所以手镜的把手也是桑木的。新婚之时，有次京子为了照脑后的发髻，用这把手镜跟镜台互相对照，结果袖子滑了下去，露出了胳膊肘。她顿时羞得满面通红。

　　还记得，丈夫一把抢走了手镜，对她说："天，看你笨得，不如我来帮你拿。"说罢，他就替京子把着镜子，从各个方位将其后脖子的影像统统映照到镜台之上，颇为自得地看着自己的成就。由此可见，镜台之中也可以偶然地发掘出过去所没有发现的事物来。其实，哪里是京子笨。当时，丈夫眼睁睁地在后面看着，让她怎么做都觉得别扭。

　　从那以来，并没过多久，连手镜的把手也未改变颜色。可战争、逃难、丈夫重病，问题接踵而来。等京子想起可以将手镜交给丈夫，让他看到菜园时，手镜的表面已变得灰蒙蒙，连镜子的边缘部分也堆满了胭脂粉末和灰尘混合的黑垢。不过，用来照东西是没问题的。这并非京子不注意，而是她已经全然没有讲究这个的精力了。

　　但不管如何，自从手镜到了丈夫手里，他便再也没让镜子离开过自己。或许是病人需要打发时间，或许也跟病人的神经质有关，丈夫将手镜的镜面和边缘通通擦拭得光洁如新。虽然镜面上的脏污都被清理干净了，但京子还是看到丈夫不断地朝上面哈气，又不断地擦拭镜子。看着丈夫的举动，京子不由得想：那些眼睛看不见的、镶进了镜框窄缝里的地方，定然布满了肺病的细菌。有时，京子会为丈夫的头发涂抹山茶油。每梳一次，丈夫就会用手将头发上的油擦到手上，用来涂抹手镜的镜框。相比镜台那暗无光彩的桑木底座，手镜的桑木把手可谓是油光闪亮。

后来，京子再婚时，也带着这架镜台。

可她却将那把手镜放进了丈夫的棺材火化。她又买了一把"镰仓雕漆"的手镜，放进了镜台，没有将此事告知再婚的丈夫。前夫一断气，就按照规矩将他的双手叠在了一起，让十指相扣。入殓后，京子想让丈夫手执这把手镜，却毫无办法。无奈之下，她将手镜摆在了丈夫的胸口处。

"你还活着的时候，就总觉得胸口疼。现在放一把手镜，你会不会觉得太沉了呢？"京子呢喃着，又将手镜转移到了丈夫的肚腹处。在京子看来，那把手镜无疑是他们二人生活中最为重要的事物，所以，她决定将其给丈夫陪葬。但她不想让丈夫的其他亲眷们知晓，便在手镜之上放了束白菊花。果然没人发现这把手镜的存在。捡骨灰的时候，火化的高温使玻璃变形熔化，变成中间鼓起、表面坑洼、黑黄夹杂的一坨。有注意到的人问：

"这里还有块玻璃。它之前是个什么物件？"

其实，在那把手镜边上，当时还放了一把小一些的镜子。那原本是便携化妆盒中的窄长的方形镜子。当时买便携化妆盒，是为了在新婚旅行时使用。可那是战时，无法进行新婚旅行，故而在前夫有生之年，京子一次都没用过这化妆盒。

等到京子改嫁，准备去新婚旅行时，发现以前的那个便携化妆盒的皮套都发霉了，于是又买了套新的。那一套里面，也有面小镜子。

新婚旅行的头一天，丈夫温和地轻抚京子的手："可怜啊，竟还像个女孩！"他的语气中没有嘲笑，有的是一种无法言说的快乐。毕竟京子越是接近处女，对第二个丈夫而言就越好。可京子听了，却莫名涌起了强烈的哀痛。这样的哀痛很难用言语形容，她只得久久地垂着头，沉默无语，任由眼泪溢出。或许在她的现任丈夫看来，这也算是近乎处女的举动吧。

京子不知自己为何而哭，不知是为了自己，还是为了死去的丈夫。确实，这是难以区分的。但当她发觉自己的想法时，突然觉得这对新任的丈夫而言，是不公平的。自己应待他更加温柔才对。

"才不是呢，怎么可能呢？"京子说完，又突然意识到自己的话说得并不怎么恰当，脸上不由得一红。但丈夫似乎非常满意，继续道："你还没有生育过，对吧？"这句话再次触碰到了京子的隐痛。

面前的，是和前夫全然不同的一个男人。他的爱抚让京子有种被人玩弄的委屈，不由得反抗似的反驳："但照顾一个病人，不是跟带个孩子差不多吗？"

前夫长期卧床不起，即便是去世后，依旧给京子一种如同是自己在养育孩子的感觉。

她不由得懊恼：如果知道他终究逃不过早死，他们又何必那么严格地禁欲呢？

"森那里，我其实有路过，记得还是从火车的窗户看到的……"新任丈夫提到了京子的家乡，接着又将京子搂得更紧了些，"那里可真是座漂亮的小镇，森林就在周围环绕着，镇如其名啊。你在那里待了多久？"

"我在那里上完了女子中学。毕业后，被动员去了三条的军需厂，在那里干了一段时间……"京子回答。

"对啊，你们那里距三条不远。都说越后的三条美女最多，难怪京子的肌肤如此细滑。"

"哪里有！"京子将手伸到领口。

"怎么没有，你看你的手和脚，都那么细滑。想来身上的肌肤也是嫩嫩滑滑的。"

"不是这样的！"京子觉得手放得不是位置，赶忙又悄悄地挪开了。

"即便你生过孩子，我也愿意跟你结婚。你把孩子带来，我们一起好好地照料他长大。如果是个女孩，就更完美了。"丈夫轻声地对着京子的耳朵说。丈夫有个儿子，所以才有这样的话。但京子觉得，如果这是丈夫在向她表达爱意，也未免太奇怪了。丈夫之所以要跟京子进行这十来天的新婚旅行，也应该是有个儿子的缘故，算是他对京子的体贴吧。

丈夫的便携化妆盒是个皮革的，很精致。这自然比京子的要好很多，而且大而结实。但这不是新买的，化妆盒上面有长久使用的光泽。这或许是丈夫需要经常外出，或者是丈夫经常使用它。京子猛地回忆起了自己的旧化妆盒，那化妆盒一次也没用过，却霉得厉害。但里面的小镜子总算让前夫用过了，还给他陪了葬。

那把手镜上的小片玻璃熔化后，跟小镜子上的玻璃粘在了一起。这事只有京子知道。无人能分辨出，那一坨其实是大小两面镜子组合而成。京子没有将这奇怪的事物的原貌告诉任何人，在场的亲戚们恐怕也没人能想出那究竟是何物。

但京子从这两面镜子的变化中，似乎感到它们曾经映照过的那些众多的世界，都在火化中被毫不留情地化为了灰烬。正如丈夫的身体一般，成了一捧灰，不复存在了。刚开始，京子将那把属于镜台的手镜交给丈夫，是为了方便他看到自家的菜园。可从此之后，丈夫就难以跟那把手镜分离。但手镜对于病中的丈夫而言还是太重了。为了保护丈夫的胳膊和肩头，京子就又拿了面轻巧的小镜子给丈夫。

丈夫去世前，他用这两面镜子不仅映照了京子的菜园，还映照了天空、云朵、白雪，映照了远山、近树，映照过夜月、花草、飞鸟，以及道路上的行人、庭院中嬉戏的孩子。

一面小小的镜子，所能映照出的却是如此广大而丰富的世界，这是京子未曾意料到的。过去的她，只是单单将镜子当成描画眉目的工具，而手镜也只是用来照一照脑后和颈子的物件。可谁承想，它对生病的人而言，是一个全新的世界！京子会陪着丈夫一同看那镜中的世界，一起讨论。如此时间一久，京子也渐渐地很难分清哪一个是肉眼所见的世界，哪一个是镜子映照的世界了。好像，这确实是两个截然不同的世界。镜子创造了一个全新的世界。京子有时甚至会寻思，或许镜子里所映照的那个世界，才是真的。

"你有没有发现，这镜子里的天空有着银色的光芒？"京子说完，又抬眼看了看窗外的天空，"但现在的天空是阴郁的。"

但透过镜子所看到的天空，没有任何的阴郁和昏沉，反而是闪着光的。

"是你把镜子擦得够亮的缘故吧？"

丈夫虽然躺在床上，但转动一下头，还是能看到天空的。

"真的，这么阴郁的天。但我们人眼所看到的天色，可能跟小狗、麻雀所看到的天色不太一样吧？恐怕很难知道，究竟谁的眼睛所看到的色彩才是正确的。"丈夫说。

"或许，在镜子的里面，还有个'镜眼'吧？"京子想再加一句，"那是我们的爱情之眼。"

镜子映照着树林，树林就青翠起来；镜子映照着百合花，百合花就娇艳欲滴起来。

"这上面印着京子大拇指的印子，是右手……"丈夫指着镜子的边缘说。京子吓了一跳，赶忙朝镜子上哈气，将手指印擦掉了。

"没关系的。你第一次拿镜子给我看菜园时，我就看到了上面的指印。"

"我怎么都没发现。"

"我就知道你没有发现。也多亏了镜子，我才记住了你拇指和中指的纹路。能够清晰地记住妻子的指纹，除了卧病在床的人，恐怕没人能够办到吧。"

自从跟京子结婚后，丈夫几乎一直在生病，就没正经做过些什么。即便在战争时期，他也没去打过仗。虽然战争快结束时，丈夫被征召了，但仅仅在飞机场做了几天劳力，就一病不起。于是战败之后，他被立即接回了家。当时丈夫已然不能自己走动了，京子只得叫上他的哥哥，一同去将他接了回来。当丈夫被征召去当兵，也就是去当劳力了以后，京子就到乡下的娘家去避难。而在那之前，京子和丈夫已经做好了避难的准备，早早地将大部分家当寄回了娘家。新婚后不久，京子他们的房子就毁于空袭。他们不得不借住在京子朋友的一间房子里，丈夫上下班都从那里出入。他们在新婚的住房待了一个月，在朋友的家里待了两个月。婚后，丈夫没有生病的日子，就只有这些。

为了疗养，丈夫租的小房子在高原地带。原本住在这里的，是到乡下避难的一户人家。等战争一结束，他们就搬回了东京。先前那户人家在杂草丛生的庭院里开辟了一块仅有两丈左右的菜地，这便是京子后来所拥有的菜园。

其实，虽然住在乡下，他们还是能买到两人所需的菜蔬。但对于当时的京子而言，很难舍弃那已经开辟出来的菜园。就此，京子每天都会到院子里劳作一番。渐渐地，京子对于亲自种植菜蔬产生了浓厚的兴趣。她并非想利用这段时间来逃离病人，但总是坐在病人的身边干针线活儿，也未免太容易使人消沉。她认为，即便种菜，也是能心怀丈夫的。不同的是，菜园更能让她感到前途充满阳光和期望。京子一边种着菜,一边回忆着与丈夫的爱情。而读书,坐在丈夫枕边,给丈夫读,就足够了。照顾病人的疲累,使京子很难在其他地方打起精神。可种菜不同,种菜总能使她逐渐地振作起来。

京子和丈夫是在9月中旬来的高原地带。当时,到这里避暑的人都回了城市。时值初秋,下起了连绵秋雨,整个天地烟雨迷蒙,带着逼人的寒意。一天傍晚,雨突然就停了,小鸟也发出了清亮的啼叫。京子去到菜园,看到油绿的叶片上闪着太阳的光芒,远处的天际有粉红色的云彩在浮动。她不由得看得出神。这在这时,丈夫的呼喊声传了过来。她连手都来不及洗,就急急地跑上了楼,竟见丈夫一脸痛苦地大口喘着气。

"你跑哪儿去了?我喊那么大声,你都听不见的吗?!"

"对不起,我确实没有听到。"

"搞什么菜园!要天天这么喊,不出五天,我喊也得喊死!你到底在干什么?都不跟我说一下!"

"我不是在侍弄菜园吗?但你放心啦,我不去种菜了。"

丈夫总算松了口气,渐渐地静了下来,对京子说:

"你有没有听到山雀的叫声?"

丈夫之所以叫京子,不过是为了说上这么一句话。丈夫问话的时候,山雀依旧在附近的林中啼鸣。夕阳之下,那片树林反射着清晰的轮廓。京子便学着山雀的叫声,模仿了起来。

"你有没有摇铃一类可以发出响声的东西?如果有的话,就会方便很多。你也可以去买一个。但在那之前,最好放一个可以扔到楼下的物件在我枕头边上。你觉得怎样?"

"扔饭碗可以吗?从二楼扔下去,还挺有趣的。"

就此,丈夫收回了刚才的话,让京子继续种菜园。但京子想起将手镜交给丈夫,让丈夫也看看这菜园时,高原地带漫长而寒冷的冬季已经过去了,早春已然来临。

从镜中,可以看到万物复苏的新绿,可以使病人感到由衷的愉悦。但菜园中的虫子,是无法出现在镜中的。于是,当京子捉到了虫子,就会将其带到楼上给丈夫看。可有次翻了土后,丈夫对京子说:

"我可以从镜子里看到蚯蚓。"

夕阳西斜时,正侍弄菜园的京子会突然感到身上亮了起来。这时,只要她抬头看向楼上的窗户,就能发现丈夫正利用镜子的反射朝她射来光线。京子穿着一条束腿裤,那是丈夫学生时代的衣服,是藏青色的碎白花纹的土布制成的。看着她穿着这条裤子在菜园里忙活,丈夫心里一定十分高兴。

对于丈夫通过镜子的注视,京子是知道的。但她在感觉到视线的同时,又如同遗忘了似的,继续在菜园里劳作。沉浸在这样的幸福中的京子,一想起新婚时的窘态,就觉得自己身上发生了很大的变化。那时的自己,仅仅因照镜子时露出胳膊肘,就害羞得不能自已。

现在的自己,依旧使用两面镜子相互照着来化妆。但毕竟处在战败之后,哪里又有认真化妆的闲情。后来又是照料病人,又是服丧,就更没有精心描绘装扮的可能了。所以真正意义上的化妆,已经是再婚后的事情了。京子也觉得,仔细地化了妆后,自己变得漂亮了很多。这使她渐渐地相信了现任丈夫在新婚旅行的第一天晚上所说的话。那些对她皮肤细腻的夸赞,应该出自真心的。

有时刚洗完澡,京子就去照镜子。看着镜中的皮肤,京子也不再害羞,能从中看到自己的美了。但对镜中的美,京子有着不同寻常的情感,那是她自前夫那里接受的。这样的情感,即便现在,也未消散。这并非意味着她对镜中的美不信任,而是在她眼中,那镜中的世界是真实的另一个世界。尽管铅灰的天色会在手镜中变为银色的亮光,但她的皮肤在镜中却没有多大的变化。或者这是源自距离的不同,或许还跟病中的前夫心中的期盼和渴求有关。由此可知,躺卧在楼上的前夫手中的镜子里,正在种菜的京子该美成什么样。然而,京子永远不可能知道了。回想起来,前夫生前,京子对此也是一无所知。

已经去世的前夫,曾在镜子里映照京子的身影,京子在菜园里忙活的身影。他也曾用那面镜子映照出各种花草——南柴胡、蓼蓝、百合花等等,映照出于田地间嬉闹的一群群孩童,以及从雪顶的远山上升起的朝阳。所有这些,皆是京子与丈夫共同拥有的另一个世界。与其说京子对其心有所念,不如说她对其有所期盼。但旋即,京子想起了现任丈夫,不得不将那日渐强烈的渴望之情压抑住,尽量对其只是带着一种对神一样的世界的遥远的景仰。

5月的一天早晨，各种鸟鸣从无线电中传来。据说那是来自山林的现场录音，而录音的地方离他们曾经居住过的高原很近。京子为现任丈夫收拾妥当，送他出门上班后，便拿出了镜台中的那面手镜。她透过镜子看向碧蓝的天空，又仔细地观察自己的脸。京子突然发现：如果没有镜子，是无法看到自己的脸的。而自己的脸是自己唯一无法看见的事物。但自己却将每天从镜中看到的脸，当成了肉眼可以看到的脸，在化妆描绘。如此奇思，令京子陷入了思考：为什么神要让人无法看到自己的脸？其间到底隐含着怎样的深意？

"如果人能够看到自己的脸，是否会疯掉呢？是否会无法认真做事了呢？"

但京子又觉得：或许人无法看到自己的脸，是源自人的进化。例如蜻蜓或者螳螂之类的动物，或许已经习惯于面对自己的脸了。

对自己来说最重要的脸，却只能由他人观看。这或许跟爱情有着相通之处。

京子将手镜放回了镜台。这时，她发现后来买的"镰仓雕漆"手镜跟原本的桑木镜台很不搭。原本的那把手镜已经给前夫做了陪葬，剩下的镜台就只能搭配上"不成对"的物件了。但现在回想起来，将那把手镜和那面小镜子给病中的丈夫，说不清楚究竟是好还是坏。那两面镜子，既被丈夫用于照物，也用于照自己。看到镜中的自己，看到由于病情的恶化而逐渐憔悴的脸，和每天见到死神有何区别呢？如果借助镜子对病人进行心理暗示而使其自杀的说法可以得到确定的话，京子就等于已经犯下了心理谋杀罪。但当京子发觉这样做的危害后，再想拿走丈夫手中的镜子，已变得不可能了。

"你难道想遮住我的眼吗？我只要还有一天活着，就要爱我所能看到的一切！"丈夫说道。

或许丈夫就是要让镜中的世界继续存世，才牺牲了自己。暴雨之后，丈夫用镜子映照庭院积水中的明月，观赏水中的月色。他所看到的月亮，应该是月亮投影的投影。京子至今仍然清晰地记得当时的情景。现任丈夫曾说："健康的爱，只可能存在于健康的人体内。"虽然京子当时带着腼腆点了点头,但她心里却并不认同。丈夫刚刚去世时,京子曾心有怨念:跟病重的丈夫严格地禁欲究竟有什么作用!但时日一久,禁欲的生活变成了他们之间缱绻的情意。每每回忆起当时的一幕幕,都能看到满满的爱意。就此,京子不再感到后悔。故而,京子觉得现任丈夫是过于简单地看待女人的爱情。京子曾询问现任丈夫:"你这样的温和,可为何还是跟前妻离婚了呢?"丈夫没有回应这个问题。京子之所以跟现任丈夫结婚,源自前夫哥哥的努力。他们俩在婚前只交往了四个来月的时间,且他们还相差了15岁。

京子在听到自己怀有身孕时,惊讶得变了脸色。

"太可怕了,太可怕了!"她的整个身体都缩进了丈夫怀里。她的妊娠反应非常剧烈,以至于精神也有些不正常。有时她会光着脚去院子里抚摸松针,有时她会将两个都装着米饭的饭盒交给去上学的继子,有时她会隔着镜台,直直地盯着镜台里无法看见的"镰仓雕漆"手镜发呆……曾经,她半夜醒来后,看着丈夫熟睡的脸,不由得感到对生命脆弱的恐惧,无意识地解下睡衣的腰带,模仿勒丈夫脖子的动作。突地,京子痛哭失声,被惊醒的丈夫则温和地重新为她系上腰带。时值酷暑难当的夏夜,京子却浑身打着冷战。

"京子,你要勇敢,要相信你肚里的孩子。"丈夫坚定地摇晃着京子的肩膀。

医生希望京子能住院。刚开始京子不乐意,最终还是同意了。

"既然要住院,我希望能给我几天时间,回娘家看看。"京子妥协道。

于是丈夫送京子到了娘家。可就在第二天,京子偷偷地独自离家,前往曾与前夫居住的高原。此时是9月初,比起当初跟前夫到这里的时间,还要晚上十来天。京子坐在火车上,感到眩晕、恶心。一种不安萦绕着她,令她有想跳下火车的冲动。但一走出高原车站,清新微凉的空气立即令她感到了舒畅,仿佛这段时间以来,附在她身上的邪物都被驱赶一空,使她顿时获得了清醒。京子惊奇地站立着,环视高原周围的群山。那些耸立在晴空下的深蓝色葱翠山峦,仿佛充盈着生命。京子的眼角不由得涌上了热泪,朝曾经的家迈步而去。记忆中,粉红色的夕阳下有着清晰剪影的树林。如今,树林中依旧有山雀啼鸣的声音。

曾经的家现在有人居住，楼上的窗户悬挂着白色的纱帘。京子远远地望着，小声地嘀咕："如果孩子像你，该怎么办？"这句突如其来的话，令京子也吃了一惊。但很快，她平复了心情，沉浸在了温暖的平静之中。之后，便沿原路而归。

篝 火

  这个乡村小镇的大部分作坊所生产的，都是岐阜的名产——雨伞、灯笼。没有大门的澄愿寺就在镇子上。朝仓站在马路上，一边透过寺内稀疏的树木窥视，一边说：

  "我看到了，道子在那里，你快看，就站在那个地方。"

  我挨到朝仓的身边，跳起来看。

  "看到没？你从梅树的枝干之间的空隙看过去……和尚在抹墙，她在一旁帮忙。"

  我心绪纷杂，竟然无法认出哪一棵树是梅树。我虽然看不见她，却仿佛看到她将已经用水和好的墙泥抹到板子上，再递给踩着垫板的和尚。仿佛有什么东西，滴落在我的心头。我感到害羞，也觉得太过寂寥，便走向了寺院。

  大雄宝殿的正面，有刚用全新的木料搭建起来的台阶。我们登了上去，拉开全新的纸拉门。这或许是别人的——或许，是道子的家？屋顶上的瓦块只能说是放了上去。因为大雄宝殿正在维修之中，所以内部空荡荡的，令人感到宽敞而又虚无。墙上暴露出了竹胎和木胎，透过竹胎的网眼，能看到墙表面粗糙的泥层。墙泥还没有干，呈现出墨黑色，使得室内凉飕飕的。仰头看去，极高的顶棚上还没有任何的装饰，难看至极。地上只铺了没有包边的席子，就像座柔道馆。我们对着一张放在低矮的白木台子上的佛像坐了下来。角落里，有一个跟这大殿极不相称的小梳妆台。那是道子从东京带来的。

  寺院厨房的地板上铺着稻草做的席子。道子光着脚踩在席子上走出来寒暄，接着问：

"你们去了名古屋吗？是跟大家同去的吗？"

"昨天我们住的是静冈。原计划今天到名古屋去，但我跟阿俊都决定先来这里。"

这是我跟朝仓商量好的谎言。仅仅半个月，我就从东京两次到岐阜来看望道子，这也显得太不收敛了。为了给养父母一个交代，我在给道子的信中写道：因要去名古屋毕业旅游，所以会顺路看望你。我们昨天晚上并非住在静冈，而是在乘坐火车。为了能安稳地睡上一觉，使今天的脸色好看些，我服用了安眠药。但一想到第二天就要跟道子见面，我就遐想联翩。思绪将我带去了遥远无垠的处所。我做了好几个一模一样的梦，但每次都感觉新鲜。真正进行了毕业旅游的女学生们，在车厢里铺满了报纸，连过道都没放过。她们坐在上面，背靠着背。有的将头靠在他人的肩上，有的将头埋进夹在两腿间的包裹上。那些显露着疲惫的睡脸，如同绽放的白色小花。当我独自醒来时，发现车厢里满是少女，就如同闯入了女校租赁的客车。那些睡着的脸，白得不近人情。比起这些少女，道子的年纪小一些，却没有她们脸上的这种稚嫩气息。她的睡脸，漂亮得赛过这车厢里的任何一张睡脸。这些女学生来自和歌山和名古屋。总的来说，名古屋少女有着更丰盈的头发。朝仓觉得其中一个少女很漂亮。我看了看，那少女正枕着另一个熟睡少女圆润的后背，如同搂着车窗。那张脸上，无论是眉毛、睫毛以及嘴唇的线条，都明显且端正。确实是个美艳的少女，乍看之下，惹人怜爱。我赶忙闭上了眼，焦躁地在大脑中回忆起道子的相貌。但如果无法直接看到道子，我所盼望的道子就无法清晰地出现在脑海里。

如今在我对面坐着的道子，穿着一件旧单衣。这就是我这二十多天来一直思念着的道子吗？猛然间，我从跟实际没多大关系的思念中醒了过来，一脸惊诧地看向微笑着看我的道子。从那虚妄的令人头脑困顿的思念中脱身而出，我的心情顿时一松。我现在已经无法判断面前的姑娘的美丑，但我却在一瞬间看到了道子尤其突出的缺点——孩子气。她细小的腰肢衬着坐姿下伸长的腿，有种不自然的感觉。与这样的一个孩子结婚，与其合二为一，似乎是件可笑的事。比起刚才所见到的女学生，她要小得多，确实还只是个孩子。

很快，养母走了出来，道子便离开了。我看着她的背影，那半幅的腰带结子看起来孤零零的，不仅细小，也显得小气。她的身材不怎么匀称，软弱的腰肢既不像小女孩，也不像妇女。她高大的个子，使得走路似乎不怎么稳当。大大的脚也无法跟身材协调，在我眼中变得越来越夸张，逼迫向我。这，可是一双被迫去抹墙泥的脚。

她的养母在左眼睑的下方有一颗大大的黑痣。第一次见到她时，我极为厌恶她的轮廓。

不久之后，我仰望养父的身影，感到颇为意外。我头脑中出现了两个词：院政时代（日本平安朝后期的三代上皇所施行院政的时期）的山法师（日本高僧）和秃头大汉。这是个身材高大的和尚，不过耳背得厉害。

这两个人究竟跟道子在哪些地方合得来呢？不过我觉得，善意地对待他人，是不难的。我有些失落地看着二人，将坐垫朝梳妆台的方向靠了靠。上茶的时候，我依旧沉默。我突如其来的到访，难道不是在令道子背离、伤害他们吗？朝仓终于大声地叫那和尚，要跟我下围棋，这才给我解了围。

"妞子，妞子，拿棋盘过来……妞子！"和尚朝着道子叫道。

"哎呀，太重了，太重了，搬不动了。"

那张棋盘似乎是用没有干透的木料制作的。道子跌跌撞撞地抱了过来。

我下着棋，看到道子跟朝仓在大雄宝殿后方的窗户边站着。这个秋天阴雨不断，今天却是个难得的晴天。阳光洒在庭院里茶花的树叶之上，再反射到他们身上，将他们的身影清楚地勾勒了出来。

我下得心不在焉。这段时日，我每日思念道子，辗转反侧，兴奋异常。而现在，困顿感顿时蜂拥而来，使我的棋艺更不济了。

此时，酒席恰巧备好了。这个乡村中的任何一席饭，都需要提前一天进行准备。作为一名不速之客，我不由得感到自责。

"岐阜这里，有哪里可供观赏？"

"嗯，你应该知道公园在哪里吧？妞子，是不是柳濑的菊编玩偶都开始展览了？"

"真的呀？我很想看菊编玩偶呢！"朝仓赶忙说。

"你知道怎么去柳濑吗……道子，你知道吗？"

"当然是知道的……谁都知道那里呀。"

"太好了，那你能中午带我们去吗？……他还没去过公园呢。"

朝仓是特意为我来到岐阜的。现在，为了将道子带出去，他竟然毫不避讳地编了谎话。

但我的大脑太困顿了，一吃东西，就感到恶心。幸好，吃了饭，养父母就离开了，只剩下道子陪着我。我喝了点酒，就红着脸，毫不忌讳地在佛像前躺下。

外面突然下起了雷阵雨。一阵快速折伞的声音传来，是隔壁的伞铺在收起晾晒在院子里的成排的雨伞。

半年前，道子还像个女学生，而现在已经是个十足的寺里姑娘了。

"我们到外面瞧瞧。"朝仓道。

"好的，但我要跟和尚说一下。"

道子起身，拽了寺里的和尚出来，却又很快消失在了佛像后面。

朝仓对我耳语道：

"和尚可看过你写给道子的书信哦。"

"啊？！"

"据说，她刚要开始看信，和尚就把信抢走了……和尚可是气得很，说即便我们下次来，也最多在寺院里逛，不能出寺。"

"真的吗？被看到了？有这个可能。尤其是如果和尚看到了那封信，恐怕不会再让她出门了。"

我的脸色都变了。

"我觉得没那么严重。其实，和尚就是个老好人。当着我们的面，他是不可能说出不让她出门的话的。即便他真这么说了，也有我来跟他谈。"

"天哪，我居然不知道那封信被其他人看到了，还做出一副无所谓的样子。不过这也好，不知道就不会尴尬。"

话虽然这么说，我却依旧紧张起来了。这样，就等于是我在寺里给道子铺了针毡，还怎么让道子坐？想到道子粗大丑陋的脚踩在针毡上，我就觉得不安。这究竟是怎么了？我似乎看到道子在针毡上，朝我露出开朗的笑容，一点点逼近我。

我在那封给道子的信中写道：下个月（十月）八日，我们会去名古屋进行毕业旅游，准备顺道去一趟岐阜。到时，我想跟你聊一聊你的终身大事。所以在我来之前，无论在家里遭遇了什么，都要多多隐忍，千万不要争吵。如果实在觉得无法待在家里，非要到东京，请一定先发封电报给我，我好去接你。你如果独自来东京，也别去别人那里，直接来找我或者朝仓。你千万记住了。等你读完了信，就马上撕掉，或者焚毁。

这封信里，我明确地表达了对养父母家的不满情绪。这样的一封信，等于是把道子想要离家出走的想法告知了她的养父母。知道了她竟然有这样的想法，她的养父母必然会感到生气，还怎么可能继续养育这个既不懂事又很顽固的女儿？他们一定会在心里琢磨：我不过就是个学仆（一边寄宿一边替人照料家务的学生），认识道子也不过是在之前的咖啡店，就敢教唆女儿干如此无情的事，居然还想跟女儿谈论她的终身大事！这可多可恶，多讨厌！

随着五斗柜上铁环的当啷声，道子匆忙拿出了柜子里出门所用的腰带。看着她，我身上的疲累似乎瞬间消弭无踪。

养父母不断地挽留：如果今晚就住在岐阜，就不要住旅馆，住我们家。我们会等你的。

"你就住我们家，好吧？虽说地方窄了些，却还睡得下。"道子已经换了件绢织的和服，走到庭院，笑着仰视正在维修的大雄宝殿。

他们一起从寺里走到马路，道子就用伞指着旁边的伞铺，害羞地说："就这里了。我会在门口等你的。"

她走进店里，率直地对作坊中的男人说：

"请给这位先生看一下雨伞。"

她跟着我们穿过工作间，一直朝里走到了账房。

"请让来自东京的客人看一下雨伞。"

"是贵府的客人？"伞铺的老板大声问。那相貌很是可笑。

"是的，是东京人。"

"哦，那就便宜卖吧。"

朝仓看中了美浓纸造的一把名牌雨伞，买了下来。

"你还是学生？给我看看，是哪儿的帽子！"老板稀罕地拿过我的制式帽子。

刚准备走出伞铺，道子突然脸色一红，急匆匆地独自走过工作间，跑去马路上等我们。对面工作间的一排格子窗户露出了工匠们的脸,他们都在看我们。朝仓将雨伞半开着遮住了自己的脸,快步走了过去。道子也学着那样子,撑开了伞。我有些纳闷:他们究竟想看什么呢?道子跟我保持着距离,我走近前去说:

"看哪,已经没下雨了。"

朝仓和道子仰头看向天空,都把伞收了起来。

一会儿后,道子决定带我们走近路。于是,我们拐到了狭窄的天满宫的院子里。樱树是怕冷的树木,刚入秋,叶子就开始飘落。落叶轻轻地掠过湿润的土壤,又快速地落了下来,在土地里安静地等待枯萎。穿过寺院后面的田间小路,很快就上了宽敞的马路。朝仓大步走在前面,我和道子落在后面。我看着道子走路的姿态,觉得女人的美,只有在阳光下行走,才能真正体现出来。这位姑娘没有一点体味,苍白得像大病初愈一般。她始终在快活的最底层,注视着内心深处的孤寂。我并不习惯跟女性一同行走,身高的差距让我感到不适。道子穿的是高齿的木屐,在满是沙砾的地上走路,似乎很是艰难。

"你穿着这鞋,就没法快步走,是吗?是不是觉得很艰难?"

"是的。"

"朝仓,你慢点走!她走不快!"

"哦?"朝仓应了一声,走慢了些许。但很快,他又把我们甩在了后面,急匆匆地走着。我当然知道朝仓这是在干什么,但还是觉得这样也太不好玩了。等抵达旅馆,我跟朝仓都遵守诺言,没跟道子说任何事情。

道子突然问:

"阿俊哥哥多大年纪了?"

"哦?二十三了。"

"是吗?"道子应了一声,便沉默了。

朝仓走到了东海道线的高架桥,远远地等着我们。

"可以从那里看到岔口,是吧?每当我走过岔口去做事的时候,经常看着开往东京的火车。"道子站在高架桥上看着远方。

我们在岐阜站坐上去长良川的电车,来到南岸的旅馆前。

老板娘出来抱歉地说:"二楼和楼下的挡雨板被前段时间的暴风雨刮坏

了，所以旅馆暂时停业。"这样的消息，难道在预示着什么不祥吗？

往回走的路上，朝仓说：

"我们到公园去吧！"

"公园？去那里做什么……还是去河对面的旅馆好了。如果刮北风，对岸可能免于受灾。"

几个光着上身的男子，深深地弓着身子，在湍急河流的滩涂上拉船。看着他们，我们走向了桥头。突然，一阵寂寥的低沉声响起，道子不由得压低了声音问：

"发生什么事了？"

我感到一阵不自在，这句话仿佛是以为要把我怎么了呢。可究竟要把这个还未满十六岁的姑娘怎样呢？我的头脑中满是幻想。但现在，我并非存在于幻想世界。难道要让活着的道子，跟没有血液的道子玩偶一起舞蹈吗？这难道是恋爱吗？用结婚的名义，杀掉一个女孩来丰富我的幻想？"怎么啦"这样的话，如同摔碎了什么东西，使人哀伤。把一个纯洁、坚毅、闪着光芒的道子，当作一件模糊的、没有重量的事物，使其飞翔在自由的天空。无论这是不是爱情，是不是婚姻，都是我想要祈祷的。

我们走过长良桥。

激流之上，悄无声息地下起了秋雨。我们被带到二楼一间八铺席的房间里，房间对面就是河，这不由得令我瞪大了眼。我去到走廊，眺望河流的全景。烟雨朦胧中，金华山的绿意模糊不清，倒是山顶的三层楼的天主阁，在秋雨中浮现着。刚才纤夫拖着的船，已到了上游。眼前一派赏心悦目的景致。

"大姐，有没有烧洗澡水？岐阜的哪一家照相馆更好？"我问了旅馆的女佣一连串问题。

"因为客人很少的缘故，所以要到傍晚才会烧洗澡水了……至于照相馆，我会帮你问账房的。"

"哦，那烧洗澡水的时候，请告诉我们一声。"

因为洗澡水的缘故，我们的计划被打乱了。但我早就觉得可能会发生如此的情况：或者我跟道子洗澡，或者朝仓跟道子洗澡。毕竟旅馆澡堂的洗澡时间有限，只够两个人分别洗一次。我跟朝仓在站前旅馆吃早饭的时候，就谈过了这件事，并做好了约定。

"你能帮我说吗？"

"嗯，好吧。"

"等等，还是我自己说吧。"

"我无所谓，你怎么决定都好。"

"在跟道子说这件事之前，你不要跟她说任何话。"

"好的，你放心吧，我什么都不说。"

傍晚水烧好之前，该如何安排呢？十月初的天气，还没有到需要生火的程度。但我曾经幻想过：当我向道子提出"你嫁给我吧"的话时，我们之间有一个火盆。

我们玩着扑克，道子似乎逐渐地有气无力起来。就连突然露出的微笑，也了无生气。

"道子，你怎么了？生病了吗？"

"没有。"

"你的脸色很不好。"

"真的吗？可我没什么感觉呀。"道子的声音很虚弱。

我看着她的脸，焦急地不知该怎么办。我沮丧地想，还是别想洗澡水的事了，她还等着跟我聊终身大事呢。或者，我干脆不理她，直接回东京好了。我不得不朝女佣三番两次地打听洗澡水的事，但心里又害怕水已经热了。

"洗澡水已经热好了，麻烦您等这么久。"女佣跪在走廊向我施礼，笑着说。

如同被命运的鞭子抽打了一般，我惶恐地看向朝仓。朝仓正一脸无所谓地站在那里，拿着手巾。

"朝仓，要不我先洗吧。"我有些手足无措。

"好啊。"朝仓晃了晃手巾，上了走廊。

"还是请二位一起吧。"女佣道。

"好啊，那就一起吧。"朝仓心不在焉地说着，走向了澡堂的台阶。我的脑袋里不断地涌现着各种乱七八糟的念头，慌忙地跟着朝仓前行。意料之外的害羞，使我仿佛丢失了什么。

"要不你先帮我说。"我的声音很是激动。

"这个啊,我都跟道子说过了。"

"什么?你都说过了?什么时候的事?"我叫了起来。

"在寺院里就跟她说了。你当时不在,我跟她简略地说了一下。"

"啊?已经说了呀?我没想到是这样的!"

"当时道子跟我说,你的信被和尚看了。如果她真的不能出寺院,我们专程来的这一趟不就白费了吗?趁着你跟和尚下棋的时间,我就叫道子出去,跟她说了。"

"那道子怎么回答的?"

"她说,她也对你有好感,但却无法马上答应你。她还需要考虑……刚才坐电车的时候,我提议我们三个一起拍张照,她同意了。我认为,应该没什么问题了吧。待会儿泡在澡堂里的时候,我们再慢慢地聊这个吧。"

"你当时怎么跟她说的?"

"我当然是直接跟她说:阿俊喜欢你。我认为,对你来说,这是个最好的选择。你们很般配。"

般配?我突然觉得愧疚。这句话里,包含着朝仓对我的看法,使我感到了莫名其妙的孤独。相较而言,道子更显坚毅,而我更显脆弱;道子的性格爽朗,而我则性格忧郁;道子喜欢热闹,而我喜欢孤独。但如果谁有了这样的想法,就说明对我并不理解。我感到了抗拒。

"我还跟她详细地分析了一番:既然你不能在寺院里待着,又能去哪里呢?如果回家乡,你又不是个习惯于农活的女子;如果独自去东京,又能有什么好结果;如果投奔大连的姊姊,就更是不可能。而且按照你的性情,又不可能嫁到有父母兄弟的家庭。道子心里也是对此有计较的……"

"不管她是怎么想的,我还是准备尽可能地争取一下。"说着,我慌忙地开始擦身体。此时,我们进澡堂还不到两分钟。

"你多泡一会儿呀!这热澡堂多舒服!你这么早出去,我该怎么办?"

我没有搭理他,快速地上了台阶。此时的道子,正茫然地扶着里侧走廊的扶手发呆。

"道子,你怎么了?"

"咦,怎么这么快就出来了?是已经洗好了吗?"她惊奇地问道,却露

出一副无所谓的表情,笑容有些拘谨。她靠近我问:

"这么快吗?"

"洗了个老鸦浴(洗得很快很简单)呗。"我马上应道,不希望在这里岔开话题。

我将手巾挂到了衣架上。只这么短暂的时间,道子已经轻轻地坐到了棋盘那边,迷茫地看着她自己的腿。我坐到了她前面,她也不看我,只是沉默而惶恐地等待着什么。

"朝仓都跟你说了,是吗?"

道子的脸上突地一白,又转瞬泛起了红晕。

"嗯。"

我叼起琥珀烟斗,牙齿被撞得发出了咯吱的声响。

"那你的想法是什么?"

"我不知道该说什么。"

"啊?"

"我不知道该说什么。您能娶我,我觉得很幸福。"

她竟然用了"幸福"这个词。我的良心被如此唐突的字眼震惊了。

"真的是……"

我刚要说话,道子就果断地大声打断了我。她的声音肯定而明确,如插入了一根尖利而光亮的钢丝:

"不,我确实觉得幸福!"

我被她的果断震惊了,默然无语。人生究竟什么是幸福,什么是不幸福,有谁能知道!即便今天结婚,也不知道明天会快乐还是哀愁。人们希望未来是快乐的,幻想它是快乐的。难道就能用这种可能的快乐来确定今天的婚姻吗?幸福是无法触碰的,明天是捉摸不透的,希望却是实际存在的,但如果是作为一项保证,就成了虚假的……这些大道理,在此时是无用的。眼前的姑娘有着纯洁的心灵。只要她认为是幸福,不就可以了吗?难道我们不应该对她的梦想进行保护吗?……这个姑娘觉得,能跟我结婚,就是一种幸福。

"现在,我的户口要先迁到澄愿寺。之后,您娶我的话,我会很开心。"

谈户口就比谈感情轻松多了。我问起了道子与养父母家的关系,虽然这些问题都是我早就了解到了的。

"嗯。大连的婶婶对我说：只要你喜欢，你就嫁人吧。就连和尚也跟我父亲说：姑娘迟早要嫁人的，到时候就由我们来办喜事，但还是先要把户口落在寺里才行。所以，只要告诉他们我要走，他们是不会反对的。我这样的人，还是离开他们的好。"道子耷拉着双肩，身体松懈了下来。

"我的情况，你都知道的。我家里已经没任何人了，至少你还有个父亲……"

我年幼之时，亲人就都离世了。但是道子自幼就离开了家的事，让我欲言又止。

"是的，这个我知道。"

"你现在无处可去。但你别误会，我不是要趁机娶你……"

"嗯，我知道。"

"我今后还要写小说，在这方面……"

"嗯，我没问题。我在这方面，没有什么想法。"

说话间，我没有任何的情感外露，而道子也远比我想象的坚强得多。当我默然时，安定的心就如同清澈平静的泉水，汩汩地流向远方。我如同进到了梦幻之中。这姑娘决定与我订婚了。眼前的道子，如同小孩子看到珍奇的事物般睁大了眼睛。这一切，令我感到不可思议，觉得既高兴，又诧异，仿佛我远去的过往，都沐浴上了新的光芒。看吧，看啊，她正悄然地靠向我，对我撒娇。她终于还是下了决心。不知怎么回事，我总觉得她能同意嫁给我，显出不顾后果的可怜。乐观——难道订婚就是寂寞中的乐观？突然，我看到有两团火球从黑暗无垠的空旷中坠落。世间的一切事物都如远景一般，无声而渺小。

"澡堂空了。"女佣前来通报。

"你去洗洗再来？"我站起来，取下刚刚挂上衣架的湿手巾，递给道子。道子接过毛巾，走出了房门。

道子洗完澡回来时，朝仓不在房间。但道子看也没看我，就拿了手提包，出门到了走廊。可能是觉得不好意思在房间里化妆。我没有去看她。可很快，天就黑了，电灯也亮了。我看向走廊，发现道子正将脸贴着栏杆，双手遮眼。哦，我才知道，原来是这样的。我思考着：原来她偷偷地在哭泣。我也被她的情绪影响了。此时，道子发觉了我的视线，不由得站起来，进了屋。她已然哭红的眼睑上，露出了笑容，仿佛要将她虚弱的身躯朝我依偎过来。我可以想象到这样的表情。

此时，朝仓正好回来，晚餐也上桌了。

此时的道子，全然有了一张新面孔。她没有把口红和白粉带去澡堂，也没有带到走廊。她那清晨时苍黄的皮肤，现在却是雪白。脸上的红晕，如同两团涂抹上去的红圆圈。顿时，病人变作了姑娘。大概，先前她一直在思考朝仓在寺院里跟她说的那些事，所以始终神色忧郁。就连出寺院时没梳理过的头发，现在也梳理得一丝不苟。之前略为模糊的五官轮廓，也显得分外清晰。

饭后，朝仓跟道子在走廊上，望着暮色迷蒙的激流闲聊。我完全没有了先前的困顿，精神奕奕地横躺着。

"你不想出来吗？"朝仓喊我。道子给我让了座，我就坐到了她先前坐的那把藤椅上。激流的对岸，是低垂的暮霭，灯光闪烁的小镇。道子喃喃道：

"马年很不祥啊。"

她所说的，是她生于丙午年（日本过去认为丙午年多火灾，生于此年的女人是克夫命）这件事。回想过去，如今我已是全新的自己……丙午年出生的十六岁处女，让日本的古老传说刺激了我的神经。

道子如孩童乱挥火把一般，开始不着边际地聊了起来。

"快看那篝火，是艘鱼鹰船！"我突地叫了起来。

"哇，是鱼鹰呢！"

"会划到我们这边来吗？"

"应该会，应该是从下面过去。"

此时的金华山山麓陷入一片幽暗之中。星星点点的篝火出现在了暗夜里。

"没想到，还可以看到鱼鹰。"

"到底有几艘啊？六艘还是七艘？"

激流中，篝火快速地朝着我们明亮的心荡了过来。不久，就看到了黑色的船身，可以看到摇曳的火焰，看清船上的渔夫、鱼鹰及船夫。船橹敲击着船舷的激越之声，篝火烈烈燃烧的噼啪之声，都能听到了。渔船飞快地前行，很快就沿着河滩到了我们这边的河岸。我们如同是站在了一团团篝火之中，看着拍打翅膀的鱼鹰。突然之间，河上流动的、河底潜行的、河面漂浮的，以及渔夫将鱼鹰的嘴扳开使其吐出香鱼的形象，都化作了魔鬼节上细长黝黑的灵活怪物。鱼鹰船上有十六只鱼鹰，真不知道该先看哪只。站在船头上的渔夫，手脚麻利地将捆绑着十六只鱼鹰的绳子解开。从二楼看去，船头燃烧的篝火，形如香鱼。

我感觉自己拥抱着那堆红色的篝火，道子的脸在火光中若隐若现。这恐怕是道子最为艳丽的容颜了吧，此生恐怕再难出现。

旅馆位于下鹈饲。篝火流淌过长良桥后消失不见了。目送篝火离去，我们三人才走出了旅馆。我没有戴帽子。经过柳濑时，朝仓自行下了电车，仿佛是让我们俩自己回去。只剩我和道子的电车，快速地从这个昏暗的小镇飞驰而去。

山　雀

松雄突然看到，报纸上写着木曾的上松镇发生了大火。他赶忙叫妻子：
"那只山雀会不会有事……"

松雄的语气，仿佛当时跟他一起去木曾的，是他的妻子。要谈那只山雀，恐怕找错人了吧？治子想讥讽丈夫一句，可终究没有说出来，而是去看那报纸。一座偏远小镇的火灾，不可能在东京的报纸上详尽地报道，所以她很快就看完了。

"既然没有写到有人伤亡，那山雀也一定被人带着一起避难去了。"治子尽量平心静气地道。

"哦，那就是说，应该不会出什么事吧？"松雄这话说得，就好像治子比他还清楚那只山雀的情况。等了一会儿，他又自顾自地嘀咕："多好的山雀。"说罢，他轻微地低头，眯缝着眼，一副认真凝听山雀啼鸣的样子。治子也受到了影响，侧耳倾听，似乎即将有山雀的啼鸣传来。

治子认为，丈夫一定是记起了山雀的啼鸣，而非是记起那个与他同去木曾的女人。其实治子不是没有怀疑，可丈夫那孩子气般的表情，动摇了治子的疑虑。她不再考虑丈夫是否会连同山雀记起别的女人。但这并不意味着事情的结束。事实上，与其让丈夫记起山雀，还不如让丈夫记起那个女人。

"四方的两层笼子，在账房的柱上高高地挂着。那么高的地方，山雀或许会因慌乱而飞走，人们就再也不记得它了。"

丈夫絮絮叨叨地念着，让治子心下不忍，感到后背似乎蹿上了凉意。

"还有比山雀更珍贵的吗？"

这场火灾中，有不少的房屋被火侵蚀，致使不少人陷于险境。但松雄却只心心念念地想着那只山雀，未免有些奇怪。

但如果松雄没有任何的亲戚朋友在上松镇，他一颗心只系在山雀身上，或许情有可原。这确实是可能存在的情况。更何况，如果那只山雀真的有松雄所说的那般珍稀，或许在上天的眼中，这样一只小鸟就可能比整座镇子还要珍贵。历史上，人为此而不顾身死的事例，多不甚数，甚至还有人为获得宝物而投身火海。

丈夫的寂寥，使治子偶尔也会学着丈夫的方式，凝神望向远方。

她寻思着，在结婚后的几年里，出现过自己早于丈夫入睡的情况吗？刚开始，她每夜都晚于丈夫入睡，又在半夜莫名其妙地醒来。她曾以为这是女人的命，但现在知道，这不过是非常普通的情况。

"早知道，把山雀买回来就好了！"松雄道。

"是啊。"治子点了点头，"你这个人有个好处，就是什么事都很快就会自己交代出来。"

当初，松雄之所以没买那只山雀，是怕被治子发现自己偷腥。可这样做并没有达到预想的效果：他事后总会无法抑制地对治子道出自己的所作所为。

那次，松雄出门了两三天，一回来就四处逛鸟店，寻找有没有相同的山雀。治子不明就里，丈夫就告诉她，在木曾的上松镇遇到了叫声非常清越的山雀，但在东京的鸟店，他没有见到叫得那样优美的鸟。说话间，他不经意地提到了自己带出去的那个女人，还说他们在去参观寝觉床（一种花岗岩，是河床受侵蚀后出现的一种奇观）的途中，因为这只鸟而争吵了起来。

他们两人是为了观看寝觉床而在上松镇下的火车。还没从出站口离开，山雀的啼鸣声就吸引了松雄，而女伴却对此全无知觉。顺着山雀的啼鸣，松雄一路急行，最终在木材房的账房那里看到了一只挂起来的山雀笼子。他驻足在门口，听得流连忘返，良久才赞叹道：

"好啊！真好！果然是只名鸟！"

说着，他走到了账房之内。木材店的老板用锐利的目光看了松雄一眼，依旧埋头继续查账，表情极为冷漠，但却难掩得意之情。松雄也不客气，招呼也不打，就坐下来和老板聊那只山雀。其实，松雄并不怎么喜欢山雀，且对山雀几乎一无所知。

夸这只山雀是名鸟,乃是出自他的直觉。从老板竹筒倒豆子般的娓娓道来,证明了他的直觉没错。松雄之所以能在工作中受到重视,就源自他格外敏锐的直觉。所以,他才能干得如鱼得水。他所属的公司相当庞大,经营的范围涉及各类机械的制造,矿山的经营,不动产、银行、保险的业务,以及运输、纺织等行业,几乎所有的部门都有所涉猎。在公司里,他没有固定的职位,从事的也并非什么叫得响的行业。他所做的,就是靠自己的直觉,去发掘各种项目的可行性,为公司提出可供参考的意见。这份工作看似不怎么重要,却薪资甚丰。所以,他算得上是一个另辟蹊径的成功人士。尽管他说人不能贪婪,自己却经常无所顾忌地购买陶瓷之类的古董,也有房产。因为大多是他无意间低价购置的珍奇事物,所以竟出乎意料地因此赚了不少钱。但他终究还是个性情淡泊的人。

"是不是各个公司都会聘请像你这样的算命先生?"毕竟现在的世道讲究科学,治子对丈夫的工作多少感到不安稳。

松雄对此颇感不屑:

"我不清楚其他公司有没有,但我肯定,我的公司不仅不希望我去别的任何的地方,还绝不肯放我走。我所做的工作可是门艺术,千万别用算命先生来形容我。"

他还指出,如果做着刻板的工作,他赖以生存的这种直觉就会退化。虽然他对工作志得意满,但生活中的他却是那样地寂寥。或许这种寂寥,是嫁给这样的男人的女性所产生的寂寥的重影。

那次他去信州,便是为了物色可以修建别墅的位置。为了能更好地凭借直觉,他毫不客气地提出,自己会在某些情况带上心爱的女人一起出行。

在上松镇的木材店里,老板将松雄当作了喜欢山雀的同行,所以孜孜不倦地讲起松本地区山雀鸣叫赛的情况,使女伴感到极为无聊。松雄热情地想买下山雀,老板却不同意,多少钱都不卖。

松雄很是惋惜,一步三回头地出了木材店,不想即刻与那鸟鸣道别。就这样磨磨蹭蹭地快要走出上松镇时,却有一个木材店的小伙计,骑着自行车追了上来,说是出三十元就把山雀卖给他。

松雄原本想立即回去的,但又突然想到,如果将山雀带回家,很可能会被治子发现女伴的事情。虽然这里也是信州，但公司派他去的是北信浓，而不是木曾。虽然可以说谎，称是顺路到这里来观赏寝觉床的，但他也知道自己不善于说谎话，一说谎就容易暴露。他希望能由女伴代为养几天，可女伴从刚才起就对山雀极不耐烦，怎么都不答应。松雄也不顾有木材店的小伙计在，苦苦地哀求，可女伴说什么也不答应。他就这么一个劲儿地说山雀的事，以至于根本没去看寝觉床。

不久之后，他就跟那女伴分手了。虽然这不完全是因为山雀的原因，毕竟他的女伴都是待不了多久的。

反正这些女伴都不会长久，治子用这个理由来说服自己，好几次都原谅了松雄。可冷静一想，这也是挺奇怪的。刚开始，她并不相信会有众多的女子跟着有家室的男人。当她不再有这些幼稚的怀疑后，却又疑惑：那些女子又为什么要那么快地就跟松雄分手？难不成松雄有什么非常严重的缺陷，而自己还被蒙在鼓里，长期地跟这个不适合与之长久生活的男人在一起？她觉得，其中的缘由，很难用妻子和情妇之间的区别来解释。

不过，那些分手的女伴们从来没有找上门来抱怨的。按照松雄的说法，没有任何一个分手的女伴对他心怀怨恨，而松雄也从不将女伴贬斥得一无是处。

通常，一旦治子知道了他有了女伴，松雄都会很自然地、毫无隐瞒地跟治子交代一切。这时候，治子就面无表情地听着，但她的心里却圆睁着眼，悲伤地逼视着丈夫。

看起来，似乎松雄每次都将分手的女伴轻易地忘掉了，可治子却无法忘记。结果，被松雄忘记的女人却依旧被治子记得。帮助松雄记忆这些女伴似乎已经成了治子的义务。这种情况其实并非仅限于松雄家。夫妻间好多事情都由妻子负责记忆，只是松雄家更为明显而已。

而女伴受生活的变化影响，并不一定会将跟松雄的交往牢牢记住。松雄则一如既往地将她们忘记。只有作为第三者的治子，将其铭记在心——这究竟算什么呢？

松雄对孩子十分溺爱。三岁的女儿非要每天搂着他睡觉。

"她像你这样就糟糕了！"治子说。

"有什么关系，女孩子没关系的。"

"你别忘了睡前要给她把尿！"

"放心吧。"

说着，松雄就娴熟地抱着孩子上厕所去了。看着丈夫的身影，治子很想笑出声来。在那些女人眼里，松雄究竟是怎样的一个人呢？

"要是当时带你去，就一定能把上松镇的那只山雀买回来了。下次一定带你去。"可话是这样说，他下次去日光时，带的仍旧是别的女人。

那是入梅时节，正是小鸟欢腾的时候。松雄看着华严瀑布，耳中却是山雀和知更鸟的啼鸣。在汤之湖钓鳟鱼时也是这样，每次听到山雀的鸣叫，心里就再无其他。那清脆的啼鸣响彻湖面，无比地动听。但他回家后不久，跟治子聊起时，说没有任何一只可以连续地叫七八声的，根本没法和木曾上松镇的那只山雀媲美。

他在日光站再次想起了山雀。一路之上，他只在镇子里看鸟。到了傍晚，女伴不由得埋怨起来。这镇子流行养白眼鸟。他千辛万苦才找到家鸟店，店主的主业竟然是木工。养鸟纯粹是爱好，他却将买卖做到了东京。鸟店在一条小巷子里，是一个窝棚样的小房子，坐落在巷子的深处。店里只有三只白眼鸟，店主大谈起白眼鸟来，称自己远比山雀更喜欢白眼鸟。松雄站到店主最自豪的那只鸟的前面，却无法感受到如在上松镇时对山雀的那种激情。

"这也不算什么不得了的吧？"

松雄的说法，让店主误会他是名玩鸟的行家了。顿时，白眼鸟的身价就降了下来。松雄见状，觉得也可以买上一只，便又央求女伴代为饲养。女伴觉得是件麻烦事，怎么都不愿意。他们就这样在细雨中走来走去，绉纱的外套被淋湿了，女伴越加脾气恶劣。

后来，他又跟治子聊起这件事。跟在木曾遇到那只山雀不同，松雄似乎并未多看重日光的白眼鸟。

在木曾发现山雀是前年的初秋，在日光看到白眼鸟则是在去年初夏。而那个跟着松雄去日光的女伴，不久之后也分手了。

不知怎么的，从今年正月起，松雄就突然长胖了，他自己也为之烦恼。他的脸原本就较胖，稍稍低头就像女人一样显出双下巴。耳朵的轮廓也很敦厚，眼睑略微温和，但从侧面或后面看去，总莫名地令人感到寂寞。

"这个胖法，不太正常，是不是哪里生病了？"

"你是喝酒喝得太多了，就不能控制一点吗……"治子近来说话的样子，不怎么像个女人。

"有什么关系。等想瘦的时候，自然就瘦下来了。"松雄笑着说，"你不是也发胖了吗？"

"真的吗……"治子赶忙看向自己的手腕和膝盖。

"孩子胖点也没关系……"松雄喃喃自语。

自以为是的家伙——突然，愤怒之气在治子心里涌起，她闭上眼睛努力地克制。如果自己夸张地说，没有一天不想离婚，松雄该有多诧异？

突然，松雄如孩子般高兴地笑起来：

"大家都认为，我这个人就是天生的好运气，就是该占便宜。从来没有想过自己想要什么，可又一样都不缺。"

"哪至于，你也太自信了吧？"

"是啊，不至于像他们说的那样。而且，女人都没有一个尊重我的！"

治子疑惑地看着丈夫，觉得可能是自己听错了。

下起了连绵的梅雨。一天，治子在整理抽屉时，发现了发霉的东西。她最讨厌有什么发霉了，就赶忙将抽屉里的所有东西都掏出来。正忙活着的时候，突然有访客前来。率先入耳的，是小鸟的鸣叫。来人是木曾的上松镇木材店的人，说是到东京来做买卖，顺道将山雀带了过来。

莫名地，治子感到很是狼狈。木材店的老板当然知道丈夫前年带到上松镇的那名女子并非妻子。现在他看到了妻子，又会作何感想呢？

听到松雄不在家时，木材店的老板说，既然难得带上来，干脆先留在这里。

"我还要在这里待两三天，如果有什么情况，就给旅馆打电话，我再来商谈。"

"但是我丈夫的性情很是多变，而且我们以前也没养过鸟。"木材店老板对治子的这番话感到奇怪，觉得治子就是在说谎。但最终，治子还是给了木材店老板二十元，比丈夫说的价格少十元。

当松雄傍晚回来时，看到了山雀，兴奋得跟个孩子似的，一个劲儿地围着鸟笼转圈。

"这真的是当时的那只？我后来才想到，或许拿来的不是那只鸟呢？我实在无法放下心来。"

"没错的，就是那只，不可能有错。"

没有想到，四五天后，再次来人——这次是日光的木工师傅——送了两只山雀来。治子照样笑着收下了，而且价格依旧便宜。

从公司回来的松雄，一听到这两只的叫声，就突地打开了鸟笼，将两只鸟都放走了。

"你干吗呢？"治子赶忙追到院子里。

"算了，你回来。那两只鸟不好。"

治子默然地看着天空，朝着山雀飞走的方向看了好一阵。丈夫毫不怜惜的果断，使她没办法发牢骚，甚至因此对丈夫有了一些崇敬。

但令治子觉得不可思议的是，木曾的木材店老板，以及日光的木工师傅，都分别在丈夫忘却了山雀之际，专程为其送来山雀。

而且，会令她想起那个女人的小鸟，竟然由自己照顾。治子被这样的阴差阳错搞得哭笑不得。

松雄不在家时，治子就坐在鸟笼旁，认真地注视着山雀。这只鸟在小型鸟中也算是小的了，却能发出相当清越嘹亮的啼鸣。那急切的、持续不断的鸣叫声，清脆地在治子胸前掠过。她不由得闭上了眼，听得忘情。那仿佛是由仙境赋予丈夫生命的某种东西，在一路鸣响。治子自顾自地点了点头，眼睛不由得湿润了。

温泉旅馆

第一章　夏　逝

一

她们，如动物一般赤裸着身体爬行。

昏暗的热气蒸腾中，丰满润泽的裸体朦朦胧胧。用膝盖爬行的方式，使她们像极了一群皮肤光滑而黏稠的动物。唯独抽搐着的肩膀上的结实肌肉，展露着农忙的景致。黑色的头发，映照出了人间的景象——水润、高贵却哀愁。这俨然是一幅艳丽的人间图画。

阿泷将刷子一把扔掉，如跳木马般越过高大的房门，突然朝着水沟蹲下。水声，逐渐变得细弱。

"到秋天了。"

"确实啊，都刮起秋风来了。一入秋，避暑地就冷清得不行，就跟港口的船全都出海了似的……"澡堂里，阿雪娇媚的声音传来，那是在模仿城市女子热恋时的腔调。

"神气什么！小矮子。"阿芳拿刷子敲向阿雪的腰。

"现在才刚进八月，东京人就说什么秋天到了，秋天到了。在他们看来，这山里恐怕全年刮的都是秋风吧。"

"阿芳，如果我来说，会说得更好听呢。入了秋，冷清的避暑地就跟找不到男人的老处女一样。"

"抱歉,别这么看我,怎么说我也是正式地嫁给过三个男人。像你这么大的年纪,我就结婚了,有了丈夫。"

"好吧……那就入了秋,冷清的避暑地就跟离了三次婚的女人一样。你觉得如何?"阿雪说着,跑向了河滩。

阿泷伸了一下腰,还是在水沟上蹲着,看着城里人说的所谓的"秋天"。但……月光之下,只能看到家乡的山川。她相信,即便自己进城去,也不会回忆起温泉村里这溪谷的水流之声。从楢叶的缝隙间投下的月光,落在了她因怀孕而多次鼓起的肚皮上,如同斑马的纹路。

阿芳从窗户探出了头。

"阿泷,你怎么还有那样的习惯呀。那里可是用来洗餐具的地方。"

"什么餐具?"

"而且往下走,还有抓鱼的鱼篓子,也有人淘米,是吧?"

"但只要水是流动的,就会把这些东西都冲干净的。"

"你就是个混蛋!"

阿泷没有回头,却问了一声:"小雪会游泳吗?"

说着,她抓住了小姑娘的手腕,从河滩上的桥上走了过去。小雪裸着身体,害羞地瑟缩着肚子。阿泷见了,不由得猛地在小雪的头上敲了一下。

"喂!"

"疼!我光着脚的,脚疼呢。"

她们俩都有着又长又粗的头发,浓密的黑发湿漉漉的,使她们的身上散发出一股天然的诱惑。不说那些在浴池里议论她们的人,就连其他的姐妹也被她们吸引。整个夏天,她们都睡在一起,今晚,她们就能拿到八月的分配了。

"她们定然虚报了客人给的份子。现在,她们一定在悄悄地讨论着呢。"

"而且她们还说什么,对平均分配不服气……"

其实,她们七个都不喜欢"平均分配"。就连份子最少的、从农村来的阿时,也是如此……正是因为有这个缺点,她才特意抬起头说:

"她们跟我们的出身不同,一个是肉铺女佣,一个是艺妓馆保姆……她们自然会狡猾些。"

阿泷就像抱一捆菜似的，将阿雪抱起来，踩上桥对面的踏脚石。这是一座通向溪中小岛的桥，上面建了水榭，是旅馆庭院的一部分。月光如一群遮天蔽日的银色候鸟，倾泻在四周的水中。洁白的岩石与对岸杉树林中的秋虫的鸣叫声融合在了一起，朝着她光洁的身体侵袭过去。

　　大概是澡盆已经清洁完毕了，能听到水桶放到水泥地上的声音。阿泷站在水榭的柱子旁，看到了花炮。阿雪则从百日红的树枝上，取了件客人的泳衣来穿。

　　"哇，也太长了，都到膝盖处了。"

　　"这是男人的。"

　　剩下的几个女人也都穿上了睡衣，走过桥来……她们以往就像是一根根棍棒，一倒下就睡着了。可今天，原本由两个人轮流打扫澡塘的差事，由她们一起做。现在她们手里有了钱，就如同是欲望节前的夜晚……她们对着穿了肥大泳衣、梳着桃瓣发髻的阿雪笑了起来，随即纷纷回想起了夏天的男客们所许下的种种愿望。等肚子饿了，就开始生气地唠叨客人们的缺点。

　　最后，阿泷说：

　　"阿时和阿谷明天就走了，我们放个花炮来跟她们道别吧。"

　　可花炮受了潮，一时没能点燃。

　　"阿雪，看来秋天就跟潮湿的花炮一样。"

　　她说完，恼怒地接连划燃了十几根火柴，接着就听到嘭的一声，一颗火球猛地穿过樱树长满了嫩叶的枝梢。后面的晒台跟外面的正门平行，矮得可以直接跳上去。突然出现了个男人，费劲地将摇晃的脚搭在了圆木的柱子上，笨拙地向上爬。

　　"哦，是鹤屋吧。"

　　"真是色鬼，让人不舒服。"

　　她们不由得大笑起来。阿芳却嘘了一声，制止她们道：

　　"走廊的门早被我上锁了，他只能绕到后面去。"

　　那男人跟发了疯似的，拉起了挡雨板，很快就卸掉了一块。他用双手高高举起挡雨板，连人带板地落进了女佣的房间。

　　看着漆黑的窗户，阿芳突然向桥跑去，大家也都慌乱地跑了起来。阿泷对着正脱泳衣的阿雪说：

"别管了，现在大家担心的，都是自己的钱包。"

"还有花炮。"

这时，上游妓馆的两个女人摇摇晃晃地跳下石头，显然是想在旅馆的温泉里偷偷地洗个澡。她们的后面还跟了几个男人。阿泷一把扔下还在她腿上的阿雪，站了起来：

"该死的，我这就去收拾那个女人！"

二

阿泷家的院子里，有一块地种着大波斯菊。这块花圃围了竹栅栏，里面还养了鸡。那些纤长的花茎，现在乱七八糟地倒了一地，满是泥垢。这座孤独的房子，在村子墓山下的山谷梯田的中央，既有充裕的阳光，还有凉爽的风。房屋之后是茂密的竹林，将草房的屋顶遮盖了起来，如同多姿多态的鲲鱼群在游弋。阿泷跟她母亲却从没听到过竹叶相互摩擦发出的沙沙声。

十三四岁开始，阿泷就能不用马鞍，骑着马四处奔跑。她将满背篓的山崙菜背在背上，策马扬鞭，如一道绿色的晨风从山上疾驰而下。

十五六岁时，她开始在正月和夏季两个缺少女佣的季节去旅馆帮忙。每当她赤裸着身体来到澡塘之时，所有在温泉里泡澡的男客们都停止了说话。她的手脚如妙龄女孩一样健美，就像一块白色的铁。

阿泷的肚子和母亲的肚子，所展现的是她们两个女人的种种过往……母亲是个邋里邋遢的人，一躺下就能入眠。这时，女儿就坐在她松垮的胖肚子前，一动不动地看着。突然，她啪的一声吐了口唾沫，也睡着了。自从她们俩被父亲遗弃，她眼中母亲的肚子就尤其显眼了。

她父亲跟小老婆住在村里的一条大街上。一次，她碰到了父亲，父亲就问他：

"你母亲现在如何？"

"睡得可香了。"说完她就逃也似的离开，与父亲擦身而过。

十六岁时，阿泷赶着马，开始跟母亲一起种田。快插秧的时候，母亲会将水灌到地里,把横木上带着齿的犁往马上一套,开始拉犁。阿泷原本在田埂上。她看到了,猛地跳进水田,使劲儿给了母亲一巴掌。

"笨蛋,没看到犁都飘起来了吗?看哪,犁!"

母亲依旧握着犁的把子,摇晃着朝前走。阿泷给了母亲一肘子,将其撞倒后,抢过了犁,说:

"你给我好好看着!"

母亲的一只脚跪在水田里,仰视着女儿,对旁边田的人道:

"看来我又有了个厉害的丈夫,而且比前一个还凶。"说着竟如大姑娘一般,脸颊飞红。

晚上,阿泷背对着母亲,母亲面对着阿泷睡着了。

扛着犁头的母亲小跑着跟在骑马的女儿身后,匆忙地回家,洗衣做饭。受到女儿的驱使,能使母亲逐渐忘却丈夫,心脏的跳动也凌乱起来。只要她呆呆地想丈夫,就会遭到女儿的一番毒打;只要她开始哭泣,女儿就会离家出走。

"等一下!阿泷,你就穿着双破草鞋出门,像什么样啊。"母亲紧跟着她跑了出去。

拼了命干活的母亲,眼睛变得如猫咪般温顺。可女儿的眼眸却如漆黑的鼓豆虫一般炯炯有神。

阿泷穿着和服出席旅馆酒会时,她高大的身材虽然使客人感到局促,但那双闪着光彩的眼睛却令客人迷醉。

十六岁那年的年末,她一个人在旅馆刷洗澡塘时,妓馆的几个女人带了三个喝醉的客人从后门处进来。

"是阿泷呀?……这里现在既然这么空,就让我们洗一洗呗。"

"水都在热的那边。"阿泷拿着刷子,局促地站在澡塘的角落。

所谓澡塘,其实就是地板下的一个石洞。这个大水槽被木板隔成了三个部分。第一个部分溢出的温泉,会流到第二部分里,所以水的热度就会逐渐变低。

两个妓馆的女人一边在温泉里洗去浓重的脂粉,一边高声地评论起阿泷的身体。那三个男人看到面前娇艳欲滴的少女,被迷得话都说不出来。很快,女人们就开始争论起阿泷是否还是个处女,男人们则细细地品味着这些讨论。阿泷从他们饥渴的目光中,感到自己正赤身裸体。

女人们半蹲半坐,开始给男人们搓背。其中一个女人说:

"阿泷,到这里来。这里空着,你来搓背好不好?"

正在发呆的阿泷,仿佛吞了块什么坚硬的东西,不由得慌张地站起来,走过去跪在了那个男人身后。这个男人似乎是那边山上的银矿工头。阿泷的手指接触到有着浓重矿石味道的厚实肩膀,就忍不住发抖。即便她紧紧地合着腿,还是感到有股寒意从脖子蹿到了全身。慌忙间,她跑进了温泉。

两个女人对于外行很是看不上眼,更是以作为妓馆之人的心术不正而骄傲。看到阿泷的表现,她们不由得骂了起来,什么污言秽语都说了出来。阿泷只是沉默地看着,两只眼珠放着光地转来转去。

一个男人穿上了棉袍,走过来轻轻地拍阿泷的肩膀:

"姑娘,到我这里来玩吧?"

"哦。"

刚应了一声的阿泷,立即就被那人搂住了。

夜空中笼罩着雪云,整个河滩弥漫着萧瑟的寒风。只穿了件毛织睡衣的阿泷,刚将身体洗了一遍,光着的脚已经冻僵了。她不得不啪嗒啪嗒地走路,脚如同被岩石吸住了一般。阵阵刺骨的寒气从脚心传了上来。冻僵的腿脚,让她难受得在心里咒骂:"禽兽!禽兽!"雪花如降下来的雾,从对岸的杉山上飘落而下。

刚开始,阿泷只是将脸埋在双手之间,接着,又将右手的拇指放进了嘴里啃咬。

等她将手指抽出来时,发现上面留下了一处牙齿形的伤口,正流着血。

她快速地将右手藏进了怀里,摇晃着站起来,想将隔壁的隔扇一把拉开——虽然她知道隔扇那边的三个女人正在跟客人……她将手搭在隔扇上,在心里恼怒地骂:"禽兽!禽兽!"接着,她看也不看客人,从后门径直走了出去,沿着山谷的小径向前走。

才走了百来米,后面就传来两个男人的脚步声,还有女人们在他们身后尖利地怒骂……她知道,她赢了。突然,阿泷如同摔倒在了河边,趴了下来,对着冰冷的河水大口地喝起来。隐约间,她看到朝她跑来的光脚男人，哈着白气，也趴在水边喝水。

那天夜晚，她回到家，就跟那些粗野的男人抱着女人一般，紧紧地搂着母亲睡了。

过了三四个月后，春天来了。一个夜晚，她从高出自己一倍的山崖之上跳到街道，扭伤了脚。她住进了镇医院，第二天便流产了。她只在镇医院养了十天，就回了村子。一进家门，就看到了父亲。她一脚踢翻了母亲，跟父亲扭打到了一起。

"卑鄙的家伙，趁着女儿住院，竟然在家里干这么肮脏的勾当！这样肮脏的家，谁还愿意待？"说着，阿泷就坐上了当天的公共汽车，去镇里的肉铺当了女佣。

这一年的夏天，七月底的肉铺不忙，她又回村子的旅馆帮忙去了。可两年前发生的事记忆犹新。对于那些妓馆的女人，她真想去大大地嘲笑一番。

三

为了保证温泉的热气能够流通，不管是冬天还是夏天，澡塘的后门和窗户都会一直开着。

于是妓馆的女人就会带着客人顺着溪流，偷偷地从后门溜到旅馆的澡塘中——两年前的那个冬天便是如此，现在依旧如此。但对阿泷而言，冬天和夏天是不一样的。

"你干什么？你还抓着花炮呢！"

阿泷走过板桥时，对阿雪说：

"我们去洗澡，非得挫一下那些女人的气焰不可……跟阿雪相比，那些女人简直什么都不是！我说的是真的，阿雪。一旦那帮男人看到阿雪的笑容，她们哭都来不及了。"

"别影响了买卖呀。"

"哦，终究是艺妓馆的女佣呀。男人的泳衣跟这个有什么不同吗？算了，我一个人也够了，你自己回去好了。"

"可鹤屋还在呢。"

鹤屋是附近的化妆品批发商人。每到月中和月底，他都会来讨账。他的头光光的，连络腮胡子也剃得一干二净，光滑的面孔上有着青色，显得他更胖了。每次他喝醉了，就会用筷子发疯地敲打碗碟，吵闹不休后，睡个两三小时，又爬到晒台上去。即便再辛苦，也非爬不可。作为惯例，他还要闯进女佣的房间，否则就无法入睡。他这样肆无忌惮的行为，十年都没变过。每月两次的到来，近似于在讨欢心了。

但阿雪毕竟还是未经世事的孩子。

"那就是个醉汉，很快就会睡着的。"

阿雪挨近了阿泷，不愿意回去。

"好吧，我就在河边温泉那里等你。"

溪流的岸边还有一个白木的澡塘，如同警惕火灾的小屋，非常简陋。她们都把它叫作"河边温泉"。

安顿好阿雪，阿泷从澡塘后门一股脑地跑下台阶。刚听到有人在说"河里太冷了"，她已经跳到了澡塘里。那些女人们纷纷躲避四散飞溅的水花，还对她打招呼：

"晚上好。"

"晚上好。"

阿泷的身子沉入了水里，温泉的水就哗啦啦地往外流。

"我们是来借你们的温泉的。"

"哦……我还当是我们的客人在洗澡呢。"

那两个客人一副学生的样子。阿泷肆无忌惮地站在两人面前，顿时让两人如感暖风吹来。他们走到了澡塘边上，耷拉下脑袋。

"你们都不知道先打招呼的吗？是觉得我们停业了吗？"

"好了……我就是想跟阿笑借东西的。"

跟阿泷说话的是阿清，外号是黄瓜，因为瘦得跟个黄瓜似的，还有些驼背，一脸的苍白，经常生病。但她是个喜欢孩子的人，经常到附近的人家帮忙照看孩子，也喜欢跟孩子们到公共温泉洗澡。似乎跟孩子们嬉戏，才是她人生的乐趣。女人们跟村里人有过约定，不会拉当地的客人。可只有阿清能严格地遵守这条约定。她是个外地人，在她看来：既然在这个村子将身体搞坏了，不如就死在这个村子。每次她生病不起时，就会幻想那些曾经抚摸过的可爱孩子们,在她的灵柩之后排着长队为她送葬……

阿清就像是冬日里微弱的太阳。阿泷只要一看到她,就会不由自主地想跟她聊几句。

另一个女人根本不拿正眼看阿泷,只说了句"晚上好",就像睡着了一样。她浓密的眉毛未加修饰地自然生长着,将一对明亮的眼睛衬得更加醒目。桃瓣发髻如抹了油一般光滑,浓密的头发斜垂着。她扁平而苍白的脸上,是朦胧的睡意……这张睡脸上的唇瓣如花朵一般,纤长的睫毛仿佛有着生命,鲜明地在脸上浮动。她的耳朵、脖子,甚至是手指,只要看上一眼,就让人想咬上一口……这份温柔,令阿泷想到,大约她就是阿笑。

这村子的十来个低级饭馆的女招待中,最有伤风化的就是阿笑。她跟村议会议员的儿子来往甚密,当地的派出所曾多次勒令她离开。她的风骚入骨,可以说就是个天生的女招待。

阿泷用锋利的眼神逼迫着阿笑,阿笑终于走出了温泉,一副媚态地坐到了澡塘边。她水润的皮肤,看着就像一只洁白的蛞蝓……那丰润的身体似乎没有一点杂质,显出无限的柔软、圆润,身上的凝脂如蜗牛般自由地伸缩。阿泷看着,想在她洁白的肚皮上狠狠地踩上几脚……于是,阿泷就如同遭到男人的袭击一般,将手使劲儿地伸到了阿笑的腿上。

"借你的毛巾好不?"

阿笑突然如同蛞蝓般将身体缩了起来,耳根都红了。阿泷看着这如同天仙的媚态,不由得心生嫉妒,同时也感到一种难以名状的快感。

"手巾哪是那么好借的!"

一会儿后,阿泷朝河边温泉望去。

"阿雪,那边的两个学生哥不仅长得好,还很老实……我们要不要去瀑布那边玩?"

阿雪抱着双臂,躺在澡塘的水泥地上。阿泷从温泉里探出头来,轻柔地靠在她的胳膊上。

"还是暖的,看来是睡着了?好吧,你……好好保重吧。"

黎明时分,阿泷才回到旅馆。树干和河滩上已有了白色迷蒙的影子。而阿雪依旧在河边的澡塘里睡着。

她交叉而抱的双臂,仿佛是要抱紧自己的贞操和道德……

四

对于《修身教科书》，阿雪异常爱惜它的书皮。就如同是小鸡珍惜它屁股上的蛋壳，又如蛇蜕讨厌地贴在她的身上。

虽然都梳着桃瓣形的发髻，但她待在城市附近的温泉街，而且是妓馆的女佣，所以她后颈的发髻显得尤其妖娆。在这个姑娘的身上，融合了艺妓的早熟和海边女子的健美。那如苹果般红的脸上，在清晰的双眼皮衬托下的一对圆眼，转动得很是轻浮。山村里稀有的——这句老话，任谁都感到新奇。

温泉旅馆里有各种男人向她求爱。他们没有带着真心，却也不是在乱开玩笑。而她自然也不用心，却也不把他们当作儿戏，只是巧妙委婉地推诿。她不会学其他女人将这些风流韵事大加渲染，一个劲儿地吹嘘。一次，一个学生哥说：

"阿雪，你小小年纪，怎么就这么老成？"

阿雪的脸色顿时变了。

"你这个小看人的书呆子！你骄傲个什么劲儿……以为我在妓馆就好欺负了吗？"说着，她就将盘子扔到了地上，转头离开。其后，那个学生在那里待了一个多月，她却始终没有跟他说过一次话。

当她跟阿芳值班的时候，如果负责清扫澡塘，她就会假装睡着了。当阿芳拿刷子将她敲醒，她就装迷糊：

"我怎么觉得你有三张脸呀。让我先睡好不？我会负责将你的床弄得暖暖的。"

阿雪就此受到了优待，无忧无虑的面庞似乎很是开朗。

"呀，真是漂亮的围裙！"一次，一个女客看到阿雪，颇有些吃惊。

阿雪不知从哪儿收集了很多五颜六色的小花布，将它们整整齐齐地剪成一个个三角形，然后拼成了一条漂亮的围裙。

据说她刚来这家旅馆时，是某年的夏末时节，正值旅馆要做新的棉袍。做完二十多件棉袍的同时，阿雪也做了一件相同花色的男孩的夹袄，是她用做棉袍剩下的小碎布拼凑而成的，那是她给弟弟做的。

旅馆的老板娘很是惊讶，大大地夸奖了她。可老板却说：

"不能对这家伙放松警惕，一定要盯紧了。"

阿雪的收集品中，还包括客人的烟蒂。她会将烟嘴——掐掉，积攒起来。等有了一定的量后，就将其剥开，再重新用报纸把烟叶裹起来，寄到港町送给她爷爷。

原本，旅馆的老板娘总是亲自收集烟蒂。烟缸里的、小火铲里的，她都会逐一掐去烟嘴，放到一个大纸箱中存起来。等村里的老人们来，老板娘就将这些烟蒂拿出来招待老人。老人们会将烟蒂放进烟袋锅，一边抽烟一边聊天。有些老大爷来这里，就是为的这些烟蒂。

可老板娘的这种习惯，因为阿雪的原因戛然停止。

阿雪的母亲——继母，原本是港町的女招待。每过五六天，她就会花枝招展地带着阿雪的弟弟来这家旅馆。她一边讨好旅馆的人，一边偷偷地找阿雪要零花钱。

阿雪的父亲住在邻村的一个铺有旧席的库房，在这里做临时的搬运工。他的故乡在港町。有一个渔港，就在两条温泉街的半路之上。她的爷爷就住在那里，等待着孙女给他送烟蒂和腌制的山崳菜。

公共汽车转过较高的海角处，眼前就会突然出现一片明艳的色彩——海岸边的山茶林中，盛开的山茶花连绵不绝地铺展开来，将整个蜜橘山都染成橙黄的一片。笔直的道路贯穿其中，伸向下方的海湾。三四十艘渔船整齐地排列在海港。从树的缝隙之中，可以看到大片的瓦顶，以及仓库雪白的墙壁。可谁知道，如此美丽的景色之中，还住着如阿雪那般贫困的人家。据说，这里还是个模范村，不需要交税。

阿雪的母亲是在这个镇子生下的弟弟。可生产后，她高烧不止，虽然好歹活了下来，人却烧疯了。白天，当爷爷和父亲出门干活时，就由阿雪在家里守着。她会在母亲发病的间歇，偷偷地将还是婴儿的弟弟抱到母亲乳房下喝奶。父亲每天出门很早，出门前会用草绳捆绑起母亲的手脚，阿雪每次都帮她解开。就这么发疯了四十天后，母亲去世了。

那年，阿雪只有十岁，刚上小学三年级。她一面背着弟弟去学校读书，一面照顾父亲和爷爷的吃穿。

一条被她捡回来喂养在家中的野狗，是她唯一的奢侈物品。每当她半夜出门讨奶时，那狗就忠诚地跟在她身后。

学校里，坐在阿雪旁边的孩子哭闹起来：

"我才不要跟一个小保姆坐一起呢。"

每当背上的弟弟开始啼哭的时候，阿雪就只能从教室里离开。课间休息时，她不仅要帮弟弟换尿布，还要为他要奶。

虽然如此，她还是以第一名的成绩升到了四年级，使全校震惊。升学仪式上，她背着弟弟到校长面前领奖，学生的家长见了，都感动得热泪盈眶。校长还拜托过县知事，希望能给她表彰。阿雪也听说了这个消息。

可孩子终究是孩子，他们不断地奚落她的弱点，数落得她抬不起头来。最终，阿雪在四年级的暑假辍学了。

当阿雪辛辛苦苦地将弟弟拉扯到三岁的时候，父亲娶了继母。但洗衣做饭的事，依旧是阿雪的。当阿雪在田地里背着弟弟除草，继母就会揪着她的头发，拉着她在泥地里乱转——附近的人，几乎每天都能看到相同的场景。

"这里，这里，这里，还有这里，这些伤痕都是在那时弄上的。"温泉旅馆的温泉里，阿雪指着胳膊和胸口给别人看，显出一种无法言语的魅惑。她一边说，一边轻浮地笑。

而那时，看她过得着实可怜，住在温泉街的伯母就将她领回了家。等小学校长等人反复地催促后，县政府终于发表了表彰的通知。这时，阿雪已经住进了镇上的艺妓馆，她的父亲也去山地工作了。

伯母的家，一楼卖绢花，二楼则是艺妓馆。

"我虽然住在艺妓馆，但也只是做些绢花，或照看孩子。"在温泉旅馆时，她都这么说，自然是按《修身教科书》撒的谎。其实，她在那里是帮艺妓拿三弦琴和替换衣物的——算是名艺妓见习生。

由此，县政府将表彰取消了。她的脸顿时红了，圆润的眼睛不再发愣。她急切地跑了起来……雪白的颈部，似乎可以看到她体内熊熊燃烧的烈焰。

但当她感到就要逼她接客的时候，就从伯母的家中逃了出来。也许，她是对那个表彰念念不忘吧。

她来到了父亲工作的地方。继母竟然不再欺辱她，而是一个劲儿地讨好。

"既然我现在随便在哪里都可以找口饭吃,凭什么还要待在那个不幸的家里?!"

在艺妓馆,阿雪建立起了牢牢的自信——虽然她并未意识到,可却真实地给了她继母颜色。继母在这样的气势下,也退步了。阿雪就是一个刚刚掌握了武器的人,开始蔑视起人生。但她的命运,也向着娼妓迈出了一步。

从根源上,少女之所以"蔑视人生",其实就是在做一个富贵的白日梦。她越想往社会的上层爬——以为自己能获得贵人的看重而骄傲,就越喜欢卖弄所谓的小聪明,最终变得轻佻。

所以,阿泷朝在河边温泉睡着的阿雪说:

"好吧,你……好好保重吧。"

好好保重,为了能有令人愉悦的身价。这"身价"却与《修身教科书》有着合二为一的可能,这种危险性成为她令人嫉妒的魅惑。

当继母到旅馆来讨好她时,她便巧妙地奉承回去。等继母去温泉洗澡时,她就偷偷地去看,然后告诉老板娘:

"老板娘,您千万别信那女人。我清楚得很,她依旧在打我弟弟。我看到了弟弟身上的青紫,应该有五六个地方。"

阿雪仅仅十六岁,就将男客的花言巧语看得通透,将其一概视为青一块紫一块的伤痕了。

五

第二百一十天(日本将立春后的第二百一十天看作灾难日,那天前后经常刮台风),天气晴朗,有烧炭的烟云飘在空中。大群的红蜻蜓在溪流的上空飞翔。

但才过三天,狂风就吹断了电灯线。趁着天亮前,她们关上挡雨板,随意地躺在女佣的房间。这时,掌柜披着雨衣,拿着点燃的蜡烛走进了女佣房。阿波将蜡烛接过来,朝正通过挡雨板上的小孔朝外张望的阿时道:

"阿时，你看外面干吗？这么大的雨，你难道不知道肯定没法回去的吗？赶快把蜡烛端到二十六号房吧。"

她们一同鼓掌，可阿时却将递过来的蜡烛一口气吹灭了，依旧一动不动地坐在那里。

原本她们有七个人，可自从九月二日，就只有四个了。那些只在夏季帮忙的姑娘都回了家。旅馆主人的侄女叫高子，她刚从女校毕业，准备进入妇产科学校。她是个近视眼，从十四岁开始，就在这家旅馆当临时女佣。因为家离得近，每当旅馆生意好的时候，她就会被叫来帮忙，已经一连帮了三年了。阿谷则对旅馆的情况非常熟悉，做事干练，很得老板娘喜欢。据说，旅馆甚至赏给她了一整套的嫁妆。阿谷和阿时都赶上了这场暴风雨，而阿时是今天早上才过来玩的，被暴风雨困在了这里。

她们睡下了，耳边可以听到石头被冲走时发出的咚咚声响。半夜，女佣房的木门嘎吱地响着，阿时走出了房间。随着走廊上火柴被划燃的声响，阿雪发出了爆炸般的高喊：

"耶，太好了！"

她一边喊，一边滚过阿芳的肚子，一股脑地滚到了墙边，一把抱住了阿绢。

"痒啊，小矮子……骗人的呀。你太坏了！"

"我可明白阿时的想法了，才故意让她睡在门边的。"阿芳说。

阿雪将竖起来的腿摇晃起来，笑着说：

"天哪，看她那副天真模样，真是觉得太可怜了。。"

"她是本地人呢。阿雪，你还是不要再说了。否则，会嫁不出去的。"阿绢严肃地说。

"那有什么不好？又不影响她当农民。而且她连赏钱都不要的，可比你强哦。"阿泷说。

"我……你什么时候看我要过赏钱了？"阿绢一边说着，一边摸着黑爬起来揪阿泷，却被阿泷一下子反剪了双手。

"哼，你是凭那样的手段把他给迷住的吗？"阿泷撞倒了阿绢。

"好了，好了，谁像你那样恋爱，就跟酒被放凉了似的。"

阿绢曾经在东京的艺妓街给艺妓们梳头。于是她的口头禅便是：先在旅馆好好干,再到艺妓街当梳头师傅的学徒。她经常将头发梳得跟个艺妓似的,兴致勃勃地吹嘘客人如何喜欢她的发髻。她的皮肤很黑,个子也矮,但每次一有都会来的年轻男客的宴席,她就会将别人的任务抢走。

这个夏天,有个只在这里住了半个月的神经衰弱的学生。尽管受尽了账房的责骂和嘲笑,阿绢还是恋恋不舍地长期待在那个学生的房间里。

贵客不断的夏天里,阿绢和阿时跟她们的客人的故事,就只有这两件。姐妹之中,也只有这两个不怎么出色的发生了些事。

阿时是跟一名画师发生的事。他是一名在各个旅馆为隔扇画画的画师。阿时虽然是个眼眶深陷、反应有些迟钝的农村姑娘,但在温泉的澡塘里,那一身雪白的肌肤就显得无比艳丽,美得不似同一个人。

暴风雨过后的那个清晨,晒台上落满了绿色的叶子,泥沙掩埋了河滩边的温泉澡塘。夹杂着红土的水流,蜿蜒着流淌在岩石之上。成群的孩子在岸边排队,拿着网,捕捞那些被急流冲得晕头转向的鱼。江湖艺人母子就站在一旁观看。

岩石之间铺设着的板桥都被冲塌了,一座不留。板桥的一端由铁丝系在洞眼上,连着岸边,所以那些板桥都漂到了河边。

河水逐渐下降,依旧没有来垂钓的人。她们就在测量技师的房间里玩游戏,画师在没住客的房间画隔扇。

虽然是淡季,村子里反而热闹,人们高昂的说话声传出很远。

一流温泉旅馆的女佣们,商量好了一起请假。包括阿泷她们在内的村里人,都聚集到二流的温泉旅馆中,将一流温泉旅馆老板的故事当成新闻来讨论。

"那家伙竟把矿山技师采的矿石,偷偷地换成了一种富含黄金的白矿石,结果被人告发了。"

"是啊,可不知道那官司究竟打到什么程度了。但我听说,那个技师被解雇了,而那个家伙居然拿到了几万元的定金。很厉害吧。"

"这就是诈骗。这种伎俩,他都不知道干过多少次了……对了,那次大臣跟军人想猎鹿,在那里待了好长时间。他趁机找他们写了张字。后来,他又凭借自己不错的书法,硬是假冒了一二十张这些人的笔迹。他宣传这些都是那些人来旅馆里写的，也没人怀疑。结果这些赝品卖出去，让他狠狠地发了一笔。山里的这种温泉旅馆，照这样搞，不发财都难……这里的旅馆可是个明证。"

借着酒兴，她们谈论了起来：

"要不，我们去把他那里的温泉堵上吧。"

"我们干脆闯进去，抬那老头子到河滩上，活埋了了事。"

确实，这一带生意最好的，就是温泉旅馆了。但作为这个村里一流的旅馆，却一概拒绝分摊捐款。

长期驻扎在温泉旅馆的，只有十名警察。他们每天拉着大弓。等他们不耐烦的时候，村里已完全安静了。

阿泷将昏暗走廊上的挡雨板关上后，突然踩到了一大片青桐叶子，哇地跳了起来。

不知道为什么，她不愿再回镇子上的肉铺了。

老板娘已有七个月的身孕，依旧艰难地到厕所打扫——这项工作，她始终不让女佣帮忙——但她整个人，很是没精打采的。

一个似乎是赌徒的男子住在旅馆里，每天去上游监督一处空房子的维修。

又有一队朝鲜的建筑工人搬了过来。

"看呀，快看！居然还带着做饭菜的锅子。"阿绢叫嚷着进了女佣的房间。

果然，有个背着大包的朝鲜女人走了过来。她穿着皱巴巴的白色裙裤，踩着双布鞋。那包裹里，确实装着一大堆锅碗瓢盆等生活用具，把女人的腰都压弯了。

下游，有爆炸的声响传来。

上游那间破旧的空房子，成了整洁干净的艺妓馆。她们吃惊地发现，阿绢竟然去了那里。曾经，那个看上去如同赌徒的男人，也用花言巧语引诱过她们……想起当时那男人给出的诱人金额，她们就不由得狠狠诅咒阿绢。

第二章　深　秋

一

　　夏天的客人们留下了十多把扇子。她们将扇子集中起来，放在女佣房里。阿雪用两只手轻盈地将两把男人的扇子打开，如舞姬一般抿着嘴，严肃地跳起舞来。

　　"哎呀，如果不是因为来了这儿，阿雪可能都是个艺妓了。"靠着那张老旧的漆木五斗柜坐的仓吉，用双手抱住支起的那条腿的膝盖，评论道。

　　"如果是那样的话，我们这些人怎么能看到阿雪的舞姿呢。"

　　"才不要去当什么艺妓呢，我就是个喜欢哄孩子的人。"阿雪说话也像在唱歌。仓吉的目光追着阿雪舞动的身姿，和着节拍，敲打着露出的大腿。结果，阿雪被他凌乱的节拍带跑了。她跳到腿肚子发热，越跳越乱，刚准备转身，却摇摇晃晃，最终跌坐在高高的坐垫之上，似乎就快要倒到五斗柜上了。

　　"仓吉，我们唱'法界小调'（明治时期流行过的一种民谣）如何？"

　　"唱那个干什么！"

　　"怎么就不能唱了……"阿雪将右手拿的扇子扔向仓吉的肩膀，"我可是因为讨厌当艺妓才跑到这里来的。"

　　她的意思是：你这样一个流浪汉，我可看不上……但即便在羞辱他人，她的那双圆润的眼也分外地妩媚。阿雪拿着扇子，将脸一遮，又跳了起来。仓吉微微一笑，捡起阿雪扔过来的扇子，拍起大腿来。他肉乎乎的雪白的脚，配上又厚又红的嘴唇，使他活像一个肥胖的四十岁女人。他的相貌跟他穿的那件印着商号的和服短褂不怎么搭，却很有感染力，像是一只肥胖而且反应慢的兽类。

　　二十四年以来，每当冬季和夏季，温泉浴场最为热闹。此时，仓吉就会突然回到这里。此时正值旺季,旅馆缺少人手,就让他去厨房帮忙,或者迎送一下客人,就这样将他留了下来。所以,每当到了旺季,旅馆的人就会说:"今年,仓吉该来了吧。"

那也是个忙碌的夏天,旅馆老板的一个叫加代的远方亲戚也来帮忙。刚入秋,空房渐多起来,仓吉就负责每晚带着加代去客房,逐一关闭挡雨板。其间,他们还一起在深夜到河边温泉去洗澡。

仓吉被撵走之后,又在新年时跟没事人一样地回来。结果又有大意的人,让他帮忙了。

但就在三个月后的春天,他给十六岁的少女阿雪写了封信。那封信是从镇上的寿司铺子寄出的。他老老实实地告诉阿雪,他被这里的女人染了病。

夏天,他再次回到她们的旅馆,到了秋天,就总跟着阿雪……跟她一道去各个客房关挡雨板,洗澡塘,给客人收拾床。阿雪曾在艺妓馆学过舞蹈,他就自然而然地成了阿雪的观众。

但阿泷破坏了他们的舞会。

"哎呀,阿雪,你轻一点!看这铺席,都有些破了。这么跳下去,非把铺席跳破不可。"

"怎么可能呀。仓吉说,想要体验什么城市的气氛,专门要吸点灰呢。"

"是啊,我想起来,有个学生哥挺讨厌的,专门让人去打扫他房间,结果他就直勾勾地看。叫他躲开点,他竟然说:'没关系,偶尔吸点灰挺好的。'还说这里的空气太过新鲜,所以要有些灰,才有城市的味道啊。当时阿雪正好来擦地板,就说:'那这桶脏水有什么味道?'阿雪简直就是个坏姑娘,不过问得很好,不是吗……仓吉,你这个人也过得太安逸了。就这么看着阿雪,是有感到什么味道吗?"

"你呀,别以为这样做就可以讨好人了,这也太蠢了。"阿雪将唯一一把扇子啪地扔到了仓吉的腿上。

"前段时间,他就在念叨,说阿雪应该会跳舞了吧。这话说了不下十五次。"

"阿雪啊,第一次就被这样的男人给缠上,可是女人一生的耻辱。一定要让他排到十五号以后再说。"

仓吉笑了，露出雪白的牙齿。他站起身来。

"对了，老板娘可是打了招呼的，要把晒台也打扫了。"

"晒台？"阿雪将窗户拉开，惊讶地叫起来，"那么多落叶呢。"

晒台之上，落着的并非黄色的叶子，而是绿色的。昨夜，刮了很猛的秋风。

晒台就在女佣房的窗户之外。

屋里的大五斗柜涂着黑色的漆，雕刻着形如梧桐花叶的家徽。柜子上的手环跟铁壶的把手似的，早就锈得发了红。这些过去是农民的家具，现在被她们用来放换洗的衣物，以及客人的浴衣、床单。房间虽说有十铺席宽，可每个角落都被客用的被褥、坐垫堆得满满的。她们的包裹就只能跟布头、空箱子等一起，乱七八糟地放在壁橱内。而破旧的梳妆台、肥皂箱做的梳妆盒、用旧的三弦琴、破烂的雨伞，都放到了五斗柜上，或者墙上的搁板上。整个房间被塞得满当当的，没个主次。到缝制冬季棉袍的时间，旧铺席上就到处散落着线头和糖纸，以及发着光的剪刀。

等将落叶扫干净后，她们跳下晒台。回到房间时，发现叫吾八的厨师正盘腿坐那里翻看左手的纸牌。

"忙得不行了，哪有时间看那玩意儿啊。"阿泷坐下后，拿起了针。

"哪里是闲的，是我被解雇了。"

"是要开张了吗？"

"不是……唉，我把事情搞砸了，所以被解雇了。"

"你是说被解雇……就是指，被撵出来了？"

"也不完全是。但这里我也待够了……我现在不想说这些。这次，还不是因为这个。"说着，吾八将围裙里的一样东西扔到了铺席上。阿泷将其捡起来看。

"咦，这就是干松鱼的尾巴呀。"

"怎么说呢……我今天早上将行李打开时，发现我的那些新鲜松鱼，被人换成了这些干松鱼的尾巴。"

"啊，那就是有人想污蔑你偷了干松鱼……我知道了。肯定是阿芳那个混蛋干的。那家伙平常就喜欢偷看别人的行李。"

"阿芳在看到我的新鲜松鱼后，就拿给老板娘看。阿芳说，当时老板娘正在削干松鱼,就叫阿芳拿干松鱼尾巴换新鲜的。我听说以后,就再也无法待这里了。"

"可是,不就是一条鱼吗?"阿雪将双手从后面搭在吾八的肩上。

"不管是账房还是阿芳,都没有告诉我这件事。"

"也太过分了。既然她们不说,你就当作不知道也好啊。这样太糟心了。"说着,阿雪摇了摇吾八的肩膀。

"在这个社会上,太老实的人是混不下去的。"

"唉,小孩子家家的,瞎说什么呢……吾八,你这么闷着不吭声可不行。"说着,阿泷就走出了房间。她在厨房看到阿芳,就上前揪住她胸口,将她推搡着从走廊拽到了房间门口。阿泷一把将阿芳拖到吾八的面前,啐了一口,道:"给你带来了!"

可吾八呆呆地依旧坐在房里,没有任何动作。她就将阿芳拽到门口,按在地上,掐着她的脖子骂:

"你就是个禽兽,是个恶棍,给我滚出去!"

阿泷狠狠地用只穿了袜子的脚踩阿芳的肚子。阿芳就翻了个身,也不说话。

这时,仓吉"喂"地叫了一声,猛地撞向阿泷。阿泷被撞得一歪,差点撞到了大木屐箱子上。

"你干什么!我知道了,你们俩是一伙的,就想抢吾八的差事!"

阿泷直直地盯着仓吉,骂了一声"禽兽"后,就将头一埋,猛扑到仓吉的肚子上,死死地咬住。

二

朝鲜的建筑工人来了大约一周后,又来了日本的建筑工人。监工就为他们在旅馆里租了个厢房。

原本专门在镇上做大兵生意的女人,到了附近的艺妓馆。阿笑却被叫到了上游那间新开的艺妓馆,而且身价高得吓人。但不到五天,阿清就生病了。

阿清的这次卧床不起,很快就在村里传开了。今年夏天,她每天都会背上背一个艺妓馆的婴孩，手里拉一个四岁的小女孩，走到沿街的村庄去。在到达前，会有几个小孩子跟着她。她脸色苍白地带着孩子，头上梳着左右两个整齐的发髻，显得既温柔厚道，又孤寂凄凉。村里人见到她，总会跟她打招呼。尽管她经常生病……或许正是经常卧床不起的缘故，她的两鬓总是梳理得没有一丝短发。虽然她不怎么爱说话，但孩子们都喜欢跟她在一起。这让人不由得疑惑：她究竟跟孩子们说了什么呢？

正是因为这样的缘故……艺妓馆的孩子们都不想离开阿清。所以她虽然生病了，也没有被赶走。但常年的习惯使然，每当涌进了男人，她就一副风骚姿态，哪里可能安安静静地待着？

"或许，在公路修好之前，我就会死了吧。"

阿清心里琢磨着生死，却依旧期盼能如马戏团的姑娘一般生机勃勃。但她也习惯性地琢磨自己的葬礼……那些她曾经关爱过的孩子，如何在她的棺材之后排着长队，一起去墓山。

阿清似乎在这山上温泉"定居"了，而上游新旅馆的老板，则与她形成了鲜明的对比。他就如同一个拐卖妇女的人贩子，无论在哪个建筑工地，都在干这样的勾当。当温泉旅馆的客人还穿单衣的时候，他已经穿上了棉袍。

村里的姑娘一看到他，就如看到了人贩子一般，匆忙地绕开，躲着他走。

建筑工人想看温泉旅馆的二楼，只能从庭院的树丛缝隙偷窥。那里实在过于高雅、昂贵了。

画师画完了全部的隔扇，就骑着马翻过这座山离开了。看他的样子，是准备跟阿时来个不辞而别。当他看到来马店的阿泷她们时，就笑着说：

"请你们告诉阿时，如果她想见我，就将旅馆的隔扇统统捅破好了。"

可一回旅馆，她们就忘记了画师跟阿时的事，进到房间缝制起冬天的棉袍来。

现在是没有客人的淡季。她们虽然捡了许多客人丢下的旧杂志，也无心阅读，而是海阔天空地想着自己的家乡和婚事。周六到周日，在看红叶的旅行团来之前，她们竟然没有发现，山野已然换上了秋色。

吾八走了。仅仅过了四天，她们就不再谈论他的事了。

村里鱼铺的老板曾为他来道歉。

"我当时也没有叫他走呀……"老板娘说得吞吞吐吐。

"但他这个人也太不用心。看到别人忙着,他还经常在客房里跟人聊天,有急事也无法找到他。他在这里待得也久,说来大家都很熟了,他为人也很好,可始终……"

确实,吾八在这家旅馆待了八年,快五十岁了。他的前半辈子,就带着一把菜刀,在沿海的各个城镇游走。左手中指的指甲被切掉了,也似乎娶了几次亲。之所以说"似乎",是他在这个温泉旅馆后,将过去都忘掉了。也就是说,他从不在这里提起他的过去。倒不是他想要隐瞒,而是完全失去了回忆过去的兴趣。

他原本流浪于港口,所以难免有打打杀杀的经历。可当他来到这个山村,跟一个有孩子的女人结了婚,对那个孩子也有了感情,就产生了要在这块土地度过余生的念头。他便决定在这里定居。

阿清的梦想是自己的葬礼,吾八的梦想则是开家饭馆。其实,对他而言,他的梦想只要能在死之前得以实现就行了。所以他安心地待在这家旅馆,时而去挖挖山芋,时而去钓钓鱼,时而突发奇想地回到邻村的家中……从某方面来看,这都是他老了的表现。曾经的那股劲头,现在也仅仅使他是这家旅馆中起得最早的一个人。

他喜欢穿一身白布的汗衫,外面套件印了商号的和服短褂,下面穿条短裤。确实,在这里,他没有穿得更整齐的必要。他有着军人般的威武身姿,皮肤黑红黑红的,如同一个用柿漆涂抹的大纸人。晚餐时,他必然要喝二两酒,然后就去熟悉的客人房里聊天。但聊不了十分钟,他就睡过去了。

如此的一个人,却仅仅因为一条干松鱼就无法做下去了。

铺着地板的宽敞厨房里,仓吉正手脚麻利地工作着。他其实和吾八一样,都有着为劳动而生的粗大手掌。短时间里,女佣们都对仓吉不屑一顾,离他远远的。可不久之后,却又跟在他身后,希望求得生鱼碎片一类的吃食。

等早上组团的客人离开后,她们会将客人剩在餐盘里的生鸡蛋藏到客房的壁橱之中。之后,会趁着打扫走廊的机会,利用客房的铁壶将其煮熟。

如果对某个长期居住的客人有了好感,她们会毫不顾忌地将客人剩的菜放进自己的餐盘。但这样的行为,仅限于男性客人的餐盘。似乎出于本能,她们对女客人的餐盘不屑一顾。

"毕竟又没生病,也不脏。"她们中会有一个人一边对大家说着,一边动筷子。

或许,这也是女人的天性。她们始终保持着家的意识,对于吃男人的剩饭没有任何的反感。这样的现象,虽然不知是何时开始的,但已然成了她们不用言说的规矩。不过,这些事仍然算她们的秘密,不会跟客人透露。然而,在餐盘上也显得水性杨花的,莫过于阿娟。自从她去了上游的那家旅馆后,便要数阿雪了。

然而,奇怪的是:头一个将手伸到监工餐盘的人,竟然是阿泷。根据她们不成文的规矩,这便是意味着:我可以当他的女人。

三

早上打扫庭院时,她们也感受到了秋天的凉意。长得小巧的阿雪,不知为什么竟然拿了一把大的竹扫帚,那天真的姿态,像极了一位小姐。

那把扫帚几乎成了阿雪的装饰品,她拖着扫帚,朝着朝鲜妇女说话的方向走去。她们在温泉旅馆租了间原本是农舍的空房子,那里没有任何的隔扇和拉窗。温泉旅馆清扫庭院的时间段,她们就在井边蹲着,清洗早餐的用具,白裙都鼓鼓的。阿雪看到了,偶尔也会回头,透过古松的枝叶看向厢房的正门——突然,她将扫帚往松树上一靠,闪身躲开。

阿泷就在厢房正门前蹲着,帮监工裹上黄色的绑腿袋子。监工坐在正门口,阿泷把雪白的脖子和桃瓣的发髻贴在监工的膝盖上,如同被人遗忘的可怜之物。

"阿泷是……"

阿泷是怎么回事……阿雪觉得对此无法说清楚。但,总之……

"阿泷是……"突然,阿雪感到脸上滑过一丝冰凉,神色迷茫地走向后院。

她撑在栏杆上,一只脚来回地晃着。晨光透过清澈的河水,照射在浅浅的河床上。阿雪任由泪水滴下,心底涌起对阿泷难以言说的爱意。

她们的被褥……虽说分为盖的被子和铺的褥子,却根本没有多大的差别。这就意味着，盖的被子跟铺的褥子一样的坚硬。阿泷一边将脏被褥从壁橱中拽出来，一边突然说道：

"今天我看到了他们怎么爆破岩石山的。那炸药一响，岩石山就整个崩了。那瞬间真的是触目惊心，太厉害了。"

阿雪无法抑制地笑了出来，跟硬硬的被褥一同倒在了地上。

"你现在是不是一天闻不到炸药的味道，就都睡不着了？"

她用手捂着脸，趴在褥子上，有些不正常地一个劲儿地笑。

"喂！"阿泷突然坐了起来，拿脚使劲儿踩阿雪的背。

"就是这样，那又怎样？"

阿雪根本不搭理在她身上踩的脚，依旧一个劲儿地笑着。

"喂，该清理澡塘了，清理……阿泷，你快点，还有事呢。再不加把劲儿，又得熬夜了。"

阿芳将睡觉的铺都铺好了。现在到了用窄腰带捆好睡衣，去刷洗澡塘的时候了。

"好了，我一个人就行，你们都先睡吧。"阿泷独自走出房门，砰的一声将板门关上。

很快，阿芳跟阿吉都睡着了。听到澡塘里的水声，阿雪将浴衣袖子并起来，一副很冷的样子，也下了澡塘。最近，阿雪跟个孩子似的，整日地跟着阿泷。

河滩上有人在叫阿泷，打开拉窗，原来是阿绢有气无力地站在外面。阿泷从晒台走出去，问：

"怎么了？"

"晚上好。"

"你是要进来吗？"

"嗯，但是……"阿绢朝晒台走了走，抬起头问，"大家最近都还好吗？"

"说什么大家，这里哪里有值得这样招呼的上等人？！"

"有些事，我想拜托你。"

"那进来吧。"

"我……"她略微歪着头，弄着披肩道，"工人找我借了些钱。"

"哦。"

"但我怎么也没法把钱要回来。"

"不是很好吗？别人没钱了，你就白给他好了。"

"怎么可能。"

"大家都在讨论，说就你那家的价钱最贵。"

"可这是两回事啊。那个老板很厉害的，如果谁不预先给钱，就不会让他进去。"

"你叫什么。等你回去了，大可也帮我宣传一下，说没钱的都可以找阿泷。"

"我是真的借了钱出去。"

"什么？是真的？"

"真的。因为我在这里无论如何也无法攒钱，所以才去的那里。但我不想一直都干这个，打算翻过年就去东京学梳头的。之所以借给工人，也是想多赚点儿。"

"啊，这我倒没想到。也就是说，他们可以借你的钱买下你了，而且还是带利息的钱。"

"可很多人都不想还我钱，所以我才来求阿泷，希望你去拜托一下监工，请他叫他们还钱给我，或者直接从他们的工钱里扣……"

"啊，你这是在说什么呢？真是改不了本性的家伙！"

说着，阿泷就下了晒台，砰的一声关上了拉窗，接着大笑起来。好久以来，阿泷都没有这样放声笑过了。

确实，阿泷太久没有这样放肆地笑过了。她现在之所以能如此放声大笑，是因为她睡得太少。每天晚上，她都光着冰凉的脚，从厢房经长廊回女佣房。白天，她则顶着布满血丝的眼睛，忙上忙下，活像一只凶恶的兽类。

就算安静地从走廊上回去，她们的房门也很难悄无声息地打开。

"阿泷。"阿雪撒娇似的叫道。阿泷吃惊地呆立当场。

"阿泷。"

阿泷默不作声地将浴衣上套着的和服短褂脱了下来。

"阿泷，她们都睡着了。现在你的被子已经被焙暖和了，但刚才留给你的鱼汤恐怕凉了。"

"真的吗，太感谢了。"突然，阿泷冰凉的手，伸到了阿雪的胸口。

如此的夜晚持续了一段时间，终于，老板娘在仓吉的房间将阿雪摇醒了。

阿雪被吓了一跳，慌忙起身，又端正地坐下来，礼貌地给老板娘行了个礼，然后说："对不起。"接着就揉着眼睛跑回了房间。

"过来。"从睡铺坐起的阿泷将阿雪搂住，"阿雪，你应该学聪明些，好不？……我以前总是想尽办法保护你，希望你有一天能靠'它'获得幸福，可没想到，竟然便宜了仓吉那个禽兽……阿雪，你千万别迷上仓吉那样的男人，否则就糟糕。你必须马上另外找一个，不管是谁。我说的是真的，一旦女人被另一个人迷住了，就意味着失败。而输给那样一个男人，那就是完蛋……不，对我而言，没什么好悔恨的……没关系？怎么会说没关系？如果你真的不在意他就好了。阿雪，你要相信我，如果你不赶紧找到另一个男人，就会吃大亏的。"

但第二天，当仓吉被解雇后，阿雪终究跟着他离开了。

半个月后，不知从哪里，阿雪给阿泷寄了封信来，信中说：

"……我，实在想念山村温泉！现在的我，在令人感到哀愁的他乡漂泊，每日东奔西走……"

上面所写的动人的词句，应该是她在温泉旅馆工作时，从那些说书的杂志上背下来的。

之后，村里传言，阿雪被那个男人带着流浪，最终被卖掉了。但，这终究是传言。

第三章　冬　至

一

水车上的冰柱子，在月色的照耀下闪着冰寒的光芒。马蹄子踩在被冰冻结的桥板上，发出金属般的声响。起伏的山峦只露出漆黑的剪影，在冰冷的冬夜里，如同一把把出鞘的利剑。

公共马车上坐着的乘客只有一人。阿笑在车厢的角落里蜷缩着,脸被白围巾紧紧地包裹着,两只手揣在怀里,脑袋使劲儿地耷拉着,埋在了长袖里。

从停车场出发,到这个温泉村,要走四里地。阿笑坐的是七点的火车,所以无论公共汽车还是马车,都没有了别的乘客。当最后一班马车抵达温泉村时,长久地在温泉里泡得皮肤都红了的村民提着灯笼,从山涧处爬上了山。虽然月亮高悬,树荫下依旧黑成了一片。沿街的人家,没有一户是开着门的。

……阿笑跳下马车,立即将脖子缩起来,快速地跑进了山茶林。她穿过那些密密的树荫,跑向了竹林。她将怀里藏的酒拿出来喝了一口后,高兴地大口喘气,发出"啊"的声音。接着,她将脚小心地缩到衣服下摆里,又重新将围巾围好,用长袖捂住脸,猛地趴在地上,躺下了。

这是冬日的竹林,只要身下有厚实的枯竹叶,就不会感到寒冷。所以她虽然穿了两件人造丝的长衬衣,却并未穿大衣。

还没有等到二十分钟,就有男人的脚步声传来。

"呀,别吓人,你这是睡着了吗?"

那男人弯下腰来,阿笑就将他放在自己肩上的手拉到了胸口处。男子也顺势躺了下来。

她抓住他的手,在枯叶上翻滚。

"太开心了。我想死你了!你看,就这么滚来滚去的,身体就会暖和了。"

"没有人看到你来吧?"

"是啊。我提前了五站下车,然后又坐了两个小时的马车。现在觉得,简直是多此一举……"她脱下了布袜子,将光脚放到月光铺洒的地面上,"你看看,都红成什么样了。"

她将脚放到了男人的腿上,伸手揉搓起被冻红的脚趾。

"哎呀,就是冻住的红辣椒嘛。"

男人也抓着她的脚趾……感觉就如同冰凉的蛞蝓,有些潮湿地粘在他的手掌上。阿笑的皮肤跟白蜗牛的肉一样白。既然男人抓住了她的脚趾,她就如同一块厚实的脂肪般,毫无顾忌地倒在男人身上。

"我们去村里的温泉暖和一下吧。"

"才不要。人家那么大老远地跟团火似的来,你也要像火一般地对我才行。"等男人转身对着她,她猛地推向男人的胸脯,骄傲地挺着自己的胸道,"不行,我这趟可不能白来!……又是坐火车,又是坐马车,钱可花得不少。"

"就是钱的事嘛,我来给不就好了。随时都可以给你的。"

"不行,现在就给,否则就不当你的女人了。"

突然,溪流的声音传到了男人耳中,令他感到一阵冰凉。

阿笑是从镇上来的,来这里不是为了会情人,而是为了做生意。

在村里的女招待里,阿笑是最有伤风化的一个人——村里有权势的人对此早就有了相同的认知。派出所的警察很清楚他们的意思,已经多次要求她离开村子。一个月前,他们的儿子在宴席上行为不端,他们为此气得发抖。于是,阿笑就被警察送到了镇子上。这是个天生的女招待,连娼妇都比不过她。

但只要阿笑的恋人给她寄出一张明信片,她就不顾一切地往恋人的身边赶。她坐火车,又转马车,想方设法地躲避人们的耳目,在黑暗的竹林里躲藏……尽管她如此不顾一切,却还想要讨回这笔"长途跋涉"的费用。或许,她的所作所为并非为了钱,而是出于无法抑制的激情。这使她跋涉十里的夜路来卖身。如同传说中为了跟情人约会而游过大海的女郎一般……

事实上,在镇子上,阿笑住的是供大兵住宿的旅馆。那张雪白的扁脸,随时都露出迷迷糊糊的睡意,似乎永远都没有忧愁,并不会为自己经常更换住处的生活而烦恼。只要待在有男人的地方,她就能开心——她就安详地一个劲儿地往头发上抹油,并不想好好地将它梳理一番。

就如现在,竹叶沾满了她的头发,她也不想拂掉竹叶。

男人一边走着,一边将阿笑和服上的竹叶一片片地扯下去。等下了山涧,他们就踩着河滩上的踏脚石,到温泉旅馆的温泉去偷偷洗澡。

阿泷正独自在澡塘边坐着,见阿笑前来,就拿湿手巾将眼睛擦了擦,问那个男人:

"你听说了吗?邻村的阿清死了,就在昨晚。"

"我听说了……我还以为你们都去睡了,所以没说一声就来你们温泉了。"男人有些不好意思,还是解开了腰带。

"今晚,要给阿清守灵。男人个个都是窝囊废,竟然没有来一个人,太欺负人了。"

"因为有在生前受她的照顾,就能够公开去为她守灵吗?这是不可能的。不过背地里,大家都很可怜她。"

"是啊,很可怜。就拿你来说吧,你不也参与了断送阿清性命的事吗?"

"其实,只要建筑工人不来就行了。阿清好歹经常照顾村子里的孩子,大家都挺怜惜她的。"

"得了吧,你看灵堂冷清成什么样了……话说回来,阿清的鬼魂为什么不到竹林里去呢?你给我听好了,那帮人不许进我们澡塘。这里可不是用来洗肮脏身子的澡堂!"

但无论阿笑的脸还是胸脯,都泛上了红潮。她默不作声地低着头,那柔软得跟鲜面筋似的脚踩上了台阶,一步步地进到了澡塘里。

二

阿清和阿笑都是饭馆的女招待,但阿笑是女招待中的"典型"。从这样的角度考虑,阿清可以说是被阿笑所害。

阿清是十六七岁时来的这深山。不久之后,她就破了身,也打定主意死在这个山村。当男人们搂着这个一心要自杀的女孩时,抱着的就如同一个苍凉的虚幻。可即便如此,她依旧经常被糟蹋。所以,一有闲暇,她就去找村里的孩子们嬉戏。

大批的修路工人到了这里。听到岩石爆破的轰鸣之声,她就清楚地感到:"只要路一修完,自己的末日就到了。"

果然,路刚修完还不到五天,阿清就病倒了。艺妓馆那个四岁的小女孩,以及那个还吃奶的婴儿,都在她身边转悠。所以,她才没有被赶出去。但村里的女招待们听到老板说"瞧瞧阿笑"的话,也就经常到她睡铺边待着。她的睡铺在腌菜的小房间旁,只有两铺席宽。虽然小,但为了接客,这样的小房间也有用武之地。

阿清努力地坐起来，决定自杀。其实，"决定自杀"这样的想法，并没有多强烈地在她脑海里回响。事实上，她已经绝望了。从她接待修路工人开始，她就在自杀。

她的那些伙伴——孩子们——对于她的死为什么跟修路工人有关，并不能理解。

不管是听说了阿清的过世，还是受到阿泷的辱骂，阿笑都一副无所谓的样子。她走出温泉，若无其事地对男人说：

"再会吧。你准备什么时候再叫我？"

"你开玩笑的吧。现在黑成这样，你能去哪儿？"

"自然是回去呀。天亮前，好歹也能走到停车场去。"

"还有四里路呢，而且还都是山路。"

"没关系。在我看来，夜晚也罢，男人也罢，都很好，没什么可惧怕的。放心，我不会要求你送我回去，就这样再见吧！"说着，她随意地将手往怀里一揣，就离开了。

"你别这样，也太无情了。等天亮了再走，不好吗？"

"那样，就该被别人看见了。"

她头也不回地走上了马路，踏着如冻结着月光的路面，扬长而去。

男人迷茫地站在那里，目送她离开。

男人不知道的是，当阿笑走到他看不到的地方，就小跑着折返了回来，蜷缩在沿溪谷而建的村庄温泉的背后。她期盼着有曾经熟悉的男人，到温泉来洗澡。

麦苗上出现了斑白，山峦的上空渐渐地明亮。候鸟不知为何不再停留在竹林，而是朝着下游远远地飞去。第二个男人将竹林中的篝火一下子踩灭后，蹲下来说：

"听到没，来人啦。"

枕着胳膊的阿笑也一下子坐了起来。

"哦，我知道了，这应该是给阿清送葬的。"

"小声点。"

送葬人上了梯田，朝着竹林的方向而来。阿笑继续稳稳地趴在地上，两手托着自己的扁脸，笑着望向送葬的人。

虽然是送葬,其实就只是两个男人带着一口棺材,棺材上盖着漂白布。这两个人,应该就是艺妓馆的老板和账房。棺材上的两把铁锹……或许就是葬礼所用的装饰。这个村庄,依旧使用土葬。

可那些孩子们呢?阿清曾经疼爱的孩子们,排着长队跟在灵柩之后,将其送上墓山……这是阿清生前的愿望,那简直就是阿清赴死的真正乐趣了。

可现在,孩子们依旧沉浸在梦乡。

棺材被抬到了竹林旁,之后会再抬到山上的墓地。

"太无情了。"

"是的。"

"他们看来是想在天亮前就偷偷地将她埋了。"

"我也要赶快回去。趁着天还没亮,或许还能在半路坐上第一班的马车。"

"等等,你身上的竹叶。"

"好的,再会了。记得下次写明信片给我哦!"

她将酒瓶子捡起来,用力地扔了出去。砰的一声,酒瓶子砸在竹竿上,碎了一地。

招魂节一景

天朗云清的秋天,所有的喧嚣都快速地直至天际。

马戏团的阿光在人群里骑着马,整个人晕沉沉的。她不时将一条腿抬高一点,这样,她那似乎失去了知觉的手脚便能逐步地恢复知觉。但随即,瞳孔的焦点又开始弥散,眼里一片迷糊……突然,她似乎清楚地看到了远方一个农民大爷的脸,一个男人在她面前解开了外褂的腰带。她感到一阵心烦意乱,恍惚间,如同坠入了幻境。

在阿光看来,神社院子里杂乱的人声,跟发疯了似的。相较之下,院子之外始终保持着静谧。无数的人影,如同在上演一场影子戏,在其中悄无声息地挪移。

阿光骑在马背上,似乎被孤独地抛弃在了荒凉的处所,连哭喊都忘记了。

突然,炒栗子的香味传了过来。好香,好想吃……身心疲惫的阿光,被这点欲望支配着,终于从幻境中苏醒了过来。

于是,一阵哗啦啦的声响传入了阿光的耳朵,那是有人在摇转细钢丝编成的筒子来炒豆子。马戏团帐篷对面的马路边,一个女人正用右手摇动着筒子。她的一只如蔫掉的气球似的乳房袒露着,正被一个似乎长着章鱼头般的婴儿叼着,使劲儿地吮吸。同一个摊子上,她的丈夫正在用长长的铜火筷子,灵巧地翻动着网子上排布的栗子。

栗子和大豆的香味一阵阵地传了过来。阿光闻了闻,不由得重重地叹了口气。

旁边的摊子是卖煮鸡蛋的。两个小孩儿流着鼻涕,在摊子前激烈地争吵。

"你做什么？！"一个将撒在鸡蛋上的盐巴一把抓起，扔向了另一个的嘴巴。

"呀！"另一个孩子赶忙将盐吐了出来。

"哇，这么香啊。不错，真好吃。"小孩长着一张可怜巴巴的古怪脸孔。虽然把盐吐出去了，还是忍不住舔嘴角。

看到盐被偷了，卖蛋的人赶忙站起来，怒骂："你们这些小畜生！"撒盐的小孩儿冲着卖蛋的嘿嘿一笑，将屁股一撅，胳膊搭到舔盐的孩子脖子上，一起往人堆里一钻，就没了踪影。

阿光看得不由笑了。人群太拥挤了，人们都只顾着看表演节目的帐篷，都没发现孩子敏捷的举动……太了不起了。

突然，阿光发现，帐篷前栏杆的最前面，有两个人正直勾勾地看着她。一个戴着便帽，像个学生，眼神却凶恶无比，有着一对招风大耳；另一个则是个塌鼻子，一条窄而硬的腰带系在腰间，似乎不是个学生。他们抓住栏杆，毫无顾忌地看着阿光。

阿光有些慌乱，努力收起七上八下的心，好歹振作了一些。

那戴便帽的人看到阿光看过来的目光，拉了拉系窄硬腰带的人的袖子。

……两个孩子各自骑了一匹带了马嚼子却没有马鞍的马，并排着奔跑绕圈。阿光紧跟其后，双脚分别站在两匹马的马背上。然后，她微微弯下身体，蹲下来，用后脚跟驱策着马匹。接着她一边控制自己的身体，跟马匹的步伐保持平衡，一边让孩子们都站到马背之上。然后，她猛地抓住两个孩子的腰带，一把将他们举起，使他们脸对脸地坐到了自己的肩上。看准时机，她又使劲儿将双臂伸展开来，让两个孩子站上了她的肩。两个孩子互相牵着对方的手，面朝前方，各自伸展出自己的外侧手脚，做出一个平衡的姿态。如此精彩的表演，令观众们掌声雷动。三人在马背上保持着这样的姿势，在掌声中绕场转了一两周……孩子们猛地从阿光的肩上跳回了马背上。而阿光为了招徕观众，根本没有休息，就继续骑着马，去帐篷外表演马上杂技。

姑娘们另外骑了两匹马，又带了三匹空马。五匹马在帐篷前并排成一溜儿。最右边的马将低下的头抬了起来，离开队伍，开始前行。姑娘们就拉着缰绳跟着,让马从帐篷的这头走到那头,以吸引观众的注意。

阿光的马走到了右边,那旁边就是卖唱的帐篷。

> 刚出现的流浪者
> 暂时在此栖息
> ……

一个男人在木台上,一边敲响大鼓的边儿,一边吊着嗓子唱。并排坐在舞台上的五六个舞娘都背向观众,各自扛了把花伞,将上半身遮住,准备跳大正舞。骑在马背上的阿光走到马戏团帐篷的右边时,看到了里面的情形。

这个帐篷外,也挂着大块的幕布。大约每过十分钟,幕布就会打开,让人们看到里面打扮得美艳动人的舞娘。等快要开演的时候,随着铃声响起,大幕就会落下。为了看舞娘们表演的人们,就会去入口买票。

它的左边是变魔术的帐篷,里面正演出到精彩的关头。为了不让人白白地看,所以门口的幕布闭得紧紧的。

"阿光……好久没看到你了。"

这时,刚才一直盯着她看的那两个人所待的地方,站着一个矮小的女人。看到她朝自己打招呼,阿光却想不起来她的名字。

"看看你,都长成大姑娘了,快要认不出来了。"

说着,那女子将手缩了缩。这个熟悉的动作,终于让阿光想起了她是谁。

"阿留,是你呀。"

阿光侧身想跳下马来,却突然想到自己穿的是粉红色的针织连裤袜,显得腿特别粗短。一旦下马,别提有多难看。于是她没有下马,只是掉转了马头,走向了阿留。

阿留仰起头,呆呆地看着阿光。

阿光将夹在马腹两边的腿缩起来,呈跪坐的姿态,在马背上将腰弯下,向前趴着。她的右手抓住马鬃,左手搭在阿留抓住的栏杆上。就这样,阿光让马停在了靠近阿留的地方。

"你现在住哪儿？"

"我在日暮里。"

"是跟源吉一起的吗？"

阿留却没有说出阿光意想中的"当然"，而是沉默下来，连头也没点。

"你最近做什么？"

"源吉呢？"

"喂，你怎么啦……这是发生什么了，怎么跟个傻子似的！"阿光先前几乎没看对方，等连问了几个问题，才疲惫地看向阿留。此时，她感到阿留原本小小的脸，似乎显得更小了。她光洁的额头之上，头发变得稀疏，眼神中有着迷茫。

"你是跟源吉分开了吗？"

"不是。"

"都在日暮里？"

"是的。"

"真的吗？"

阿光突然意识到，刚才已经问过了阿留的住处，现在这样问，也显得太不专心了。但阿留似乎完全没有放在心上。

"阿光，你现在什么年纪了？"

"啊？"

"你现在多大了？"

"十七。"

"伊作呢，还待在班子里吗？"

"在的。"

"阿光……你记住了，千万别上伊作的当。"

"什么呀……"阿光猛地被吓到了，如同正趴在母亲腿上睡眠的孩子，因突然遭遇车祸而受惊一样。她情不自禁地辩解道："可是……"话才说一半，她又咽了回去。

"那家伙太鬼了！"

"哦？"阿光不由自主地紧紧攥住马鬃。

"我觉得，在这应该会碰上熟悉的人，就来了。"

"哦?"

"你真的长大了。"

"你究竟想说什么?"

"嗯……"

"趁现在年轻,不要再干这个了。"

"哦。"

"干这一行,最终都只会剩下一身马粪味,人就这么完了。"

"哦。"

"等到了那时候,还有什么脸面见父母?"

阿光听得心惊肉跳,不敢拿正眼看形如僵尸的阿留。在她的眼里,马的皮毛在模糊中不断地放大。她有些听不懂阿留的话,但脑袋里满是自艾自怜的情绪。

"阿仓还在演出吗?"

"她今天休息。"

"真的吗?"

"你要不要去看看?"

"算了,看这个有什么意思。"

"是啊。"

"阿光,你千万别当男人的玩物,一旦开始就没有尽头。"

"如果那样,跟死了差不多吧。"

"一旦想好了要跟谁在一起,就早些离开这里。"

"……"

"我听八木的小调去了。"

阿留看着阿光,似乎要说的都说完了。看来她确实再没别的事了,一说完,就匆忙地离开了。

右边的帐篷里,正在跳滑稽舞。

阿光抬起头来,发现有人在偷听她俩的对话。仔细一看,之前盯着她看的那两个人,不知什么时候又回来了。一个戴着便帽,一个系着窄硬腰带,依旧站在那里。

"呀!"她可笑地感到,似乎自己刚从梦中清醒,而自己的睡姿已经被众人看到。于是,她直起了身体。

"……不管阿留姐是否受到了伊作的欺骗,结果都是一样的。可恶的,并非伊作一人……"目送阿留远去后,她的双腿做好了踏镫的准备。她将上半身微微前倾,再后退保持平衡。她用后脚跟拍马,飞奔了起来……

在她眼里,阿留走路的姿势依旧被以前的经历影响着。那迈开短腿摇晃着走路的姿势,正是她当年在马背上的姿势。那往后坠的屁股,如果没有短夹外衣的遮盖,从背后看去简直不忍直视。

阿光看得眼泪都快掉下来了。

"……以前的我,就像刚才的孩子那样,骑着阿留姐的肩上,胆战心惊地抱着她的头,叉开双腿,站到她的肩头。那个时候,阿留姐不就已经是男人的玩物了吗?那时的你,不也认命了吗?……"

阿光跟阿留见面的时候,另外两个在马背上的姑娘假装不认识阿留的样子,悠然地在帐篷前不断地转悠。

阿光骑着马,重新插进了马队中。

此时的阿光,如一个被欺负了的孩子。虽然欺负她的不是阿留,而这个孩子也得到了母亲的保护。欺负她的人被赶走了,她也得到了安慰,但回想起来,受欺负的原因归根到底还是自己的淘气。于是她对自己说:"还是老老实实的好。"她如稚童般纯净的内心起伏着。不知怎么的,她有种羞愧感。她感到没有颜面,连膝盖也难以打直。阿光就如一名普通的女人,端端正正地坐在裸背的马身上。

马戏团最当红的明星,有一个非常时尚的艺名——樱子。此时,她正昂首挺胸,用脚尖打着节拍,哼着小曲,骑着马经过阿光的面前。

"樱子不也是那样的吗?别看她表现得那么倔强,还会打男人的脸,又咬又捶的,最后还不是一样的下场。从一开始,我们就无法战胜伊作……"阿光自顾自地说着,似乎是要安慰自己……然而,羞愧的心是怎么也按捺不住。她就像初次登台的小女孩,因身上穿着的那件崭新的、在腰间和袖口缝着花花绿绿的褶皱装饰的表演服,而手足无措。

她猛地将整个上半身压在马上,用手抱住马的脖子,整个脸都埋进了人们视线所不及的马鬃里……果然,一股马粪味扑鼻而来。

马粪味……她想起了刚刚阿留所说的话:"别一身的马粪味。"阿留的到来，让她觉得有些可笑。她戏谑地抬起头来。眼前这个八面威风的樱子，似乎反而更令她相信。

"樱子姐姐！"

樱子傲然地转头看向她。

"樱子姐姐，你认识刚才那个人吧？"

"她呀，是之前曾在这儿的人？"

"是的。"

"瞧她那样子，屁股都快着地了吧。"

"长期骑马的人，就会是那样的吧？"

"太令人厌恶了，她或许是中过风，或者得过风湿吧。"

"什么？"

"简直跟个乞丐似的。"

"可是，一想到我们以后也会变成那个样子，就觉得心寒！"

"那就要看你是怎样的性格了。"

樱子挺着胸前佩戴的带链子的银质徽章，紧抿着红色的嘴唇，露出两个酒窝。她扬起宽大的下巴，神色间洋溢着倨傲之情。她走到帐篷左边，掉转了马头。

魔术帐篷前的幕布被拉了起来，像是有意让人窥视到其中的场景。

一个在粉红色外套里穿着青色内衣的女人站在舞台上。她从一个啤酒瓶中，不断地拉拽出万国旗。她拽出最后一面太阳旗后，又啪啦啪啦地摇晃起旗子来。每拽出一面旗子，她就数一个数……不断地重复。每做一次，她那长长的下巴就扬起来，朝左右摇晃。

看到这儿，阿光也将下巴扬了起来，使劲儿地向前伸——她试着在马鬃后扬了两三次下巴，心情顿时阳光起来。她将脸从马的右侧转到左侧，跟着樱子，也掉转了马头。

……阿光是可怜的，每天不断地承受着身心的折磨。可她越是被折磨，梦就越香甜。但她已经无法相信，梦与现实之间可能存在什么连接。相反地，她唯一能做的，就是骑上天马，自由地翱翔在梦幻之中……

阿光的情绪阳光起来。但她仍回应着梦中的自己："但樱子姐姐跟我不像，没有人会把她比作狐狸精。樱子姐姐说了，我们不仅长得不一样，连性格也不一样。"

"瞧呀,你都在说啥。"阿光自言自语着,她突然好像成了个孩子,刚哭过一场,又突然变得兴高采烈,有种想淘气一番来表达开心之情的冲动。这时,她正好走到了帐篷前,离帐篷的入口很近。她跟一匹背对着行人、自顾自地啃着干草的马错身而过。于是,她双膝猛地一发力,跳到了那马的背上。

"呀,这也太淘气了!"

一旁的马戏班老板娘被阿光的举动吓了一跳。

"老板娘,你知道阿留姐来了吗?"

"我知道,可你干吗那么淘气……"

阿光这时才感到害羞。她做了个奇怪的杂技动作,但依旧无法掩饰自己的窘态。

猛地,阿光的梦破灭了。

此后,又一个来回……

门被唰的一声打来,樱子勒住了马缰,从洞开的入口跑进帐篷。

阿光轻轻地吹了声口哨,也跟着进去了。

帐篷的中央铺着圆地板,四散开来的表演杂技的孩子,就像一群耗子。

"嘘,嘘——"

正中间出现的伊作一副英姿勃发的样子,高声地吹着口哨。

不仅是马匹……就连阿光听到哨声,也是精神为之一振。

猛地传来一阵鞭响。伊作的长鞭抽在了地面上,开始赶樱子的马。

绕场两三周后,为了进行表演,阿光再次将双腿屈起,正儿八经地坐在马背上。

两个男人扯住一块两三尺长的红布。他们将红布的四个角平整地拉开,铺到马道上,然后站在两边。马儿来时,他们就让马从红布下钻过,姑娘则飞身跃过红布,再落到钻出红布的马背上继续奔跑。

樱子灵巧地跳了过去。

阿光心神有些恍惚,被布绊倒了脚尖,只得用手撑着马背,算是失败了。

伊作看向她的目光很是严厉,有着训斥的意味。接着,皮鞭就驱赶起了阿光的马。

阿光拼尽所有的力气，跃过了第二块红布……那两个男人也使劲儿将红布向后拉拽，好使她那不太靠谱的膝盖发挥力量。

不管心里怎么想，阿光都没有任何思考的余地。她就像一只被老鹰抓走的小鸡，随着马匹的快速奔跑而不断向前。

终究，阿光还是站在了马背上，准备着下一个动作。

樱子的手中拿着一根半椭圆形的铁丝圈。圈上点了火，她就拿着圈的两头，站在正绕着圈的马背上，灵巧地跳着火绳。她如同一个被镶在椭圆形火焰圆框里的女神，全身都被光圈照耀着，艳美至极。

阿光接过了铁丝圈，火苗在铁丝圈的末端燃烧着。她就同跳绳一样，将铁丝圈从身后转到了身前。火焰燃烧的扑哧声传入了耳中，眼前是刺眼的火光。难道真的要钻进圈里去吗？她心神一动，顿时双手失灵，无法保持平衡，只好重新来过。当脚跳过了铁丝圈，她就感觉似乎马也在腾空，而自己好像没有了立足之地，眼睛也花了。

樱子的半椭圆形火圈已经变成了椭圆形的。她将自己的身影完全镶嵌其中，连续表演了几个绝妙无比的杂技动作。

但樱子的动作在阿光的眼中如幻影一般虚无。她站在不合拍的马身上，感到极度的危险。

"嘘——嘘——嘘——"伊作继续打口哨。

阿光有一种恨不得趴到地上痛哭一场的冲动。

这个看起来灵活而优美的动作，她不知练习过多少次，今天却无论如何也表演不出来。这究竟是自己能力不足，还是自己任性不想表演？或者是因为前段时间的身体不适，加上连续三天在招魂节上受的累，现在猛地爆发了出来，自己就要大病一场了？阿光也不清楚自己究竟是怎么了。

在身体摇晃的瞬间，她猛地将火焰抛到了马前，一屁股坐到了马背上。

阿光的马被这样的惊吓激得高高抬起前脚，飞一般地跑了。经过樱子的马匹时，轻轻地擦到了那匹马的肚子。

"哇，我赶上樱子了！这下终于超过樱子了！"……阿光的意识里，只有这点是清晰的。当两匹马的肚腹碰触时，发生了轻微的晃荡。马戏团的当红明星樱子和那火焰光圈，一起坠下了马。